매운 新무협 판타지 소설

蒼龍魂 창룡혼

FANTASTIC ORIENTAL HEROES

창룡혼 1
매은 新무협 판타지 소설

초판 1쇄 찍은 날 § 2012년 1월 19일
초판 1쇄 펴낸 날 § 2012년 1월 26일

지은이 § 매 은
펴낸이 § 서경석

편집부장 § 권태완
편집책임 § 박우진

펴낸곳 § 도서출판 청어람
등록번호 § 제1081-1-89호
등록일자 § 1999. 5. 31
어람번호 § 제2-2198호

주소 § 경기도 부천시 원미구 심곡2동 163-2 서경B/D 3F (우) 420—822
전화 § 032-656-4452 팩스 § 032-656-4453
http://www.chungeoram.com
E-mail § chungeoram@chungeoram.com

ⓒ 매은, 2012

ISBN 978 89-251-2751-4 04810
ISBN 978-89-251-2750-7 (세트)

※ 파본은 구입하신 서점에서 교환하여 드립니다.
※ 저자와 협의하여 인지를 붙이지 않습니다.
※ 이 책은 도서출판 청어람과 저작자의 계약에 의해 출판된 것이므로,
  무단 전재 및 유포·공유를 금합니다.

蒼龍魂 ①

매은 新무협 판타지 소설

창룡혼

FANTASTIC ORIENTAL HEROES

序		7
제1장	이 남자, 이극	9
제2장	정오의 의뢰인	59
제3장	소녀의 눈물	97
제4장	마음의 병	143
제5장	만사(萬事)가 마음먹기에 달렸다면	183
제6장	야, 이 미친놈아!	221
제7장	힘이란 그런 것	263

序

살아라.
살아야 이기는 것이니라.

사부님이 남기고 가신 말씀은 저게 전부였다.
왜 살아야 하는지, 어떻게 살아야 하는지, 또 누구에게 이기라는 것인지… 정작 중요한 것은 하나도 남기지 않고 말이다.

때문에 나는 살아도 죽은 것이나 다름없었다.

그녀가 내 앞에 나타나기 전까지는…….

第一章 이 남자, 이극

蒼龍魂 창룡혼

1

기다란 행렬이 길 위를 메우고 있었다.

위에서 내려다본 행렬은 마치 뱀 같아서, 수백 명의 사람이 하나의 의지를 가진 양 한 방향으로 움직이고 있었다.

이 정도 대규모의 인원이 움직인다면 필시 관병이거나 역당의 무리이거나 둘 중 하나일 것이다. 그러나 좀 더 다가가 행렬을 이루는 자들의 면면을 살펴보자면 둘 중 어디에도 해당 사항이 없다.

행렬은 대부분 성인 남성으로 구성되어 있었다.

모두 행색이 초라하고 남루한 자들이다. 천하가 어지럽다면 난리를 피해 도망치는 난민 집단이라 여겨도 무리가 없을 정도다.

그러나 난민으로 쉬이 치부하기에는 석연찮은 구석이 있다. 땀과 기름, 땟국물로 번들거리는 얼굴은 피곤에 절어 있었지만 두 눈만큼은 희망으로 반짝이고 있는 것이다. 고향을 잃고 떠도는 이들에게선 절대로 발견할 수 없는 눈이었다.

그리고 행렬의 앞과 뒤, 그리고 사이사이에는 소수의 표사들이 섞여 있었다. 표사들은 각기 검과 창을 들고 행렬을 호위하는 태세를 취하고 있었다. 또한 선두에서 행렬을 이끌고 있었다.

어느 순간 선두에서 행렬을 이끌던 표사들이 걸음을 멈췄다. 개중 체구가 큰 표사가 두 손을 입에 모아 외쳤다.

"휴식! 휴식!"

표사의 입에서 휴식이라는 글자가 나오자 사람들은 한숨을 쉬며 흙 위에 털썩 주저앉았다. 약속이나 한 듯 수백의 입에서 일제히 아고고 하며 앓는 소리가 튀어나왔다.

행렬의 중간 부분에는 말이 끄는 수레들이 위치해 있었다. 식량이나 노숙에 필요한 물품 등, 이 행렬에서 유일하게 돈이 될 만한 물건이었다. 자연히 수레가 있는 쪽에는 표사들이 여럿 경비를 서고 있었다.

자신의 위치를 고수하며 휴식과 경비를 동시에 취하는 표사들 틈으로, 한 소년의 모습이 보였다. 소년은 말과 수레가 만드는 사각 지대를 교묘히 파고들어 표사들의 눈을 피해 조용히 전진했다.

소년은 곧 걸음을 멈췄다. 목표로 한 수레에 당도한 것이다.

소년은 능숙한 솜씨로 동여맨 밧줄을 느슨히 하고 덮개 속으로 손을 넣었다. 보아하니 한두 번 해본 솜씨가 아니다.

"……?"

숯처럼 검은 소년의 얼굴이 순간 굳어졌다. 분명 그 위치에 있어야 할 건량 포대가 아닌, 무언가 다른 것이 손에 잡힌 탓이다.

소년은 즉각 소리쳤다.

"여기 도둑… 읍!"

덮개에서 불쑥 튀어나온 손이 여기 도둑이 있어요! 소리치려던 소년의 입을 막았다. 예상치 못한 일에 놀란 소년은 눈을 크게 뜨고 제자리에 굳어버렸다.

이윽고 덮개가 반쯤 들렸다. 그늘 밑으로 한 사내의 모습이 소년의 눈에 들어왔다.

부스스한 머리의 사내는 한숨 자고 있었는지 반쯤 감긴 눈으로 소년의 입을 막고, 다른 손으로는 검지를 세워 제 입술에 댔다.

"도둑 아니다. 조용히 해. 그럴 수 있지?"

사내는 소년의 입을 막고 다짐을 받았다. 소년은 조심스럽게 고개를 끄덕였고, 사내도 손을 뗐다.

"너 때문에 잠 다 깼다. 뭐하는 놈이냐?"

사내는 소리를 낮춰 물었다. 소년은 제법 걸걸한 목소리로 대답했다.

"저기, 표사 나리 심부름으로 건량을 좀 가지러 왔습니다. 예. 표사 나리 심부름으로요."

"심부름? 표사 누구?"

"저기, 그, 그러니까……"

갑자기 물어서일까? 표사의 이름이 생각나지 않았다. 소년은 도리어 도둑으로 몰릴까 겁이 났는지 손발을 바들바들 떨고 있었다.

사내는 빙긋 웃으며 소년의 손을 잡았다.

'……?'

소년의 얼굴에 이채가 서렸다. 사내가 잡은 손을 통해 따뜻한 기운이 몸 안으로 들어오는 것이 느껴졌다. 따뜻한 기운은 소년의 몸을 한 바퀴 돌며 구석구석 온기를 전했다.

사내로부터 전해져 온 온기에 몸과 마음이 따뜻해지자 떨림도 절로 멈추는 것이었다. 소년의 얼굴에는 두려움보다 호기심이 더 강하게 떠올랐다.

"괜찮다, 괜찮아. 네가 찾는 게 이거지? 표사 놈들 주전부리 없어진다고 뭐 사단이 나겠냐?"

사내는 소년이 찾으려 했던 건량 포대를 내밀었다. 그러나 소년은 포대를 받기보다 사내의 말 중에 신경 쓰이는 부분을 확인했다.

"아저씬 누구시죠? 왜 여기 숨어 있던 거예요?"

도둑이 아니라는 사내의 복장은 표사들이 맞춰 입은 것과 달랐다. 썩 좋은 것은 아니었지만, 그렇다고 소년이나 일행이 입은 것처럼 다 해지고 헌 것도 아니었다.

사내는 귀찮다는 표정으로 건량 포대를 소년에게 안겼다. 그리고 수레 위에 다시 올라가며 말했다.

"표사는 아니지만 도둑놈도 아니니까 허튼 소린 하지 마라. 수레에 누기 다고 있다든지, 뭐 그런 얘기가 나오면 다 네가 한 줄 알 거다."

"말 안 할게요."

소년은 고개를 세차게 저었다. 사내는 만족스러운 표정으로 고개를 끄덕였다.

"그래. 착하다. 착해."

소년은 허리를 숙이고 몸을 돌렸다.

스무 걸음 가량 멀어졌을까? 소년의 귀에 사내의 목소리가 들렸다. 크지 않으면서도 바로 귓가에 대고 속삭이듯 선명한,

참으로 신묘한 목소리였다.

[너 이름이 뭐냐? 나이는?]

소년은 자리에 멈췄다. 그러자 사내의 목소리가 다시 들려왔다.

[돌아오지 않아도 돼. 그 자리에서 작게 중얼거려 봐. 너만 들을 수 있도록 작게.]

본래 수레를 지키는 표사들은 소년과 그리 멀지 않은 곳에서 휴식을 취하고 있었다. 소년은 그들의 눈을 피해 허리를 낮추고 수레와 수레 틈으로 이동하는 중이었으니, 큰 소리로 대답할래야 할 수가 없었다.

소년은 사내가 시키는 대로 아주 작게, 자신의 이름을 중얼거렸다. 곧 사내의 목소리가 귓가에 들려왔다.

[세동… 좋은 이름이구나. 또 보자.]

사내의 목소리를 들은 소년은 귀신에 홀린 듯 얼이 빠진 얼굴로 뒤를 돌아봤다. 개미 걸음 소리보다 작아서 자신도 듣지 못할 크기로 중얼거렸건만, 스무 걸음이나 먼 곳에서 제 이름을 정확히 듣고 말한 것이다.

사내는 손짓으로 멍하니 있는 소년을 돌려보냈다. 그리고 수레에 누우며 덮개를 씌웠다.

빛을 차단하고 수면 환경을 조성한 사내는 세동이라는 소년을 떠올렸다. 이제 열다섯 살이라고?

'저런 애까지 동원되다니. 산다는 게 참 지랄 맞구나.'

사내는 눈을 감았다. 휴식 시간이 끝났는지 곧 주변이 부산스러워지고 수레가 움직이기 시작했다. 덜컹거리는 진동을 어머니의 손길 삼아, 사내는 곧 깊은 잠에 빠져들었다.

*   *   *

그 해 항주는 깊은 상처에 시름하고 있었다. 여름에 내린 비가 도시를 한바탕 휩쓸고 지나간 까닭이다.

매년 돌아오는 우기(雨期)가 주고 가는 피해이니 익숙할 법도 한데, 그 해만큼은 유독 더 큰 피해와 더 많은 피해자가 발생했다. 수많은 사람들이 집과 일터를 잃었고, 더러는 가족과 친구를 잃기도 했다.

피해를 금액으로 환산하면 아무리 낮춰 잡아도 예년에 비해 세 배 이상이라는 소문이 진실인 양 떠돌았다. 소문을 퍼뜨리는 입들은 말미에 반드시 '관부에서 실시한 조사 결과'라는 말을 덧붙여 신뢰를 획득했다.

물론 관부에서 조사를 했다 한들 외부로 쉽게 유출될 리 없으니 소문은 십중팔구 거짓일 게 분명했다. 그러나 관부는 아무런 조치를 취하지 않고 그들의 권위가 함부로 쓰이는 것을 용인하는 것이었다.

그런 탓에 일부는 '실제 관부에서 낸 집계는 세 배가 아니라 열 배, 스무 배가 넘는다. 그래서 일부러 소문을 단속하지 않는 것이다' 라는 의견을 내놓기도 했다. 그러나 이런 말들은 퍼지기도 전에 사라지고 말았다.

세 배든 열 배든, 숫자는 중요한 것이 아니었다. 피해를 입은 당사자들에게는 당장 먹을 것이 없었고 밤을 넘길 곳이 없었다. 한두 달이야 어떻게든 버틸 수 있었으나 시간이 흐르고 바람이 차가워지면서 고통은 참을 수 없이 커져만 간 것이다.

예산 부족과 행정 절차라는 전가의 보도 앞에 피해 복구는 더디게 진행되었고 피해자들은 쉽게 방치되고 말았다. 겨울의 거리는 아침에는 얼어붙은 시체로, 해가 지면 살기 위해 칼을 든 범죄자들로 가득했다. 개중에는 살기 위해 관아의 옥으로 기어들어 가는 경우도 적지 않았다.

치안은 엉망이었고 민심은 땅에 떨어졌다. 도시는 고름이 가득 차서 터지기 직전인 종기와 같았다.

종기를 째고 고름을 짜내는 일은 몹시 고통스럽다. 그러나 고통스럽기 때문에 누군가는 반드시 나서야 한다. 누구보다 적극적으로 나서서 해결해야 할 관부는 뒷짐을 지고 서 있을 뿐이었다.

그러는 사이 보다 못해 팔을 걷어붙인 곳이 있었으니, 바로 무림맹이었다.

정사를 일통하여 세워진 무림맹은 항주에 그 본영(本營)을 두고 있었다. 맹주의 연고 또한 항주였으니 무림맹은 수재민의 구휼에 큰 관심을 기울일 수밖에 없었다. 그러나 수재민 또한 백성이며 황제의 신민이다. 어디까지나 민간에 불과한 무림맹이 관부를 제치고 주도적으로 일을 진행할 수는 없는 노릇이었다.

하여 무림맹이 나서서 움직이는 것은 해를 넘긴 봄이었다. 무림맹은 먼저 개별적으로 이루어지던 항주 내 유력자들의 원조를 하나로 묶어 체계적인 관리 조직을 만들었고, 방치된 피해 지역을 재건하기 위한 대규모 공사를 실시했다. 이 공사에 수재민을 활용하여 비용 절감과 재활이라는 두 가지 효과를 동시에 누리고자 했다.

그러나 항주 내 재건 사업으로 감당하기에는 수재민의 수가 너무 많았다. 임시 주거나 의식에 관한 비용도 하루가 다르게 눈덩이처럼 불어나고 있었다.

문제는 수십 가지가 넘어 일일이 열거하기 어려운 지경이었지만 크게 묶어 두 가지로 나눌 수 있었는데, 하나는 외부의 비난이요, 다른 하나는 내부의 반발이었다.

첫 번째는 전술한 바, 수재민들로 인해 범죄가 늘어나고 치안이 어지러워진 것은 수해가 발생한 시점부터 있어온 현상이었다. 그러나 그로 인해 피해를 입은 항주의 주민들은 그 책임을 돌릴 곳이 마땅치 않았다. 이는 당연히 해야 할 일을 하지 않은 관부의 책임일 터이나 관부는 애초에 수많은 영역에서 실책을 저지르고 비난과 조롱의 대상으로 전락하였기 때문에, 피해를 입은 주민들이 책임의 소재를 물을 만한 자격을 상실한 지 오래였다.

그러니 무림맹은 수재민 구휼의 책임뿐만이 아니라 수해로부터 벗어난 이들의 응축된 분노까지 떠맡은 것이다. 책임의 소재가 분명하게 되자 사람들은 분노의 시위를 무림맹으로 돌려 난사하기 시작했다. 과거 마종으로부터 중원을 구한 무림맹으로서는 처음 맞이하는 무차별적인 비난이었다.

두 번째, 내부의 반발은 문제가 보다 심각했다.

아무리 무림맹이라 해도 공적 영역에 개입하는 것은 분명 큰 부담이었다. 항주 시내 유력자들을 규합하여 원조를 받는다지만 중심이 어디까지나 무림맹인 만큼, 자금의 출자도 가장 클 수밖에 없었다. 더구나 무림맹의 세는 중원 전역에 펼쳐져 있다. 본영이 항주에 있다 해서 특혜를 주는 것은 어불성설이라는 게 반발하는 자들의 논거였다.

난민을 구휼하는 의(義)에는 관민이 따로 없다. 하나 난민이 어디 항주에만 있는가? 지금 이 순간에도 변방은 오랑캐에 짓밟히고 어느 곳은 기아에 허덕이는 등, 수많은 민초가 죽어가고 있다. 그럼에도 불구하고 유독 항주의 난민 구휼에 공금을 투입하는 맹주의 저의가 무엇인지 본 장로회는 심히 궁금할 따름이다.

 소위 반(反) 맹주파로 분류되는 장로회의 성명은 맹주를 비롯한 무림맹 본영의 인사들에게 커다란 압박으로 작용했다. 무림맹, 정확히는 맹주를 위시한 무림맹 본영 세력에게는 이러한 대내외적 압박으로부터 벗어나기 위한 해결책이 절실했다.

 수재민 관리에 대한 대내외석 압박에 대응하여 무림맹이 내놓은 해결 방향은 수재민들의 활용을 좀 더 적극적으로 모색하자는 것이었다.
 유례없는 수해로 인해 발생한 대량의 수재민들은 집과 일터, 삶의 터전을 모두 잃고 붕 떠 있는 상태였다. 그렇기 때문에 임시 거처를 마련해 주고 식량 배급을 실시해도 범죄를 저지르는 등 말썽이 끊이지 않는 것이다. 그러나 수해 복구 작업에 투입된 일부의 수재민들 중에서는 말썽을 일으키는 비율이 지극히 낮았다.

무림맹 본영은 이러한 조사 결과를 토대로 수재민들을 돕고 자립을 유도하기 위해서는 일자리를 마련해 주는 것이 최선임을 깨달았다(물론 수재민들 대부분은 말 그대로 하루 벌어 하루를 사는 빈민들이었지만). 그러나 항주 시내에 국한된 수해 복구 작업에 필요한 인원은 전체 수재민 중 일부에 지나지 않았다.

하여 무림맹 본영은 수재민들 중 희망자를 선발, 조직하여 항주가 아닌 외부의 공사 현장에 파견하는 계획을 세웠다. 이는 수재민 당사자는 물론, 관부와 무림맹 모두를 만족시킬 수 있는 말 그대로의 해결책이었다.

특히 무림맹은 '일할 수 있는 사내' 라는 조건에 부합하는 이 대부분이 항주를 빠져나감으로써 수재민 관리 비용을 대폭 절감할 수 있었다. 그들이 추가로 지불해야 할 대가는 공사 현장까지 최소 열흘이 걸리는 이동 비용과 사람과 물자를 인솔 및 호위하기 위한 인력이었는데, 전자는 절감되는 관리 비용과 비교할 수도 없이 미미한 수준이었으며 인력은 항주 내외의 표국을 적극 활용함으로 쉽게 해결할 수 있었다.

효과는 즉각 나타났다.

조직을 이루어 각지로 떠나가는 수재민들을, 사람들은 전장으로 군대를 보내듯이 환송했다. 그리고 너나 할 것 없이 관부를 조롱하고 무림맹을 칭송했다. 특히 무림맹의 맹주에 대한 찬사는 시로 지으면 서책을 엮어 쌓아도 높이가 하늘에 닿을 정도였다.

또한 장로회도 비판의 근거를 잃고 발언을 최소화할 수밖에 없었다. 이후 그들이 낸 성명은 '계획의 입안과 실행은 누구나 할 수 있다. 일의 성패가 판가름 난 연후에야 비로소 시비를 가릴 수 있을 것이다'라는, 다소 초라한 것이었다.

이로써 무림맹주와 휘하 세력은 실로 멋지게 위기를 돌파했으며, 그에 그치지 않고 더 큰 성과를 올리는 데 성공했다. 꼬리를 길게 늘어뜨리며 사방으로 퍼져 나가는 수재민들이 각지에 제공하는 것은 노동력만이 아니기 때문이었다.

이제 사람들은 무림맹주에게서 천하를 아우르고 백성을 굽어 살필 줄 아는 '성군(聖君)'을 찾기 시작했다. 이전에도 사람들은 맹주를 가리켜 '천하제일인'이라느니 '중원무림을 구한 영웅'이라느니 하며 추켜세우고는 했지만, 이제는 전혀 다른 영역으로 이동하고 만 것이다.

시대는 꿈틀거리기 시작했다.

2

세동이라는 소년은 틈이 날 때마다 사내를 찾아왔다. 행렬 가운데 또래 친구가 없어서인지, 세동은 수레에 숨은 사내를 찾아내 이런저런 이야기를 늘어놓기를 좋아했다.

"돈 많이 벌어가지고 어머니랑 동생 호강시켜 줄 거예요!"

세동은 다양한 화제로 이야기를 시작했지만 결론은 모두 하나, 돈을 많이 벌어서 어머니와 동생을 호강시켜 주겠다는 다짐이었다.

사내는 덮개를 이불 삼아 수레에 누워 세동의 이야기를 듣고 가끔은 넌지시 말을 던져 대화를 이어나가곤 했다.

"좋은 생각이다. 돈이 있었다면 수해도 안 입었을 테고, 네가 이리 먼 길을 힘들게 가서 일할 필요도 없었겠지."

"수해도 입지 않았을 거라고요?"

수해는 비로 인하였으니 천재지변이다. 이는 하늘이 주관하는 일이니 땅 위에 사는 인간의 돈이 많고 적음을 어찌 가리겠는가? 그런데 사내는 그것이 돈이 없어서 당하였다고 말하니 의아할 수밖에 없었다.

사내는 부스스한 머리를 제 손으로 헝클어뜨리며 말했다.

"생각해 봐라. 피해자 중에 조금이라도 여유있는 사람이 있기나 한지. 나랑 내기 할까? 여기 같이 가는 사람들 중에 피해를 입기 전에는 먹을 것 걱정 없이 살던 사람이 있을지 말이야. 난 없다는 데 전 재산도 걸 수 있다."

세동은 귀를 쫑긋 세우고 사내의 말에 집중했다. 내기를 할 것도 없다. 수해가 항주에서도 도심에서 먼 곳, 도시 빈민들이 밀집해 있는 거주 구역에 집중적으로 발생했음은 익히 알고 있는 사실이었으니 말이다.

"예년보다 비가 많이 온 건 맞아. 내가 항주에서 십 년 넘게 살았지만 작년만큼 비가 많이 왔던 해는 없었으니까. 하지만 어디 비가 너희가 살던 곳에만 오든? 부잣집이 모여 있는 동네나 번화가도 똑같이 왔어. 그런데 왜 너희 동네만 피해를 입었을까?"

"잘 모르겠어요. 헤헷."

세동은 머리를 긁적이며 웃었다. 사내는 그런 세동의 머리를 가볍게 쥐어박았다.

"생각하는 척이라도 해라, 좀!"

"생각해 봤자 아무것도 모를 텐데요, 뭘."

세동은 웃는 얼굴로 천연덕스럽게 말했다. 사내는 뭔가 더 말을 하려다 그만두고 한숨을 쉬었다.

"후… 그래. 그렇다 치자. 암튼!"

사내는 목소리를 높이며 몸을 일으켰다. 항상 누워만 있던 사내가 반쯤이나마 일어난 것이 신기해 세동은 눈을 동그랗게 떴다.

"똑같이 비가 왔는데 왜 너희 동네만 유달리 큰 피해를 입었느냐! 부자들이 모여 사는 동네, 아니, 하다못해 일반 주거지도 집이 무너지고 하는 일은 없었잖냐."

세동은 고개를 끄덕였다. 사내가 말을 이었다.

"그게 다 돈이 없어서야. 돈이 있는 동네는 폭우에 대비해서 배수 시설도 잘 정비되어 있고, 집도 좋은 자재를 써서 튼튼하게 짓지. 게다가 부지가 넓으니 혹여 한 채가 무너진다 한들 피해가 확산될 일이 없잖니. 딱히 부자 동네가 아니더라도 기본적인 설비는 잘 되어 있단 말이다."

사내는 한 번 말을 끊고 침을 삼켰다. 세동은 멍한 얼굴을 하고 있었는데, 사내가 하는 말의 의미를 잘 이해하고 있는 것인지 알 수 없었다.

"그런데 너희 동네는 어떻지? 배수 시설? 그 비슷한 거라도 있나? 비가 조금이라도 많이 내리면 물길이 없어서 금세 차오르고 빗물이 역류하는 것도 다반사지. 집은 또 어떻고? 다 쓰러질 것 같은 판자때기? 그것도 한 사람 겨우 지나갈 틈만 낸 채 다닥다닥 붙어 있으니 한 채가 넘어가면 그 다음 집, 또 그 다음 집. 줄을 지어서 우르르 넘어가서 그 참사가 일어난 거 아니냐. 안에 있던 사람들 태반이 빠져나갈 엄두도 못 내고 집에 깔려 죽거나 물에 빠져 죽거나 어쨌든 줄줄이 죽어 나갔… 야, 듣고 있냐?"

사내는 보기 드물게 열변을 토하다, 말을 멈추고 세동의 어깨를 잡았다. 세동의 두 눈이 초점을 잃고 입에서 침이 흐르고 있었던 것이다.

사내가 어깨를 잡고 흔들자 세동은 곧 정신을 차렸다. 세동은 소매로 침을 닦으며 배시시 웃었다.

"헤헤, 죄송해요. 무슨 소린지 하나도 못 알아듣겠어요."

사내는 멍하니 세동을 보다가, 한숨을 푹 쉬며 다시 드러누웠다. 세동은 해맑게 웃으며 말했다.

"어쨌든 돈이 있어야 잘 산다는 거죠? 그쵸?"

"그래그래, 너 참 똑똑하다."

사내는 건성으로 대답하고 손을 휘휘 저었다.

"어휴, 간만에 말을 좀 했더니 목 아파 죽겠네. 나 좀 자자. 그만 가라."

"넵!"

세동은 힘차게 대답하고 자리에서 일어났다.

그때, 수레를 덮고 있던 덮개가 젖혀지더니 사내가 자리에서 벌떡 일어났다.

"우와!"

신기한 광경이라도 봤는지 세동이 감탄사를 내뱉었다. 사내는 수레에서 내려와 세동의 옆에 섰다. 세동이 어깨에도 못 미칠 만큼 사내는 훌쩍 큰 키였다.

사내는 세동을 내려다보며 말했다.

"너, 내가 뭐하는 사람인지 궁금하지?"

"예? 예!"

"잘 봐. 나 이런 일 하는 사람이니까."

"……?"

무슨 말인지 몰라 어리둥절해 있는 사이, 세동의 눈에서 사내가 사라졌다.

"귀, 귀신이었나?"

[귀신일 리 있냐!]

예의 귓가에 입을 댄 듯 선명한 목소리가 들려왔다. 놀라 두리번거리는 세동의 눈에, 멀리 수레 위를 뛰어가는 사내의 모습이 들어왔다.

"커헉!"

항주에서 명성이 자자한 차씨(車氏) 표국의 비차 문장이 갈라지고, 그 틈으로 핏줄기가 분수처럼 뿜어져 나왔다. 비명을 지른 중년의 표사는 갈라진 비차 문장을 가슴에 담고 바닥에 쓰러졌다.

바닥에는 차씨 표국 소속으로 행렬을 인솔해 가던 여러 표사들의 시체가 쓰러져 있었다. 그리고 그 앞에는 머리부터 발끝까지 흰 천으로 꽁꽁 싸매어 맨살이 드러나지 않는 백의인 십여 명이 서 있었다.

"누, 누구요! 당신들은!"

대열의 앞에 위치하여 백의인들의 살육을 목격한 수재민들이 놀라 외쳤다. 그러나 백의인들은 대답없이, 수재민들을 향해 한 발 다가섰다.

"으, 으읏!"

표사들이 힘도 못 쓰고 죽는 광경을 이미 본 터라, 수재민들은 두려움에 질려 뒤로 물러났다. 십여 명에 불과한 백의인이 수백에 달하는 수재민을 몰아넣는 형국이었다.

"이익! 가까이 오지 마!"

수재민들 중 한 건장한 사내가 쓰러진 표사의 검을 집고 소리쳤다. 그러나 백의인들은 걸음을 멈추지 않았다.

"오지 말라니까!"

사내는 서툰 솜씨로 검을 휘둘렀다. 마구잡이로 허공을 베는 사내를 보며, 백의인 중 몇몇이 소리없이 비웃었다. 그 중 하나가 성큼 크게 한 발을 내디뎠다.

"안심해라. 말만 잘 들으면 죽이지 않겠다."

천을 뚫고 나온 음성이 스산했다. 더불어 죽이지 않겠다는 말은 사람들의 반발심을 무마시키는 데 더없이 효과적이었다.

수재민들의 소요가 가라앉자 뒤쪽에 물러나 있던 백의인이 앞으로 나섰다. 백의인은 두 손으로 커다란 향로를 들고 있었는데, 입구에 둘러쳐 있는 길쭉한 구멍들 사이로 누런 연기가 피어오르고 있었다.

"가만히… 별 일 아니니 모두 편안히……."

향로를 든 백의인은 사람들을 진정시켰다. 다른 백의인들이 그 주변을 감싸듯이 섰는데, 위에서 내려다봤을 때 마치 길쭉한 정 모양을 이루는 것이었다.

동시에 백의인들은 입을 모아 묘한 소리를 냈다.

'아'와 '오'의 중간 정도 발음의 소리는 고저없이 동일한 음으로 끊이지 않고 이어져 사람들의 귓속으로 빨려들어 갔다.

백의인들은 천천히 전진했고 사람들은 자연스럽게 양쪽으로 물러나 길을 터주었다.

그런데 백의인들이 지나친 자리에 남은 사람들의 기묘했다. 두 발로 서 있기는 마찬가지였으나 두 눈에 생기가 사라지고 온몸에 힘이 빠진 듯 축 늘어지는 게 아닌가? 누군가 본다면 살아 있는 게 맞기나 한지 의심스러울 지경이었다.

"잠깐."

문득 선두에 선 백의인이 소리내기를 멈추고 제자리에 섰다. 백의인은 좌우를 둘러보며 말했다.

"쥐새끼가 한 마리 있군. 나와라."

스산한 목소리가 누런 연기와 함께 사람들 속으로 파고들었다. 그러나 나서는 이는 아무도 없었다.

백의인은 진형을 이탈해 옆으로 나왔다.

푹! 하고 백의인의 손이 옆에 서 있던 중년 사내의 가슴속으로 들어갔다. 손목까지 들어갔다 나온 백의인의 손에는 붉은 피를 흘리며 펄떡이는 심장이 들려 있었다. 심장을 잃은 중년 사내는 비명도 지르지 않고 허물어지듯 쓰러졌다.

그러나 정작 놀라운 일은 지척에서 이런 참상이 벌어졌음에도 사람들이 아무런 반응을 하지 않는다는 점이었다. 초점 잃은 눈을 하고 두 팔을 축 늘어뜨린 채 서 있는 사람들은, 서 있는 채로 눈을 뜨고 잠에 빠져든 것 같았다.

진흙으로 구운 병사들이 지키고 있다는 전설 속 황제의 무덤을 연상케 하는, 참으로 기묘한 풍경이었다.

"……"

가는 숨소리들만이 이어지는 가운데 침묵이 길어지자 백의인의 손이 다시 한 번 움직였다.

푹!

또 한 사람, 심장을 잃은 자가 그 자리에서 허물어졌다.

백의인은 펄떡거리는 심장을 손 안에서 터뜨리며 외쳤다.

"얼마나 죽여야 나올 것이냐!"

백의인이 말을 마치기도 전에 의식을 잃고 선 사람들 틈에서 누군가가 튀어나왔다.

"나간다! 나간다고!"

황급히 튀어나온 자는 바로 수레에 누워서 세동과 이야기를 나누던 그 사내였다. 사내는 낭패한 기색이 역력한 얼굴로, 부스스한 머리를 헝클어뜨리며 백의인들의 앞에 섰다.

사내가 멀쩡히 두 발로 걸어나오자 백의인들의 시선에 이채가 서렸다.

누런 연기는 폐혼향(閉魂香)이란 물건인데, 사람을 가사 상태에 빠뜨리는 효능을 가지고 있었다. 백의인들이 눈만 나오도록 꽁꽁 싸맨 까닭은 얼굴을 가리기 위해서가 아니라, 이러한 폐혼향의 효능으로부터 자신들을 보호하기 위해서였다.

그런데 지금 나타난 사내는 사방 자욱한 폐혼향 속에서도 똑바로 정신을 차리고 있었으니 놀라운 일이었다.

"웬놈이냐?"

폐혼향을 거르는 특수 처리가 된 복면 아래에서 백의인의 입이 움직였다. 사내는 눈살을 찌푸리며 말했다.

"그건 내가 해야 할 말인데? 도둑님들이면 얌전히 물건이나 가져갈 것이지, 왜 사람을 죽이시나? 너희들 대체 뭐야?"

세동의 눈에는 귀신처럼 보였지만 사내 스스로는 한껏 여유를 부린 경공술이었다. 살기를 느꼈지만 기껏해야 도적떼이겠거니 했던 게 패착이었다. 사내가 당도했을 때에는 전열(前列)의 표사들이 모두 죽었으니 말이다.

게다가 백의인들이 사람을 홀리는 신기한 술수까지 부리는 게 아닌가? 하여 사내는 사람들 속에 숨어서 이들이 무슨 일을 벌이는지 지켜보려다 실패한 것이다.

"흐음……."

백의인은 대답 대신 사내를 아래위로 훑어보았다.

복장을 갖춰 입지 않았으니 표사는 아니다. 다만 잔인한 수법으로 사람을 둘이나 죽였는데도 놀라기만 할 뿐 두려워하는 기색이 없으니 어느 정도 무공을 아는 자일 것이다.

'폐혼향을 맡고도 온전한 정신을 가지려면 적어도 수십 년 공력이 필요할 터. 젊은 놈이 어찌 그만한 공력을 갖출 수 있겠는가? 남다른 체질을 타고났나 보구나.'

수십 년 내공을 쌓았다면 자연히 절세의 고수라. 이미 명성이 자자하거나 적어도 남다른 풍모를 갖추었을 것이다. 그러나 눈앞의 사내는 키만 껑충하니 클 뿐, 아직 젊고 행색이 남루하니 고수나 명문의 품격을 찾아볼 수가 없었다.

백의인은 고개를 돌려 다른 백의인들에게 물었다.

"전열에 있던 놈들 외에 또 다른 놈이 있다는 얘기를 들었느냐?"

"그런 얘기는 없었습니다."

백의인이 재차 이야기하려던 차, 사내가 손을 들고 끼어들었다.

"어이! 잠깐!"

백의인이 고개를 돌리자 사내의 얼굴이 잠깐 사이에 확 변해 있었다. 물론 사람이 죽어나가는 걸 보고 나왔을 때에도 충분히 심각한 얼굴이었지만 지금은 뭐랄까, 백의인을 노려보는 눈이 잡아먹을 듯 살벌한 것이다.

"방금 뭐라고 그랬어? 전열에 있던 놈들?"

"무슨… 헙!"

지목당한 백의인은 사내의 말을 얼른 알아듣지 못하고 반문했다. 그런데 사내는 대답을 기다리지도 않았는지 순식간에 거리를 좁혀왔다. 백의인은 저항할 틈도 없이 목을 잡혀 사내에게 제압당하고 말았다.

"……!"

향로를 든 자를 제외한 나머지 백의인들이 일제히 무기를 꺼냈다. 사내는 자유로운 손을 들어 백의인들을 저지시키며 말했다.

"함부로 움직이지 마라. 목을 확 비틀어 버리는 수가 있으니까. 응?"

백의인들은 사내의 말이 허언이 아님을 본능적으로 알 수 있었다. 그들이 주춤거리는 사이, 사내는 고개를 돌려 손안에 잡힌 백의인을 내려다보며 말했다.

"표사면 다 같은 표사 아냐? 전열에 있던 놈들을 구별하다니, 너희들 뭐 알고 온 거지? 그래, 내 그럴 줄 알았어. 처음 볼 때부터 단순한 도둑놈들은 아니다 싶었지."

목을 조여오는 고통 속에서도 백의인은 정신을 집중하여 사내의 눈을 바라봤다. 그러나 암만 그 속을 들여다봐도 사내가 무슨 생각을 하고 있는지 가늠할 수가 없었다.

사내는 날카로운 눈으로 백의인을 재차 추궁했다.

"어서 말해. 뭐하는 놈들이야?"

그때, 사내의 등 뒤로 핑! 하고 바람 소리가 났다. 사내는 즉시 백의인의 목을 놓고 펄쩍 뛰었다.

파바박!

사내의 등을 노렸던 대침들이 백의인의 배에 꽂혔다. 백의인은 배를 부여잡으며 말했다.

"이찌 이리 경솔한… 커헉!"

백의인은 말을 잇지 못하고 검은 피를 토하며 그대로 엎어졌다. 백의인의 사지가 경련을 일으켰지만, 누구도 가까이 가는 이가 없었다.

사내가 돌아보니 똑같은 복장을 한 또 다른 백의인들이 당도해 있었다. 사내가 대치했던 자들보다 수는 적었지만, 향로를 든 자를 가운데 두고 수호하듯 진을 형성한 모양은 흡사했다.

새로이 나타난 백의인들 중 선두에 선 자가 말했다.

"입을 함부로 놀렸으면 대가를 치러야지. 뭣들 하느냐? 저 놈을 잡아 죽여라!"

명이 떨어지자 앞뒤에서 백의인들이 사내를 향해 달려들었다. 향을 든 두 명을 제외하고 모든 백의인들이 덮치니 그 기세가 흉흉했다.

그러나 사내는 태연히 코웃음 치며 손을 휘둘렀다.

"훙!"

주변에 자욱이 피어 있던 누런 연기가 사내의 손을 따라 커다란 원을 그렸다. 그러자 닿지도 않았거늘, 사내를 노리던 십여 자루 칼이 미묘하게 방향을 틀어버리는 것이었다.

조금씩 비켜간 칼들은 서로 엉키며 사내를 중심으로 정(井)자를 그렸다. 사내의 두 손이 아래에서 위로, 엉켜 있는 칼들의 날 아닌 면을 절묘하게 때렸다.

카캉!

날들이 서로를 때리며 하늘 높이 솟았다. 그 힘을 이기지 못하고 백의인들의 팔도 함께 위로 들려 가슴팍이 무방비로 노출되었다.

퍽! 퍼퍼퍽!

눈 깜빡할 새 세 명의 백의인이 흙바닥을 뒹굴었다.

"……!"

놀라 자세를 바로잡은 백의인들 가운데 또 세 명의 몸이 허공에 떴다. 주먹을 날리자마자 자세를 낮춘 사내의 다리가 땅과 함께 그들의 다리를 쓸어버린 것이다.

처음 사내를 죽이라고 명했던 백의인은 적잖이 당황했다. 사내의 주먹질과 발길질은 무공이라고 하기도 힘들 만큼 조악하고 눈에 보이는 것이었는데, 그럼에도 불구하고 백의인들은 맥없이 나가떨어졌다.

그러나 백의인은 예측하지 못한 상황에 직면하였을 때에도 냉정히, 가장 효과적인 대응을 강구하여 신속히 행동에 옮길 수 있도록 훈련이 되어 있었다.

퍽!

저잣거리의 왈패나 휘두를 법한 주먹에 또 한 명이 쓰러졌다. 바닥을 뒹구는 자들은 모두 일곱. 순식간에 전력의 절반이 나가떨어진 것이다.

"그만!"

백의인의 일갈이 사내를 멈추게 했다. 사내의 시선을 잡아끄는 데 성공한 백의인의 손에, 방금 전 제 동료를 죽였던 대침 십여 개가 들려 있었다.

"이게 어떤 물건인지 봐서 알고 있겠지?"

사내는 가소롭다는 듯 비웃었다.

"겨우 독침으로 날 어떻게 할 수 있을 것 같나?"

"물론."

사내는 짧게 대답했다. 동시에 손에 들려 있던 대침이 사방으로 날아 멍하니 서 있는 사람들에게 꽂혔다.

대침에 맞은 사람들이 일제히 바닥에 쓰러졌다. 쓰러진 이들은 사지를 바들바들 떨고 있었다.

그들을 차가운 눈으로 내려다보며, 백의인이 말했다.

"의식은 잃었어도 감각은 남아 있다. 눈과 귀, 머리가 모두 막힌 가운데 고통만 남아 표출도 못 하고 그저 괴로워하며 죽어갈 수밖에 없지."

백의인은 양손에 들린 수십 자루 침을 보이도록 내밀었다.

"아쉽지만 기껏 일, 이백 명 정도는 감수할 수 있다. 네가 무슨 짓을 한다 해도 우리 입을 열게 할 수는 없을 터. 간단한 계산이지."

'뭐야 이거? 완전히 미쳤잖아?'

어찌 기껏 일, 이백 명이란 말을 쉽게 내뱉을 수 있단 말인가? 사내는 내심을 감추고 웃으며 말했다.

"그런 협박을 할 때는 보통 무슨 독인지 이름부터 말하는 게 정석 아닌가?"

"눈으로 봤는데 뭐가 더 필요하지?"

백의인은 냉정히 말하고 손을 털었다. 백의인을 중심으로 사방에 서 있던 스무 명 넘는 사람이 경련을 일으키며 쓰러졌다.

꾸욱!

불끈 쥔 사내의 주먹 위로 힘줄이 두드러졌다.

사내의 앞에는 아직 일곱 명의 백의인이 벽을 치고 있었다. 아무리 빨리 처리한다 해도 그 사이 독침에 희생될 자들을 막을 순 없었다. 방금 전 보여준 백의인의 솜씨라면 일, 이백이라는 숫자가 결코 허언이 아닌 것이다.

백의인을 노려보는 사내의 눈빛이 사나워졌다. 그러자 백의인이 또 한 번 손을 털고, 또 다시 사람들이 쓰러졌다. 단 두 번의 손짓만으로 수십 명이 목숨을 잃은 것이다.

백의인을 중심으로 사람들의 벽이 두 겹 걷히자 사내에게 익숙한 얼굴이 보였다. 세동이었다.

"이제부터는 네놈이 죽이는 거다."

백의인의 음성이 철퇴처럼 사내를 때렸다.

3

산으로 밤이 일찍 내려오는 까닭은 보다 하늘에 가깝기 때문이다. 달빛은 구름에 가려 드문드문한데 그나마도 나뭇잎에 가려 주변을 비추지 못하는 가운데, 어둠 속에 숨은 사내가 있었다.

사내는 바위틈에서 멀리 암벽 위에 세워진 한 암자를 바라보고 있었다. 승려도 없고 불자도 없어 버려진 지 오래여야 하는데, 희미하게나마 불빛이 반짝이고 언뜻언뜻 사람의 그림자가 비친다.

"저런 곳에 있었군. 대체 뭐하는 놈들일… 아우!"

암자를 올려다보며 중얼거리던 사내가 얼굴을 찡그렸다. 소매를 걷은 팔뚝에 쓸린 상처가 넓게 펼쳐져 있었다. 사내는 팔뚝의 상처를 후후 불고는 중얼거렸다.

"내가 왜 이런 고생을 해야 하는 거지? 진짜 돈이 웬수다, 웬수야. 아읔!"

하늘을 올려다보지만 달은 신세 한탄을 듣기 싫었는지 이내 구름 속으로 숨어버렸다. 완연한 어둠 속에서 사내는 머리를 쥐어뜯으며 괴로워했다.

사내의 이름은 이극(李克).

그 또한 항주 시내에서 하루 벌어 하루를 사는 고달픈 백성이다. 나이 서른이 되도록 특별한 기술 배워놓은 것이 없어 그저 몸으로 때워야 하는 인생이기도 하다. 수재민들 사이에 끼어 있었던 것도 그런 생업 활동의 일환이었다.

물론 수재민들의 인솔과 보호는 지정된 표국의 몫이다. 그러나 표국도 나름대로의 사정이 있어, 인력의 절반 이상을 외부에서 충당해야 했는데 그 외부 인력에 이극도 포함되어 있었던 것이다.

이러한 형태의 협업은 이극이 선호하는 일의 경향과 거리가 멀었다. 하지만 이극은 두말하지 않고 일을 받아들였는데, 수해의 여파로 항주 일대 경기가 뚝 떨어져 재정적으로 큰 곤란을 겪고 있었던 탓이다.

여하튼 그런 이유로 인솔대에 참가했던 이극이니, 지금 자신이 왜 이러고 있는지 자괴감에 빠지는 게 당연했다. 평소라면 한창 술독에 빠져 있을 시간이건만 산속에서 밤이슬이나 맞고 있는 신세라니!

'이게 다 돈이 없어서구나!'

이극은 긴 다리를 펴서 두드리며 탄식하고 또 탄식했다. 원치 않았던 여정에 유일한 말벗이었던 소년, 세동에게 했던 이야기가 새삼 되돌아와 자신의 가슴에 박히는 것이었다.

"끄응……!"

이극은 자리에서 일어나 허리를 폈다. 그리고 고개를 들어 암자를 올려다보며 중얼거렸다.

"그래. 이 고생을 했는데 잔금은 받아야지."

이극의 몸은 다시 어둠 속으로 사라졌다.

고요해야 할 산중의 밤이 몹시도 부산스러웠다. 소란의 중심은 버려진 암자였다.

암자 곳곳에 세워 놓은 횃불이 흔들리며 바닥에 수많은 그림자들을 만들었다. 그림자들은 서로 겹치고 다시 흩어지며 이리저리 뛰어다니고 있었다.

"서둘러라. 어서!"

사람들을 채찍질하는 목소리에 조급함이 묻어났다. 부지 한가운데에 서서 다그치는 목소리의 주인은 수염을 매끈하게 다듬은 중년인이다.

중년인은 물론 분주히 움직이는 그림자의 주인들 모두 백의를 갖춰 입고 있었다. 그들 중 한 사내가 중년인에게 다가와 말했다.

"하교하신 대로 준비를 마쳤습니다."

중년인은 날카로운 눈으로 사방을 둘러보며 말했다.

"차질은 없겠지?"

"시험재(試驗材)들은 즉각 이송하였고 관련 자료, 문건 모두 파기 완료했습니다. 이제 저희들만 남았습니다."

"으음."

만족스러운 답변을 들었음에도 중년인의 얼굴은 보기 싫게 일그러져 있었다. 중년인은 신경질적으로 발을 굴렀다. 퍽, 하며 발아래 돌이 모래가 되어 흩어졌다.

수하 사내가 조심스레 입을 열었다.

"너무 심려치 마십시오."

중년인이 화난 얼굴로 말했다.

"심려치 말라고? 수년간 쌓아온 기반을 우리 손으로 무너뜨리게 생겼는데 어찌 냉정할 수 있단 말이냐? 겨우 그 한 놈 때문에!"

중년인이 서슬 퍼런 화를 내자 수하 사내는 입을 다물었다. 중년인은 분을 삭이고 물었다.

"척살대로부터 연락은 아직 없느냐?"

"아직은 없습니다."

"귀환 즉시 이동한다. 준비시켜라."

수하 사내는 말없이 고개를 숙였다. 중년인의 음성에 묻어나는 착잡함은 사내 또한 고스란히 느끼는 바였다.

이 암자는 버려진 지 수십 년이 넘었고 좀처럼 사람의 발길이 닿지 않는 심처에 자리해 있었다. 그런 곳을 힘들여 개척해 당당히 시부로 만든 것은 모두 여기 있는 이들의 땀과 노력이었다.

그렇게 일궈낸 처소를 하루아침에 버려야 한다고 생각하니 그 심정이 얼마나 참담할 것인가? 게다가 폐쇄의 이유가 고작해야 변수 하나를 제때 통제하지 못했다는 것이니 더 말할 필요가 없었다.

"굳이 보고를 올릴 필요는 없지 않았습니까?"

사내가 조심스럽게 말을 건넸다. 그러자 중년인은 눈을 부릅뜨며 소리 높여 질책했다.

"입을 함부로 놀리지 마라! 어찌 감히 그런 불경한 말을 입 밖에 낼 수 있단 말인가!"

사내는 황급히 무릎을 꿇었다. 분주히 움직이던 백의인들도 중년인의 질책에 놀라 그 자리에서 일제히 무릎을 꿇었다.

중년인은 여러 수하들을 둘러보며 말했다.

"잘 들어라. 비록 우리가 말단에서 궂은일을 하고는 있으나 그 무게는 결코 가볍지 않다. 아무리 굳건한 벽도 하나의 금으로부터 무너지는 법! 비록 사소해 보이는 일이라도 본 회(會)의 근간을 뒤흔드는 대사건으로 발전할 수 있으니 어찌 소홀히 여길 수 있겠느냐?"

말을 꺼낸 사내뿐 아니라 다른 백의인들도 모두 같은 마음이었다. 최초 계획과 달리 제거 대상 중 하나를 놓쳤을 뿐, 일의 목적은 달성한 터다. 그러니 굳이 제거 대상 중 하나를 놓쳤다는 것까지 상부에 보고할 필요는 없었던 것이다.

그랬던 그들의 머리 위로 중년인의 추상같은 질타가 떨어지니 한 사람도 고개를 드는 이가 없었다.

"…존명!"

누가 먼저랄 것도 없이 백의인들은 중년인의 말을 받들어 세웠다. 타닥타닥. 횃불 타오르는 소리가 희미한 달빛과 함께 좌중의 숙연한 분위기를 숭고함으로 승화시키고 있었다.

그렇게 백의인들이 정서적으로 고양되고 있던 찰나, 그 숭

고함의 장에 흙발로 들이닥친 이가 있었다.

바로 이극이었다.

"이야, 멋있다! 멋있어!"

이극은 손뼉을 치며 여유롭게 장내로 걸어 들어왔다. 뜻밖의 침입자에 백의인들이 놀라 일어났다.

"네놈은……!"

이극을 알아본 중년인은 어찌나 놀랐는지 말을 잇지 못할 정도였다. 이극은 중년인의 놀란 눈을 보며 확신을 가졌다. 몸의 태라든가 눈의 생김새가, 수재민들의 생명으로 자신을 협박했던 그 백의 복면인이 틀림없었다.

"맞아. 나야, 나."

이극은 빙그레 웃으며 말하고 긴 다리를 성큼 움직였다. 백의인들은 놀라 주춤거리며 저마다 가진 무기를 빼 들었다. 그러나 폐쇄 준비를 막 마친 터라 무기를 휴대한 자는 절반이 채 안 됐다.

중년인이 수하 사내를 돌아보며 물었다.

"척살대는? 척살대는 어찌 된 것이냐?"

중년인이 척살대에 대해 물어본 것이 방금 전이다. 당연히 그 사이에 연락이 왔을 리 없다. 난처해하는 사내를 이극이 구원하고 나섰다.

"그 눈 뒤집힌 미친놈들 말인가? 나랑 만나긴 했지."

"헛소리! 척살대를 만났다면 네놈이 무사할 리 없다!"

중년인의 반박에 이극은 고개를 끄덕였다.

"그 말이 맞는데… 내가 무사해 보여? 이거 봐. 지금도 쓰려서 죽을 것 같단 말이지. 나 하나도 안 무사해."

이극은 소매를 걷어 다 쓸린 팔뚝을 보였다.

"설마 그럴 리가……!"

중년인의 목소리가 떨리고 있었다.

중년인을 비롯해 이 자리에 있는 백의인들은 애초에 무공을 전문적으로 익히지 않은 자들이다. 반면 척살대는 상부에서 파견한 고수들이니, 그들이 당했다면 백의인들로선 손 쓸 방도가 없는 것이다.

이극은 소매를 내리며 중년인에게 말했다. 크지 않은 목소리가 중년인의 귓속으로 날카롭게 꽂혔다.

"그 척살댄지 뭔지랑 싸우고 여기 찾느라 아주 개고생을 했다는 거 아냐. 내가 진짜, 몇 푼 안 되는 돈 받겠다고, 아으……. 하여튼! 사람들 다 어디 갔어?"

"……"

중년인은 입을 꽉 다문 채 대답하지 않았다. 결사 항전을 앞둔 장수처럼 비장한 표정이었는데, 이극은 도리어 그런 중년인을 조롱하였다.

"입 다물고 있다고 내가 알아내지 못할 것 같나? 뭐, 차

차 알게 되겠지. 하긴 그것도 그거고 들어야 할 게 너무 많네. 아니, 이거부터 묻자. 어느 선까지 얘기가 된 거야?"

"…그게 무슨 소리냐?"

조개처럼 닫혀 있던 중년인의 입이 금세 열렸다. 흔들리는 눈이 그의 심정을 그대로 비추고 있었다.

이극이 말했다.

"전열에 있어서 죽은 표사들, 죄다 나처럼 항주 뒷골목에서 해결사 노릇이나 하던 치들이라고. 정식 표사들 시체는 하나도 없더라? 너희랑 표국이든 어디든, 사전에 교감이 있지 않고서야 이럴 수는 없지. 이건 누가 봐도 구린내가 아주 진동을 하는 판이란 말이지."

이극이 웃으며 묻자 중년인은 다시 입을 다물었다. 잠시 흔들리던 눈빛도 다시 굳건해졌다.

그러나 이는 오히려 이극의 의문이 저들에게 얼마만큼의 무게를 지니고 있는지를 방증하는 반응이었다. 이극은 득의만만한 얼굴로 말했다.

"이렇게 물어볼 게 많으니 나도 참 걱정이긴 한데, 그 전에 정리 좀 하자."

이극은 양손을 깍지 껴 팔을 쭉 펴고 몇 번 몸을 풀었다. 명백히 허점 투성이었지만 열 명이 넘는 백의인 중 누구도 달려들 엄두를 내지 못하고 있었다.

"대주(隊主)! 여긴 저희가 막겠습니다! 몸을 피하십시오!"

수하 사내가 중년인의 앞을 막고 나섰다. 다른 백의인들도 무기를 든 자, 맨손인 자 가리지 않고 중년인의 앞에 벽을 만들었다.

그 눈빛이 결연하고 얼굴에는 비장미가 넘쳐나니, 이 장면만 따로 떼어놓고 본다면 꽤나 감동적일지도 모른다. 어디까지나 얼굴을 가린 채 사술을 써서 사람을 죽이고 납치하는 자들끼리의 의리라는 걸 모를 때의 이야기지만.

이극은 코웃음을 치며 말했다.

"놀고들 있네. 어이, 대주 양반! 이중에선 자네가 제일 많이 알고 있을 테니 특별히 심도있는 질문을 하겠어. 마음의 준비나 단단히 하라고."

비웃음을 샀지만 백의인들의 표정은 변함이 없었다. 대주라고 불린 중년인이 바로 앞을 가로막은 사내에게 물었다.

"준비는 다 해놓았겠지?"

사내가 대답했다.

"폐쇄 준비는 완벽합니다. 부디 보중하시어 대업(大業)을 이루십시오."

"먼저 가 기다리게. 일을 마치면 나도 곧 따라갈 터."

"…존명!"

마지막 대답은 백의인들이 모두 입을 모아 외쳤다. 중년인은 굳은 얼굴로 고개를 끄덕이고 몸을 돌려 암자 뒤쪽으로 달려갔다.

암자 뒤쪽은 천길 낭떠러지다. 백의인이 그곳으로 향한다면 분명 외인이 모르는 도주로가 있다는 뜻일 터.

"도망치게 내버려 둘 줄 알고?"

이극의 신형이 순간 흐릿해지더니, 순식간에 수 장 거리를 좁혀왔다. 백의인들은 놀라지 않고 무리 지어 이극의 진로를 가로막았다.

"비켜라!"

이극이 크게 소리치며 쌍장을 휘둘렀다. 이극의 손바닥은 방어를 쉽게 뚫고 바로 앞에 있는 두 백의인의 어깨를 강타했다.

"…음?"

그러나 물러난 편은 오히려 이극이었다. 백의인들의 어깨에서 예사롭지 않은 반탄력이 이극의 손바닥을 밀어낸 것이다.

'진법인가?'

한 발 물러나서 보니 백의인들은 각자 방위를 점하여 일정한 모양의 진을 형성하고 있었다.

"성가시다!"

이극은 몸을 날려 진법 한가운데로 들어섰다. 사방에서 주먹과 손바닥, 날붙이가 날아들었다.

파바박!

이극은 날붙이는 피하고 주먹과 손바닥은 맞받아쳤다. 이번에도 커다란 힘이 느껴졌지만, 이극의 장력은 그 힘을 상회하고도 남음이 있었다.

"커헉!"

두 명의 백의인이 피를 토하며 뒤로 물러났다. 진법을 유지하기 위해 모든 백의인이 각자 같은 거리만큼 뒤로 물러났다. 백의인들과 이극의 위치는 암자 바로 앞까지 다가와 있었다.

백의인 개개의 무위는 높지 않았지만 진법의 힘이 신묘했다. 재차 무너뜨리기에 실패한 이극의 마음이 조급해졌다.

'일단 무리해서라도 여길 뚫고 지나가야… 응?'

작정하고 공력을 끌어올리던 이극의 눈에 무언가가 들어왔다. 바로 진법을 형성하여 자신의 앞을 가로막은 자들의 눈빛이었다.

백의인들의 눈은 하나같이 확고한 결의로 반짝였지만 그 가운데 무언가 놓아버린 듯 공허한 구석이 있었다.

낯설지 않다.

분명 기억 속 어딘가에 있는 눈빛이다.

이극은 재빨리 몸을 돌렸다. 기억 속에 남아 있는 그 눈빛이 누구의 것이었는지, 그 주인이 무엇을 하였는지 떠오른 것이다. 그러나 백의인들의 진법은 살아 있는 양 기민하게 움직였다.

"……!"

몇몇은 이극의 앞을 가로막고, 몇몇은 몸을 던져 이극을 붙들었다.

"이거 놔!"

이극은 소리치며 팔다리를 흔들었다. 그러나 한 번 달라붙은 백의인들은 뼈가 부러지고 살이 터지는데도 아랑곳하지 않고 잡은 손을 놓지 않았다.

어느 순간, 실랑이를 하던 이극이 팔다리를 멈췄다. 백발백중의 적중률을 자랑하는 '좋지 않은 예감'이 발동한 것이다. 이극은 입술을 깨물며 내뱉었다.

"이런 젠장!"

콰콰콰콰콰콰콰콰쾅—!

굉음과 함께 암자가 부서지며 거대한 폭발이 일어났다.

달걀 껍데기처럼 균열을 일으킨 암자의 틈바구니로 광선이 수십 가닥으로 나뉘어 쏘아지고, 불꽃과 충격파가 뒤이어 사방으로 퍼져 나갔다.

밤하늘 끝까지 뻗어나가는 압도적인 광량 속으로 이극의 모습은 사라져 보이지 않았다.

* * *

항주의 밤은 정숙하다.

여느 대도시들과 달리 주점과 기방, 홍등가가 일찍 문을 닫는다. 이는 지난여름 항주를 덮친 수해 때문인데, 피해자들을 위로하고 사망자의 넋을 기리기 위할 리는 없고, 단순히 그 일로 인해 경기가 안 좋기 때문이었다.

더구나 무림맹의 주도하에 수재민들 중 사지 멀쩡한 사내 대부분이 '자활공사단(子活工事團)'에 자원하여 항주를 빠져나간 지 오래다. 이로써 한동안 항주를 뒤덮은 뒤숭숭한 분위기도 가라앉은 것이다.

취객도, 난민도 사라진 항주의 밤은 실로 정숙하다는 말이 어울리는 시간이었다.

차형공(車炯供)은 그 정숙한 어둠 속에 홀로 앉아 있었다.

선조 대대로 내려온 차씨 표국의 당대 표두인 차형공은 대담한 일처리와 친화력으로 항주는 물론 절강성 일대에 명성이 자자했다. 본래 그저 그런 군소 표국에 지나지 않던 차씨 표국을 일약 명문으로 끌어올린 것도 차형공의 경영 수완이었다.

차씨 표국은 근자에도 실력을 인정받아 '자활공사단'의

경호 및 인솔에 참여하는 영광을 획득했다. 말 그대로 표국이 세워진 이래 최고의 전성기를 구가하고 있는 것이다. 자연 차형공 개인으로서는 하루하루가 구름 위를 걷는 기분이라 해도 과언이 아닐 터였다.

그러나 차형공의 얼굴에는 작은 등불이 드리운 그림자뿐 아니라 깊은 고뇌가 드리워 있었다.

집무용 책상 위에는 종이와 벼루, 붓 등이 놓여 있었다. 차형공은 몇 번이나 붓을 들었다 놓기를 반복했다. 붓을 들고 종이를 펴 무언가를 쓰려고 하나, 차마 쓸 수가 없었는지 먹만 몇 방울 떨어뜨리고 거두는 것이었다.

그러기를 몇 차례. 차형공은 결국 결심이 섰는지 굳건히 붓을 잡았다. 그리고 일필휘지로 종이를 채워나가기 시작했다.

"……."

무언가를 쭉 써내려 간 차형공은 벼루 위에 붓을 내려놓았다. 혈육이라도 잃었는지 침통하기 그지없는 얼굴이었다.

차형공은 자신이 쓴 글을 두세 번 읽어보고 종이를 접어 봉투에 넣었다. 그리고 등불이 미치지 않는 어둠 속으로 손을 뻗었다.

어둠 속에서 꺼낸 물건은 삼각형으로 접힌 종이였다. 차형공은 조심스럽게 종이를 폈다. 접힌 자국이 선명한 종이 위에는 푸르스름한 가루가 한 움큼 쌓여 있었다.

꿀꺽!

차형공은 마른 침을 삼켰다. 그리고 떨리는 손으로 종이를 들어, 가루를 입안으로 털어 넣었다.

"허… 허억!"

가루를 집어삼키자마자 차형공은 자리에서 반쯤 일어나 신음 소리를 흘렸다. 그러나 어떻게든 입 밖에 내지 않으려는 듯 차형공의 입술은 굳게 닫혀 있었다.

두 눈은 튀어나올 듯 커져 있었고 얼굴은 핏기가 하나도 없이 창백했다. 결국 차형공의 입이 열리고, 기침과 함께 피가 뿜어져 나왔다.

후두둑—

흰 종이 위로 붉은 핏방울이 떨어져 번졌다. 차형공은 그대로 책상 위에 엎어졌다.

가슴을 부여잡던 손은 이제 종이를 찢고, 탁상을 긁었다. 우당탕탕! 큰 소리를 내며 의자가 넘어지고 벼루며 문진이며 온통 바닥으로 떨어져 깨지고 말았다.

소리는 어둠을 찢고 날았지만 곧 날개를 접고 말았다. 아무도 찾아오지 않는 방 안에서 차형공의 몸이 경련을 멈추었고, 밤은 다시 평화를 되찾았다.

오래지 않아 창문이 열렸다. 바람이었을까?

그러나 열린 창으로 들어온 것은 바람이 아닌 사람의 그림자였다. 그림자는 소리없는 걸음으로 차형공의 시신 가까이 다가갔다.

 외로이 차형공의 시신을 비추던 등불의 영역으로 커다란 손이 불쑥 들어왔다. 손은 차형공의 맥을 짚은 후, 일으켜 의자에 앉혔다. 피가 말라붙어 엉켜 있는 수염 곳곳에 푸른 가루가 묻어 있었다.

 "이런 제길!"

 어둠 속에서 나지막이 상스런 소리가 튀어나왔다.

 차형공을 일으키자 그 아래 한 통의 서신이 모습을 드러냈다. 손은 재빨리 서신을 꺼내 불 아래에 비춰보았다.

 휘잉—

 그림자가 들어온 장틈으로 이번에는 바람이 들어왔다. 등불이 흔들리며 어둠 위에 서신을 읽고 있는 사내의 얼굴 자국을 새겨놓았다.

 이극이었다.

 이극은 다 읽은 서신을 다시 접어 봉투에 넣고 제자리에 고이 놓았다. 그리고 몸을 돌려 창가로 다가갔다.

 차형공의 집무실은 건물 삼 층에 위치해 있다. 이극의 눈에 항주의 어둠이 펼쳐졌다.

 이극은 창틀에 한 발을 걸치고 항주의 어둠을 바라봤다. 어둠 저편, 한 곳에 모여 있는 빛들이 이극의 눈에 들어왔다. 손바닥 크기의 공간에 수백의 빛들이 모여 밤을 비추고 있었다.

이 도시에서 저만한 규모의 빛을 밝힐 수 있는 기관은 단 한 곳. 무림맹뿐이다.

무림맹은 이극을 비웃듯 환히 빛나고 있었다.

"……."

이극은 입술을 지그시 깨물었다. 가슴속에서 멋대로 날뛰며 목구멍으로 튀어나오려던 말들이 힘겹게 가라앉았다.

쿵!

대신 이극은 애꿎은 벽을 주먹으로 쳤다. 그리고 달빛이 닿지 않는 어둠 속으로 사라졌다.

봄이 지나갈 무렵, 각지로 향하던 '자활공사단' 중 일부가 실종되었다는 소식이 춘풍에 실려 항주로 전해졌다. 그러나 누구도 그 일에 관심을 기울이는 자가 없었다. 골칫덩어리에 불과했던 공사단의 실종에 안타까워하는 이는 그들의 가족뿐이었다.

사람들은 그보다 공사단의 실종에 책임을 지고 자결한 차씨 표국의 표두, 차형공을 주목했다.

차형공은 표두로서 공사단의 실종에 책임을 지고 스스로 목숨을 끊었다. 그리고 유서를 통해 표국의 모든 재산을 실종자 수색과 그 가족의 지원에 쓸 것을 당부한 것이다.

무림맹 본영도 차씨 표국에 인솔을 일임한 것에 대하여 일부 책임을 인정하고, 차 표두의 결정을 지지하는 벽보를 곳곳에 붙였다. 그리고 수색 및 남은 가족의 지원에 일정 금액을 분담하리라 천명했다.

사람들은 죽은 차 표두의 의기를 칭송했고, 무림맹의 빠른 행보에 감탄을 금치 못했다. 그리고 이 모든 찬사는 자연스럽게 물꼬를 틀어 한 사람, 무림맹주를 향해 쏟아졌다. 그들의 말에 따르면 꽃들을 피어나게 하는 것은 봄의 온기가 아니라 무림맹주의 공덕이었다.

봄은 그렇게 깊어가고 있었다.

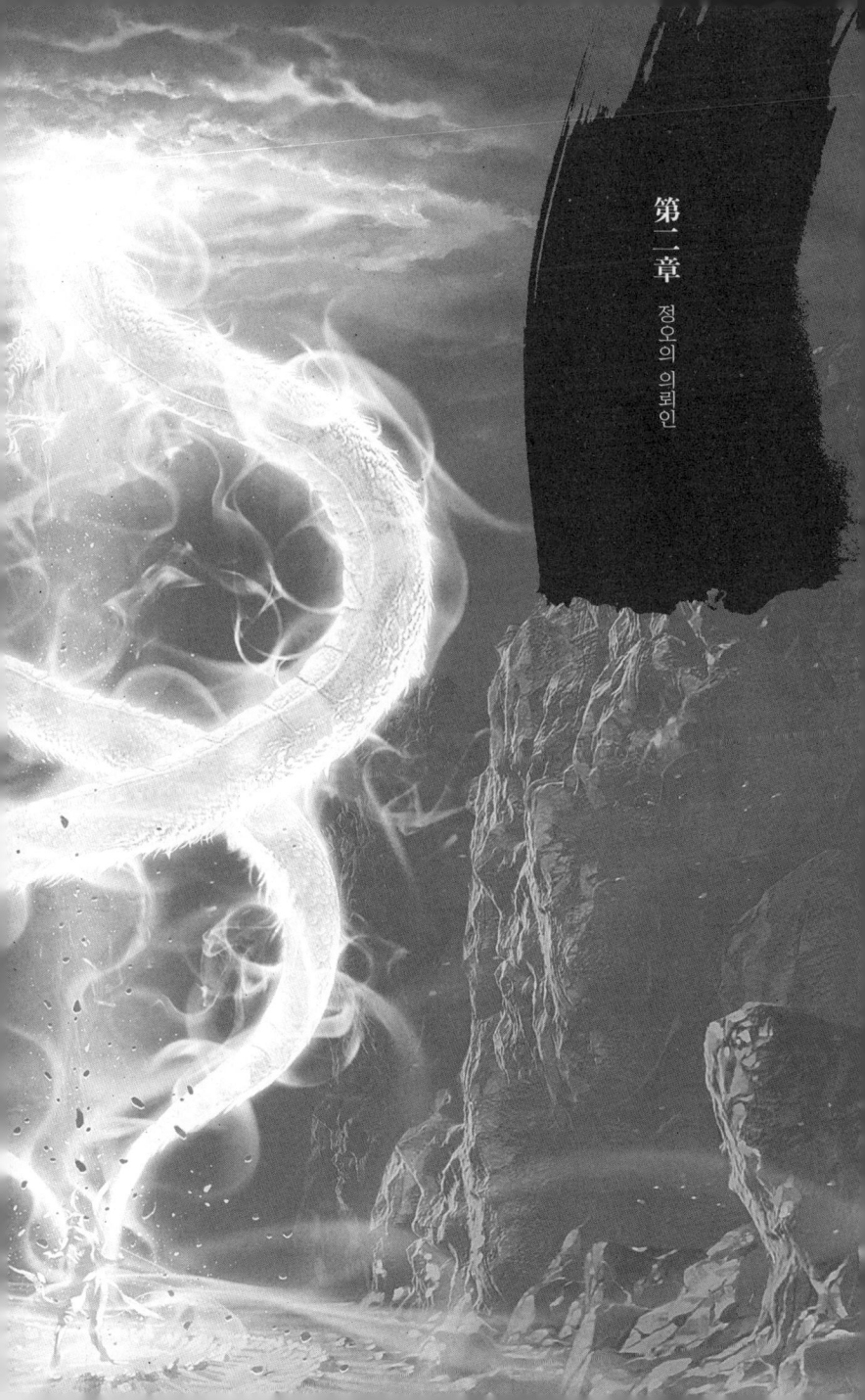

第二章 정오의 의뢰인

蒼龍魂 창룡혼

1

끼익… 끼이익…….

한 걸음 내딛을 때마다 복도는 고통스러운 신음을 내뱉었다. 마감이 엉성한 건지 오래되어 접합 부위가 뒤틀린 건지, 창살처럼 스며드는 빛줄기는 신음하는 복도를 어둠 속에 가두고 있었다.

복도를 신음케 하는 발걸음의 주인은 호리호리한 그림자. 어둔 복도에 드문드문 내리꽂힌 빛줄기를 지날 때만이 겨우 여인의 것임을 알 수 있는 그림자였다.

끼익…….

규칙적으로 울려 퍼지던 신음 소리가 멈추고, 여인의 그림자는 걸음을 멈췄다.

멈춰 선 여인의 앞에는 굳게 닫힌 문이 있었다.

여인이 지나쳐 온 복도에는 이와 같은 문이 여러 개 있었다. 그러나 문 앞에는 식별할 수 있는 어떠한 표식도 붙어 있지 않았다.

"후우……."

여인은 가볍게 숨을 들이쉬었다. 그리고 마음의 준비를 했는지, 과감히 손을 들어 눈앞의 문을 두드렸다.

탕! 탕!

"……."

잠시 기다리지만 반응이 없다. 여인의 가는 팔이 다시 올라갔다.

탕! 탕!

"……."

여전히 문 안쪽에서는 사람의 기척조차 느껴지지 않았다. 여인은 잠시 망설이다 문을 밀었다.

끼이익―

문은 보기와 달리 쉽게 열렸다. 최소한의 잠금 장치도 없었던 것이다.

"……!"

열린 문 사이로 압도적인 빛이 쏟아졌다. 빛 속에서 눈을 찡그린 여인의 모습이 온전히 드러났다.

훤칠한 키와 선명한 굴곡은 성숙한 여인의 그것이다. 그러나 방 안 가득한 햇살 속에 드러난 얼굴은 아직 앳된 소녀가 아닌가?

눈썹은 짙고 큰 눈은 흑백의 대비가 선명하다. 코는 아주 높지도, 낮지도 않은 적당한 크기이며 입술은 연지 없이도 충분히 붉다. 살결은 희고 부드러웠으나 아직 빠지지 않은 젖살이 두 볼에 붙어 있으니 영락없는 십대 후반의 소녀다.

다만 단정하고 조화로운 이목구비 속에 엿보이는 굳은 심지가, 또래의 소녀들과는 다른 면이 있음을 웅변하고 있었다.

"으음……!"

소녀는 손으로 챙을 만들어 빛을 가리며 두 눈을 가늘게 떴다. 돌아온 시계에, 문 안쪽의 광경이 들어왔다.

그리 넓지 않은 직사각형의 공간에, 세간이라고는 낡은 탁자와 의자 두 개가 전부다. 그나마도 평소에는 사용하지 않는지 옷가지들이 위를 덮고 있었다. 바닥에도 마찬가지로 아무렇게나 입고 벗어놓은 옷들이 빈 술병들과 함께 널브러져 있었다.

이 돼지우리나 다름없는 광경을, 커다란 창을 통해 쏟아지는 햇빛이 따스하게 감싸 안고 있었다.

"⋯응?"

소녀의 눈이 순간 휘둥그레 커졌다. 웬 원숭이 한 마리가 창가에 서 있는 게 아닌가?

짧은 갈색 털의 원숭이는 제 머리통만 한 사과를 두 손으로 들고 있었는데, 나쁜 짓을 하려다 들킨 아이처럼 소녀와 눈이 마주친 채 그 자리에 굳어버린 것이었다.

"⋯품!"

작은 원숭이가 귀엽기도 하고 굳어버린 모양새가 우습기도 하여, 소녀의 입에서 웃음이 새어 나왔다. 그때, 부스럭거리는 소리와 함께 사내의 굵은 목소리가 들려왔다.

"오공(五空), 너 이 녀석. 내가 사과 훔쳐 먹지 말라고 몇 번이나 말을⋯⋯?"

문을 열고 바로 보이는 공간 한쪽에 작은 방이 붙어 있었던 모양이었다. 자연스레 소녀의 시선이 목소리가 들린 방향으로 돌아갔다.

"⋯⋯?"

"⋯⋯!"

봉두난발의 사내는 막 잠에서 깬 얼굴로 방에서 나오다 소녀의 존재를 확인하고 그 자리에서 굳어버렸다. 소녀 역시 시선을 한곳으로 고정시킨 채 그대로 굳어버렸다.

사내는, 실오라기 하나 걸치지 않은 알몸이었다.

"…꺄악!"

돌처럼 굳어버린 줄 알았던 소녀는 날카롭게 소리를 지르며 손을 올렸다. 소녀가 등 뒤에 맨 검을 잡은 순간, 사내 역시 괴성을 지르며 자신이 나왔던 방 안으로 뛰어들었다.

"으아악!"

동시에 소녀는 검을 뽑고 두세 걸음을 훌쩍 넘어 사내가 도로 들어간 반대편 벽에 등을 붙였다.

아랫입술을 꽉 깨문 소녀의 얼굴은 경악과 수치심으로 붉게 달아올라 있었다. 검을 쥔 두 손에는 잔뜩 힘이 들어가 있어 저걸로 무나 벨 수 있을까 싶은 생각이 절로 들 정도였다.

"우끼끽!"

한바탕 벌어진 소동에 놀란 원숭이는 머리 위에 설치된 나무 구조물 위로 뛰어올라 소리를 질렀다. 두 팔로 매달려 있으면서도 긴 꼬리로 사과를 단단히 말아 간수하는 모습이 인상적이었다.

소녀는 숨을 가라앉히고 진기를 끌어올렸다. 언제라도 벨 수 있도록, 검을 쥔 손은 어느새 평소 모습으로 돌아가 있었다.

잠시 후, 방 안에서 사내가 고개를 내밀었다.

"도, 도둑이오? 여긴 가져갈 것도 없소!"

고개만 내민 사내를 보자 소녀는 팽팽하게 당겨졌던 실이 툭, 하고 끊어지는 기분이 들었다.

"…하아."

소녀는 마른 숨을 토해내며 말했다.

"여기가 어떤 의뢰든 받아서 해결해 준다는 '팔방해사처(八方解士處)'가 맞나요?"

"…예?"

"이걸 보고 왔습니다만."

소녀는 품 안에서 종이 한 장을 꺼내 내밀었다. 대략 두 뼘 길이의 종이에는 우선 커다란 글씨로 다음과 같이 쓰여 있었다.

당신의 고민을 해결해 드립니다.
지금 당장 팔방해사를 찾아주세요.

두 줄 옆으로는 더 작고 가는 글씨로 이런저런 미사여구들이 빽빽이 쓰여 있었다. 그 속에는 이곳, 자칭 팔방해사를 만날 수 있는 '팔방해사처'의 위치도 포함되어 있었다.

소녀가 내민 전단지를 보자 사내는 머리를 긁적였다.

"아… 하하, 하! 손님이셨군요. 난 또……."

"……."

소녀는 고개만 내밀고 어색하게 웃는 사내를 쏘아봤다. 이런 사내를 믿어도 될까? 마음속 깊은 곳에서 의구심이 고개를 쳐들었다.

'하지만……!'

어쩔 수 없다. 물에 빠진 것처럼 막막한 소녀에게는 무엇이든 붙잡을 것이 필요했다. 그것이 지푸라기일지언정 말이다.

"의뢰할 것이 있어요."

소녀는 검을 검집에 넣고, 또박또박 아주 명확하게 말했다. 절도있는 동작과 당당한 태도, 그리고 기품있는 말투는 소녀의 출신이 천하지 않음을 말해주고 있었다.

그러거나 말거나, 사내는 활짝 웃으며 말했다.

"예, 예! 잘 오셨습니다! 아주 잘 찾아오셨습니다! 아, 잠시만 기다려 주십시오!"

사내는 그 말을 남기고 방 안으로 모습을 숨겼다.

잠시 후, 사내가 다시 고개를 내밀었다. 사내의 얼굴에는 난처한 기색이 역력했다.

"저기, 잠시만 기다려 주십시오. 오공! 내 옷 좀 가져와라!"

사내는 양해를 구하고 나무 구조물 위에 앉아 있는 원숭이에게 소리쳤다. 그러나 오공이라고 불린 원숭이는 잠시 사내를 내려다보더니, 여보란 듯 무시하고 사과를 먹기 시작했다.

사내는 입술을 깨물며 말했다.

"너… 죽는다?"

그러나 사내의 협박이 두렵지도 않은지 원숭이는 사과의 맛을 음미하는 데 여념이 없었다. 사내는 어금니를 악물며,

"두고 보자!"

라는 말만 남기고 멋쩍게 웃으며 소녀에게 말했다.

"이거 초면에 실례인 줄 압니다만… 거기 아무 옷이나 하나만… 부탁드립니다."

사방에 널브러진 옷들은 모두 언제 빨았는지 짐작도 가지 않을 정도여서, 여느 여염집 처녀라면 차마 맨손으로 집을 생각도 못 할 것이 틀림없었다. 그러나 소녀는 더러운 옷가지를 거침없이 집어 들었다.

"자요."

행여나 난처한 모습을 다시 볼까 두려워, 소녀는 고개를 반대편으로 돌리고 옷가지를 내밀었다. 사내는 의미심장한 미소를 지으며 받아 들었다.

"고맙습니다. 잠시만 기다려 주십시오. 예, 일단 거기 앉아 계시면 됩니다. 예, 거기요."

안내에 따라 소녀는 방금 옷을 걷어낸 의자에 앉았다. 그러자 시선이 자연스럽게 탁자 위로 향했는데, 옷가지 틈으로 소복이 쌓인 먼지가 눈에 들어왔다.

소녀는 손을 뻗어 옷가지를 들어 창가로 옮겼다. 그리고 품에서 손수건을 꺼내 탁자 위를 닦기 시작했다.

그러는 사이 옷을 갖춰 입은 사내가 방에서 나왔다. 사내는 머리를 뒤로 돌려 묶으며 소녀의 반대편에 앉았다.

"정말 죄송하게 됐습니다. 손님을 오래 기다리게 하다니, 나도 참! 하핫!"

"괜찮습니다."

사내는 넉살 좋게 웃으며 자리에서 일어났다.

"실례가 많았습니다. 정식으로 인사드리지요. 팔방해사(八方解士) 이극(李克)이라고 합니다."

"유서현(劉瑞賢)이에요."

소녀─유서현은 마주 자리에서 일어나 짧게 인사했다.

사내─이극은 다시 자리에 앉아 말했다.

"한데… 제 얼굴에 뭐라도 묻었습니까?"

아닌 게 아니라 유서현은 그 깊은 눈으로 이극과 시선을 맞추고 있었다. 유서현은 이극에게서 시선을 떼지 않고 대답했다.

"대화를 할 때에는 상대의 눈을 보는 것이 예의라고 배웠습니다. 부담스러우신가요?"

이극은 웃으며 두 손을 내저었다.

"아닙니다. 부담스럽기는요! 유 소저의 말씀이 백 번 옳습니다. 그렇지요. 자고로 눈은 마음의 창이라 하지 않았습니까? 눈을 보면 그 사람이 어떤 마음을 먹고 있는지 훤히 들여다 볼 수 있지요. 시선을 자꾸 회피하는 사람은 반드시 어딘가에 구린 구석이 존재하게 마련입니다. 하하하! 소저의 성품이 이토록 반듯한 걸 보니 필시 명… 아니, 훌륭한 가친 밑에서 좋은 교육을 받으며 살아온 것 같군요."

한바탕 장광설이 끝나고, 이극은 다시 환한 미소를 지었다.

사실 지금 이극은 막 잠에서 깨어나 꼴이 추레하였고 간밤에 폭음을 한 탓에 구취가 극심했다. 그러나 마주앉은 이 소녀는 얼굴에 한점 싫은 기색도 내비치지 않고 그저 담담히 자신의 눈을 직시하고 있는 것이다.

'차림이 깔끔하기는 하나 비싼 것이 아니니 명문세가의 여식은 아니렷다. 하긴, 잘난 집안의 여식이 수행원 하나 없이 이런 곳에 올 리가 없지.'

이극은 속으로 머리를 굴리며 말을 이었다.

"어쨌든 잘 찾아오셨습니다. 그 전단지는 작년에 뿌린 것인데 용케도 구하셨군요. 크흠! 거기 써놓았다시피 본 해사는 손님의 의뢰라면 무엇이 되었든 최선을 다해 완수하여 드리는 것을 목표로 하고 있고, 또한 지금껏 한 번도 실패해 본 적이 없었다는 것을 우선적으로 말씀드리고 싶군요."

유서현은 가볍게 고개를 끄덕였다. 말을 하지는 않았지만, 이극을 바라보는 시선에 무슨 이야기이든 끝날 때까지 경청하겠다는 의사가 선명히 드러나 있었다.

"그러니 소저께서 본 해사를 찾아오신 것은 그야말로 하늘이 소저를 각별히 여기고 있다는, 뭐 그런 방증이 아닌가, 그런 생각이 듭니다. 거두절미하고! 제가 무엇을 도와드리면 되겠습니까?"

"사람을 찾고자 해요."

짝!

유서현의 말이 떨어지기 무섭게 이극은 박수를 쳤다. 그리고 과장된 몸짓으로 탁자를 두드리며 말했다.

"이렇게 공교로울 수가! 소저, 소저께서 본 해사를 찾아오신 것은 참으로 하늘이 인도치 않고는 있을 수 없는 일이라고 할 수밖에 없군요! 그래, 어떤 분을 찾으십니까?"

소녀의 눈빛이 순간 흔들렸다. 유서현은 잠시 숨을 고른 뒤 입을 열었다.

"제… 오라비입니다."

"저런……! 얼마나 심려가 큽니까? 이해합니다."

이극은 과장된 표정으로 고개를 끄덕거렸다. 그러나 그의 머릿속은 이제껏 축적된 경험을 토대로 돌아가고 있었다.

유서현의 나이는 기껏해야 열이고여덟 살. 굳이 그녀가 찾으러 다닐 정도라면 두 남매 사이에 다른 형제가 없을 확률이 높다. 그렇다는 전제하에 사라진 오빠의 나이는 많아야 이십 대 후반에서 삼십대 초반일 것이다.

정오의 의뢰인 71

이십대와 삼십대 사이의 청년이 가족 모르게 사라지기란 아주 드문 일은 아니다. 풍운의 꿈을 안고 가족 모르게 집을 나섰을 수도 있고, 도박 빚을 갚지 못해 몸을 숨겼을 수도 있다.

'아니, 그보다는… 보아하니 무가(武家)의 자제이니 원한 관계일 가능성이 더 높겠군.'

이극은 눈으로는 유서현의 시선과 마주하며 머릿속으로 예상 범위를 좁혀 나갔다. 그러나 정작 유서현의 입에서 나온 말은, 이극이 설정한 범위를 한참 벗어나 있었다.

"사라진 제 오라비는 유순흠(劉純欽)이란 이름이며 무림맹 본영에 소속된 무사라고 해요. 두 달 전에 연락이 끊겼고… 왜 그러시죠?"

유서현은 말을 멈췄다. 이극이 묘하게도 얼굴을 일그러뜨렸기 때문이었다.

"아… 이거 참."

이극은 유서현의 시선을 피하며 머리를 긁었다. 거친 손길에 한데 묶였던 머리가 헝클어졌지만, 이극은 개의치 않고 안타까운 표정으로 말했다.

"손님, 죄송하지만 그 의뢰는 받을 수 없겠습니다."

2

항주는 아름답고 또 풍요로운 도시다.

'상유천당(上有天堂) 하유소항(下有蘇抗)'이라며 소주와 함께 그 아름다움을 칭송하는 말은 식상하지만, 결코 부정할 수 없는 진실이기도 했다. 또한 대운하와 강이 인접한 물류의 중심지로 물자가 풍부하니 말년을 항주에서 지내고자 하는 이들이 많은 것도 당연한 일이었다.

이극은 그 풍요로운 도시의 한복판, 저잣거리를 큰 걸음으로 가로지르고 있었다. 그의 어깨에는 작은 원숭이 '오공'이 앉아 있었다.

"끽! 끼익!"

어깨에 앉아 있던 오공이 소리를 질렀다.

"윽!"

이극은 걸음을 멈추고 오공의 목덜미를 잡아챘다. 이극은 두 눈을 부라리며 오공을 윽박질렀다.

"귀청 떨어지겠다, 인마! 대체 뭐가 불만이야?"

"끼익! 끼끼끽! 끽!"

오공은 허공에 매달린 채 발버둥을 쳤다. 그러자 원숭이의 말을 알아듣기라도 한 듯, 이극이 대답했다.

"안 돼. 암만 사정이 딱해도 안 되는 건 안 되는 거야. 무림맹에 관련된 의뢰는 받지 않는 거 몰라?"

정오의 의뢰인 73

"우끽! 우끼익!"

오공은 손발을 휘저으며 불만을 토로했다. 덕분에 길가의 상인들, 지나가던 행인들이 모두 이극과 오공을 주목했다.

"아이고, 죄송합니다! 죄송해요!"

이극은 재빨리 오공의 입을 막고 굽실거리며 자리를 빠져나갔다.

이윽고 이극이 도착한 곳은 시장 구석에 위치한 자그마한 객잔이었다. 이극은 점소이의 안내를 기다리지도 않고 길가에 펼쳐 놓은 탁자에 앉았다. 늦은 봄의 햇살이 따가웠지만, 객잔이 쳐 놓은 검은색 차양막이 노상 탁자 위에 그림자를 드리우고 있었다.

"먹던 걸로."

뒤늦게 달려온 점소이에게 이극은 간단한 주문을 하고 턱을 괴었다. 오공은 오는 길에 사준 사과를 정신없이 갉아먹는 중이었다.

이극은 그 모습을 한참 바라보다 중얼거렸다.

"넌 참 좋겠다."

방금 전까지만 해도 소녀의 딱한 사정을 듣고 왜 의뢰를 안 받느냐며 성질을 부리던 오공이다. 영특하기는 하나 금수는 금수인지라 사과 하나에 그 일은 까맣게 잊고, 그저 눈앞의 먹을 것에 행복해하는 모습이 참으로 속 편해 보였다.

"에휴."

이극은 턱을 괸 채로 한숨을 쉬었다. 이극이라고 소녀의 의뢰를 거부하고 도망치듯 빠져나온 것이 속 편할 리 없었다. 그러나 사정이 딱하다고 다 받아주었다가는 그것이 빌미가 되어 이극의 발목을 잡아 끌 여지가 있었다.

'그러게 오라비란 놈은 왜 무림맹 소속이고 지랄이야?'

이극은 속으로 투덜거리며 턱 받친 손을 바꿨다.

'유서현… 이었지?'

묘하게도 인상에 남는 의뢰인이다. 아니, 생각해 보면 그럴 수밖에 없다.

팔방해사.

이름은 그럴 듯하나 실상 제 손을 더럽히길 꺼려하는 자들의 일을 대행해 주는 하수인이나 다름없다. 자연히 해가 뜬 곳에서 살 수 없는 자들만 드나들던 팔방해사처에 십대 후반의, 막 피어나는 꽃봉오리 같이 약동하는 젊은이가 찾아온 것은 처음 있는 일이었다.

더구나 보통 젊은이도 아니다. 얼굴에 아직 젖살이 남아 있기는 하나 감출 수 없는 미모의 소유자다. 분명 앳된 소녀의 얼굴이건만 그 안에 어른스러운 인상이 공존하니, 대도시 항주에서 잔뼈가 굵은 이극으로서도 그녀와 견줄 만한 미인을 마땅히 꼽기가 어려울 정도였다.

정오의 의뢰인 75

"그래, 참 이뻤어… 히익!"

이극은 시선을 위로 올리며 소녀를 떠올리다 갑자기 놀라며 헛바람을 들이켰다. 팔꿈치가 미끄러지고, 그 위에 얹혀있던 턱이 수직으로 낙하하여 탁자 위에 딱! 소리를 내며 떨어졌다.

"크윽……!"

이극은 극심한 고통에 괴로워했다. 턱을 부딪치는 바람에 혀를 깨문 것이다.

"괜찮으신가요?"

고통으로 인해 흐려진 시야 속에서, 흐릿한 형체가 말을 걸어왔다. 바로 유서현이었다.

갑자기 나타난 유서현 때문에 놀라 혀까지 깨문 것이다.

이극은 혀를 내밀어 고통을 식히며 말했다.

"아니, 여긴 어떻게 왔습니까? 그보다, 전 의뢰를 받지 않는다고 분명히 말씀드렸을 텐데요?"

"어째서 안 받으시겠다는 건지 이유를 말씀해 주서야죠. 손님을 받겠다고 이렇게 전단지도 만들어 뿌리셨으면서, 정당한 이유 없이 무작정 의뢰를 받지 않겠다는 건 납득이 잘 가지 않네요."

유서현은 또박또박, 사전에 써두고 몇 번이나 반복해서 연습한 것처럼 막힘없이 말했다. 이극은 유서현의 맑은 눈빛을 슬며시 회피하며 대답했다.

"이봐요, 손님. 사는 사람만 물건을 고를 수 있는 줄 아십니까? 파는 사람도 손님을 고를 수 있습니다. 막말로 팔기 싫으면 황제가 팔라고 해도 안 팔 수 있는 게 장사란 말입니다."

"팔기 싫을 때에는 이유가 있을 것 아니에요? 저는 그 이유를 알고 싶은 거예요. 정당한 이유 없이 물건을 팔지 않겠다면 그 사람은 장사할 자격이 없다고 생각해요."

"하, 이거 참 맹랑한 아가씨일세."

이극은 아픔이 가시지 않은 혀를 차며 말했다. 의뢰를 받지 않겠다고 했으면서 계속 손님 대접을 하는 건 우스운 일이다.

"이 아가씨야. 세상이 그렇게 만만한 게 아니야. 집에서는 어땠을지 모르지만 세상이라는 게, 아가씨가 억지를 부린다고 원하는 걸 들어주고 그러는 데가 아니야."

그러는 사이 점소이가 술과 말린 고기를 가져왔다. 이극은 술을 병째로 한 모금 들이켰다.

"크으~! 어쨌든, 내가 굳이 이유를 알려줄 의무도 없고, 아가씨도 이유를 들을 수 있는 권리가 없다는 거야, 내 말은. 그리고 세상일이라는 게, 아가씨가 생각하는 것처럼 모두 정당한 이유가 있어서 일어나는 거 같아?"

"예."

유서현은 한 치의 의심도 없는 눈빛으로 이극을 바라보며 새차 말했다.

"전 그렇게 생각해요. 세상에 이유없이 일어나는 일은 없다고. 모든 일에는 합당한 원인이 있다고 말이에요."

유서현의 눈빛은 순수했고, 목소리는 올곧았다. 이극은 그런 유서현을 보며 속으로 탄식을 금할 길이 없었다.

아주 호화롭지는 못해도 부족함없는 삶이었을 게다. 부모와 형제 모두 바른 세상에서 바르게 자라, 원칙이 통하는 세상을 살고 또 이 소녀에게 보여주었을 게다.

그런 세상이 달리 있는 게 아니다. 분명, 그런 세상은 존재한다. 그러니 눈앞에 있는 소녀의 믿음이 헛되다고 할 수는 없었다.

그러나 그 세상은 천하를 포용할 만큼 크지 않다.

소녀와 주변 사람들을 모두 담았을 그 올곧은 세상에는, 이극을 담을 자리는 없었을 테니까.

이극은 문득 시선을 돌렸다.

지금 자신이 있는 곳은 차양막이 드리운 그늘 아래다. 그러나 몇 발자국만 움직이면 곧바로 눈이 시리도록 따가운 정오의 햇살이 비추는 양지가 나온다.

이토록 다른 세상이 하나의 대지에 공존하고 있음은 이해하기 어렵지도, 신기해할 일도 아니다. 유서현의 세상과 이극의 세상이 하나이면서도 서로 다름 역시 마찬가지일 것이다.

그러나 이극은 이러한 사실을 굳이 유서현에게 알려주고 싶지 않았다. 소녀는 소녀의 세상에서, 지금까지처럼 다른 세상을 모른 채 살아가는 게 옳다.

그것이야말로 소녀를 위한 길일 게다.

이극은 다시 시선을 돌렸다. 유서현은 여전히 이극의 눈을 똑바로 바라보며 그의 대답을 기다리고 있었다.

이극은 머리를 긁으며 말했다.

"아가씨가 어떻게 생각하든 그건 아가씨 자유지만, 이 아저씨가 생각할 때에는 말이야. 세상에는 그냥, 어쩌다 보니 그렇게 된 일들도 많다고 생각해. 그런 일에 일일이 이유를 찾다 보면 사람의 능력을 벗어나서 결국 알 수 없게 되기도 하고 말이야. 그럴 땐 그냥 포기하는 게 어른스러운 게 아닐까?"

"……."

유서현은 잠시 말이 없었다. 이극의 눈을 바라보는 소녀의 눈동자도 눈에 띄게 흔들리고 있었다.

그늘에 잠긴 소녀에게는 차양막 틈을 비집고 들어온 햇빛이 쌀알처럼 촘촘히 맺혀 있었다. 그런 유서현의 커다란 눈동자에 언뜻 물기가 비쳤다. 이극은 가슴이 철렁 내려앉는 것을 느꼈다.

'뭐야? 왜 이래? 내가 뭐 잘못했나?'

이극은 지금 자신을 엄습한 감정의 이름을 떠올리고 당황을 금치 못했다. 이극의 가슴을 내려앉히고 계속 괴롭히는 이 감정의 이름은 죄책감이었다.

'미안해? 내가 왜?'

이극이 당황해하는 사이, 유서현의 입술이 천천히 열렸다.

"그럼… 제 오라비의 실종도 그런 건가요?"

"……!"

"제 오라비의 실종도 굳이 이유를 찾을 필요가 없는 건가요? 그냥 사라졌다고, 행방을 찾기란 사람의 힘이 미치지 않는 일이라고, 그렇게 마음 편히 여기고 포기하면 되나요? 그게 아저씨가 말하는 어른스러운 건가요?"

"그, 그런 말이 아니라……."

평소 자신이 말을 못 한다고 생각해 본 적이 없는 이극이었다. 내심으로는 달변가에 속하지 않나, 생각해 왔던 그다.

그런데 지금 이극은 말을 더듬거릴 뿐 아니라 무슨 말을 해야 할지 감조차 잡지 못하고 있는 것이다.

말문이 막힌 이극을 보며 유서현은 자리에서 일어났다.

"알았어요. 아저씨는 어른이니까 그렇게 사시는 게 맞겠네요. 전 아직 어리니까 오라버니가 왜 사라졌는지 알아야겠고, 찾아야겠어요. 그럼 안녕히 계세요."

유서현은 고개를 숙여 인사하고 몸을 돌렸다. 그리고 한 걸음을 내디딘 뒤 다시 몸을 돌려 말했다.

"보아하니 어제 술 마시고 오늘도 일어나자마자 빈속에 음주부터 하시는 것 같은데, 그러지 마세요. 아저씨처럼 매일 술이나 마시고 안주래 봐야 육포나 곁들이면 건강을 해치니까요. 한 끼를 먹더라도 균형 잡힌 식사를 해야 건강하다는 걸 명심하시길 바랄게요."

할 말을 마친 유서현은 다시 몸을 돌려 걸어 나갔다. 유서현의 모습은 금방 인파 속으로 사라졌다.

유서현이 사라진 자리에는 그녀가 가져왔던 전단지만이 놓여 있었다. 이극은 입안에 남은 고기의 잔해를 마저 씹으며 전단지를 집어 들었다.

"이걸 돌린 게 몇 달 전인데, 용케도 구했군."

전단지를 만들어 돌린 것은 지난겨울. 손님이 지독히도 없을 때였다. 당장 내일 먹을 돈이 궁해 잔심부름이라도 해볼까 싶었던 것이다.

전단지를 보던 이극은, 갑자기 웃음을 터뜨렸다.

"푸하핫……!"

생전 처음 보는 이극에게 밥을 골고루 잘 챙겨 먹어야 건강하다는 말을 하다니? 가면서도 그런 이야기를 할 줄이야. 이극으로선 상상도 못 할 일이었다.

게다가 누군가가 걱정과 관심을 기울인다는 것. 이극에게는 생소하기만 한 일이다. 이극은 다시 술병을 들어 바닥까지 비웠다.

"사부님 이후로 처음인가? 그럼 이게 대체 몇 년 만이야?"

이극은 어쩐지 기분이 좋아 자꾸 미소가 떠오르는 것을 억누르며 말했다.

"그건 그렇고, 걔는 왜 나를 아저씨라고 부르는 거야? 척 봐도 저랑 나랑 그렇게 차이도 안 나게 생겼구먼. 내가 어딜 봐서 아저씨로 보인다고 그러는지, 원! 야, 오공! 너도 내가 아저씨처럼 보이냐? 어……?"

이극은 눈을 크게 뜨고 주변을 둘러봤다. 그러나 오공의 모습은 어디에도 보이지 않았다.

"오공! 오공!"

소리 높여 불렀지만 대답은커녕 꼬리 끝도 보이지 않았다. 이극은 이 필요 이상으로 영특한 원숭이의 머릿속을 훤히 꿰뚫고 있었다. 놈이 어디로 갔을지 눈에 훤하다.

"이 자식이… 꼴에 사내 새끼라고!"

중얼거리며, 이극은 자리에서 분연히 일어났다.

3

웅성웅성.

사람들이 저마다 늘어놓는 말들이 거리를 가득 메웠다.

각자의 사연을 담은 이야기들은 한데 뭉침으로써 거대한 질감을 획득하고 대신 수백, 수천 가지 의미를 상실한다. 지금 유서현의 귓가에 들려오는 소리는 그렇게 아무 의미도 없고 먹먹하며 아득한 질감으로 주변을 가득 채울 뿐이었다.

휙!

정처없이 걷고 있던 유서현의 품에 작은 그림자가 하나 뛰어들었다.

"어머!"

유서현은 놀라 소리치며 그림자를 떼어놓으려 했다. 그러나 두 손으로 잡는 순간, 복슬복슬한 감촉이 손끝으로 전해져 왔다.

"끽! 끼긱! 끽!"

품에 찰싹 붙어 유서현을 올려다보는 것은 작은 원숭이였다. 유서현은 반색을 하며 두 손으로 원숭이를 들어 올렸다.

"너! 이름이 분명 오공이랬지?"

원숭이는 큰 눈을 반짝이며 고개를 끄덕였다. 그 모습이 어찌나 귀여운지, 유서현은 활짝 웃으며 원숭이를 꼭 끌어안았다.

"우끼……?"

오공의 얼굴이 살짝 달아올랐다. 그러나 유서현은 곧바로 오공을 떼어내 다시 제 얼굴 앞에 들고 눈을 맞췄다.

"그런데 너, 여긴 어쩐 일이니? 날 따라온 거야?"

"우끼! 끽!"

"네 주인은 어쩌고?"

주인을 묻자 오공은 고개를 돌렸다. 시선을 회피하는 원숭이를 보며 유서현은 미소 지었다.

"너, 평소에도 되게 말썽 많이 피우는구나? 그렇지?"

오공은 고개를 절레절레 흔들었다. 사람의 말을 알아듣고 적절하게 반응하는 모습이 너무 신기하고, 또 귀여웠다. 유서현은 가까운 골목 안으로 들어가 담벼락 위에 오공을 앉히고 자신도 나란히 앉았다.

"휴우……."

제 키보다 높은 담벼락 위에 앉자, 한줄기 바람이 불어왔다. 유서현은 이마에 붙은 머리카락을 넘기며 눈썹을 찌푸렸다. 그리고 오공에게 말했다.

"도시는 참 이상해. 이렇게 많은 사람들이 한데 모여 사는데 서로 잘 알지도 못한단 말이야."

"……"

원숭이에게 딱히 대답을 바라고 말하는 사람은 없으리라. 오공의 대답이 돌아오진 않았지만 유서현은 개의치 않고 말을 이었다.

"내가 살던 마을은 사람들끼리 어느 집에 누가 사는지, 누가 무엇을 하는지 서로 너무너무 잘 안다? 심지어 옆집 사는 누가 아침에 뭘 먹었는지도 안다니까? 진짜야."

유서현은 잠시 고개를 들어 하늘을 올려다봤다. 드문드문 낀 구름이 있어 하늘은 더욱 푸르렀다.

이 하늘만큼은 고향의 하늘과 다를 바 없다. 그러나 불어오는 바람에서는 도시가 배출하는 각종 분비물과 오물 등이 뒤섞여 시큼한 냄새가 난다.

"처음 성문을 통과해 들어왔을 때에는 숨도 못 쉴 정도였지 뭐니? 코가 얼마나 아프던지! 뭐, 금방 적응했지만 말이야. 넌 어때? 원숭이는 사람보다 냄새를 더 잘 맡잖아?"

오공은 두 손바닥을 겹쳐 코와 입을 막았다가, 다시 두 팔을 펴며 고개를 저었다. 유서현은 그 모습을 보며 까르르 소리 내어 웃었다.

소녀는 한참 동안 웃다가, 급기야 배를 잡고 고개를 숙였다.

"…끼이?"

오공은 고개를 갸웃거리며 유서현을 바라봤다. 유서현은 고개를 무릎에 파묻고 몸을 들썩였다. 웃고 있던 소녀는, 어느 사이엔가 울고 있었다.

"끼이……."

오공은 유서현에게 다가가 소녀의 등을 가볍게 두드렸다. 유서현은 곧 고개를 들고, 눈물 자국을 닦으며 말했다.

"고마워, 오공. 하지만 내가 마음이 약해졌다거나 그런 건 아니야. 난 오라버니를 반드시 찾을 거야. 지금 운 건… 이런 곳에서 오라버니가 얼마나 외로웠을까, 갑자기 그런 생각이 들어서 그랬어……."

"끽! 끽끽!"

"응! 나 힘낼 거야! 힘내서 오라버니를 찾아야지!"

유서현은 자리에서 벌떡 일어나 기지개를 폈다. 그리고 오공을 내려다보며 씩 웃었다.

"그 전에 너! 집으로 돌아가야지?"

"끽? 우끼끼!"

유서현이 돌변하여 말하자 오공은 당황하며 두 손을 내저었다. 그러나 유서현은 재빨리 오공을 낚아채더니 짐짓 화가 난 눈으로 말했다.

"더 말썽부리면 안 돼. 네 주인이 얼마나 걱정하겠어? 가자, 내가 데려다 줄게."

유서현은 말이 끝나기 무섭게 오공을 옆구리에 차고 담벼락 위에서 뛰어내렸다.

휘익—

가볍게 도약한 유서현은 마치 깃털처럼 너울거리며 멀리

날아 땅 위에 내렸다. 오공은 발버둥 치는 것을 멈추고 유서현의 품에 얌전히 안겼다.

유서현은 오공을 안고 팔방해사처를 향해 발걸음을 옮겼다.

그렇게 몇 개의 거리를 지나쳤을까? 유서현은 어느새 이극과 헤어졌던 저잣거리로 돌아와 있었다. 팔방해사처가 있는 공동주택은 유서현을 기준으로 저잣거리 반대편에 위치해 있었던 것이다.

"…응?"

그런데 저잣거리의 분위기가 방금 전과는 전혀 달랐다. 시끄럽고 번잡한 것은 여전했는데, 그 수위가 좀 더 높아진 것이었다.

행인들의 얼굴에 열기가 올랐고 상인들의 얼굴에는 기대감이 가득했다. 서로 다른 이야기로 가득 채워 오히려 의미를 잃어버린 군중들의 웅성거림이, 지금은 몇몇 단어로 모아지면서 귀에 명확히 들어오는 것이었다.

"맹주가 인물이 아주 훤하구만."

"정말 대단하셔. 암만 무공이 고강하대도 수행원도 별로 없이 다니는 걸 보면 말이야. 어쩜 저렇게 소탈하실까?"

"그래서 무림맹주가 아닌가! 천년 무림을 일통한 제일인자! 무림맹주 곽추운! 우리 같은 무지렁이 백성들과는 노는

물이 다르다는 거 모르겠소?"

무림맹주(武林盟主) 곽추운(郭追雲)!

그 이름이 귓속으로 들어온 순간, 유서현은 걸음을 멈췄다.

"실례지만 지금 무슨 말씀들을 나누고 계신지 여쭈어도 되겠습니까?"

"소저는 못 봤소? 방금 무림맹주가 지나갔잖소."

한창 열을 올려가며 대화하던 사내 중 하나가 대답했다. 유서현은 안 그래도 큰 눈을 더욱 크게 뜨고 사내에게 다가갔다.

"어디로 갔습니까? 어디로?"

"저기 있지 않소. 저기."

가리킨 방향으로 고개를 돌린 유서현의 눈에, 한데 몰려 뒤엉킨 사람들이 보였다. 명백히 누군가를 중심으로 형성된 인파는 느리게 멀어지고 있었다.

유서현은 입술을 오므리고 숨을 들이쉬었다.

흐읍—

순간, 유서현의 신형이 옷자락을 펄럭이며 솟아올랐다. 가는 팔을 뻗어 처마를 잡고, 그 점을 축으로 몸을 한 바퀴 빙글 돌리며 순식간에 인접한 건물 지붕 위에 오르는 것이 아닌가?

도약의 높이와 동작의 우아함. 어느 것 하나 십대 후반의 소녀가 펼칠 수 있는 수준이 아니었다.

지붕 위에 오른 유서현은 오공을 품에서 떼어내고 말했다.

"길 잃어버리면 안 되니까 여기 가만히 있어. 누나가 나중에 데리러 올게."

오공이 고개를 끄덕이자 유서현은 빙그레 미소를 지었다. 그리고 몸을 돌려 달리기 시작했다.

경사진 기와지붕 위를 평지처럼 달리던 유서현의 신형이, 어느 순간 바람을 타고 날아 다른 지붕 위에 안착했다.

'저 사람인가!'

아래를 굽어본 유서현의 시선이 자연스럽게 인파의 중심에 서 있는 한 장년인을 향했다.

반백의 장년인은 수많은 사람 속에서도 한눈에 알아볼 수 있는 압도적인 존재감을 흩뿌리고 있었다. 동행인지 호위인지, 주변에 역시 초절정의 기세를 가진 자들이 몇몇 있었으나 저 반백의 장년인에 견줄 수 있는 자는 없었다.

그야말로 현 무림의 제일인자, 무림맹주 곽추운이다.

곽추운은 길가에 늘어선 좌판마다 걸음을 멈춰가며 상인들과 담화를 나누었다. 상인들은 물론 그를 보러 몰려든 행인들을 대함에 있어서도 선한 미소를 잃지 않고 일일이 응대하니, 그 모습에서 과연 일인자다운 품격이 느껴졌다.

곽추운의 발길이 설탕을 입힌 막대과자를 파는 곳에 이르렀을 때, 서너 명의 아이가 그에게 안겼다.

"아이고, 이것들아!"

곧 부모로 보이는 사람들이 튀어나와 아이들을 곽추운에게서 떼어놓았다. 그리고 황송해하며 곽추운에게 연신 고개를 조아리는 것이었다.

"죄송합니다, 죄송합니다! 무지한 아이들이 저지른 짓이니 부디 용서해 주십시오. 뭐하느냐? 어서 용서를 빌지 않고!"

부모에게 머리며 등짝을 맞은 아이들은, 자기들이 왜 맞았는지, 왜 빌어야하는지도 모른 채 고개를 숙였다.

"……."

좌중은 숨을 죽이고 곽추운을 바라보았다.

당금 무림은 천년 역사 속에서 몇 안 되는, 정사가 하나된 무림이었다. 그 일통의 대업을 이뤄낸 자가 바로 곽추운이니 그의 권위를 어찌 말로 다 할 수 있겠는가?

무거운 시간이 흐르고, 곽추운의 곱게 기른 회백색 수염 사이로 차분한 목소리가 새어 나왔다.

"얼만가?"

"예?"

과자 장수는 질문을 얼른 이해하지 못하고 눈을 끔뻑였다. 그러자 곽추운보다 반 보 뒤에 서 있던 사내가 노성을 토해냈다.

"어서 고하지 못할까!"

사십대로 보이는 사내는 곽추운보다 머리 하나쯤 더 클 정도로 기골이 장대했고 옷 위로 드러날 만큼 탄탄한 근육을 자랑했다. 부상을 입었는지 오른쪽 눈에 안대를 했으며 안대 아래쪽부터 안면을 대각선으로 가로지르는 칼자국이 나 있었다. 골목에서 일대일로 마주친다면 누구나 제자리에 주저앉을만 한 위압감을 풍기고 있었다.

"…허이쿠!"

그 위압감은 수많은 인파가 몰린 시장에서도 변함이 없어 과자 장수도 다리에 힘이 풀리는 것이었다. 과자 장수는 의미 불명의 감탄사를 뱉으며 저도 모르게 휘청거렸다.

"조심!"

그때, 한 사내가 넘어지려는 과자 장수를 부축했다.

애꾸눈보다 서너 살 연하로 보이는 사내는 푸른 옷을 맵시 있게 입고 있었는데 용모가 매우 수려하여 마치 경극의 주인공을 보는 듯했다.

청의 사내 또한 애꾸눈과 마찬가지로 반 보 뒤에서 곽추운을 따르고 있었는데, 어느 틈에 이동하여 과자 장수를 부축한 것인지 알아본 이가 아무도 없었다.

멍하니 자신을 올려다보는 과자 장수에게 사내가 웃으며 말했다.

"과자 값 말일세. 하나에 얼마냐고 물으시는 걸세."

정오의 의뢰인 91

"아⋯⋯!"

그제야 곽추운의 물음을 이해한 과자 장수는 바로 서서 두 손을 내저었다. 어찌 값을 치르게 하겠냐는 뜻이었으나 곽추운은 인자한 미소를 지으며 과자 장수의 반대를 한사코 무릅쓰고 제값을 지불한 뒤 막대과자를 사서 아이들에게 나눠주었다. 그러면서 곽추운은 일일이 아이들의 머리를 쓰다듬고 안아주니, 그 모습을 보고 감복하지 않는 이가 없었다.

"천하제일인이라니 되게 무서울 줄 알았는데 어쩜 저리 자상할 수가!"

"자네 몰랐나? 저분은 단순한 무림인들의 우두머리가 아니여. 우리 같은 일반 백성들 살림살이에도 얼마나 관심이 많으신데?"

"허어! 신수가 훤~ 하니 인물도 빼어나구먼. 뭐 하나 빠지는 데가 없네그려!"

감탄과 찬사가 곽추운을 중심으로 거대한 소용돌이를 이루었다. 곽추운이 아이들을 안아주는 모습을 보지 못한 사람들도 그에 휩쓸려 마치 자신이 보기라도 한 듯 말을 옮겼다. 곧 시장 전체가 곽추운에 대한 상찬으로 들끓게 될 것은 불을 보듯 뻔한 일이었다.

곽추운은 만족스러운 웃음을 머금으며 자리를 벗어나고자 했다. 그리고 한 걸음을 옮겼을 때, 애꾸눈 사내가 돌연 그를 저지했다.

"주군, 잠시……!"

애꾸눈 사내는 거구를 앞세워 곽추운의 앞을 막고 나섰다. 동시에 청의 사내가 애꾸눈 사내의 오른편으로 반 보 가량 튀어나왔다. 그의 손은 허리에 찬 검 손잡이에 닿아 있었다.

"허억……!"

청의 사내의 전방에 위치한 자들이 신음 소리를 내며 뒤로 물러났다. 그들의 눈에는 뽑지도 않은 검이 퍼렇게 날을 세우고 있는 모습이 환상처럼 보였던 것이다.

사내를 시발점으로, 사람 가득했던 시장 한복판에 부채꼴 모양의 공간이 펼쳐졌다. 청의 사내의 살기가 소리마저 베었는지 시끄럽던 주변이 일시에 고요해졌다.

그리고 그 고요 속으로 하나의 그림자가 떨어져 내렸다.

먼지 한 올 일으키지 않고 땅 위에 내려선 묘령의 소녀. 유서현이었다.

한편 이극은 오공을 찾아 헤매고 있었다.

오공은 총명하기 때문에 길을 잃어버리거나 할 염려는 없었다. 다만 이극이 걱정하는 것은 오공이 필시 유서현을 쫓아갔으리란 확신이 있어서였다. 넉살 좋게 이것저것 얻어먹을 놈의 모습이 눈에 선한 것이다.

정오의 의뢰인 93

신세를 지면 갚는다.

인생 삼십 년을 살며 이극이 지켜온 단 하나의 명제였다. 비록 지금 머리 위에서 내리쬐는 정오의 햇살과 어울리지 않는 일이 업무의 태반이지만, 적어도 이 명제를 지키는 한 스스로에게만큼은 당당할 수 있다는 것이 이극의 믿음이었다.

그러나 유서현에게 신세를 지면 갚을 길이 없다. 유서현은 오라비에 대한 의뢰를 수락해 달라고 할 것이고, 이극은 그를 수락할 수 없으니까.

어쨌든 이극은 팔자에도 없는 뜀박질을 하며 소리 높여 오공을 불렀다.

"오공! 오공! 어디냐, 이 녀석아! 오공… 읍!"

그때, 어디서 날아왔는지 오공이 문어처럼 이극의 얼굴에 달라붙었다. 이극은 오공을 떼어내며 소리를 질렀다.

"우웩! 퉤엑! 야, 인마, 감히 주인 입에 뭘 갖다대는 거야! 우웩! 우웨엑!"

무엇이 닿았는지 이극은 침을 뱉으며 헛구역질을 했다. 땅바닥에 뛰어내린 오공은 제자리에서 펄쩍펄쩍 뛰며 우는 소리를 냈다.

"우꺅! 우갸갹!"

"…뭐야? 왜 그래?"

이극은 소매로 입을 닦으며 고통스러운 표정을 지었다. 오공은 답답하다는 듯 주먹으로 제 가슴을 치더니, 이극의 소매를 잡아당겼다.

"널 따라오라고? 야! 어딜 가는 거야!"

오공은 이극의 소매를 몇 번 당기더니 앞장서서 어디론가 달려가는 것이었다. 이극이 황망히 소리쳤지만 오공은 힐끗 한 번 돌아보고는 다시 고개를 돌릴 뿐이었다. 이극은 어쩔 수 없이 오공을 따라 뛰었다.

"잡히면 죽는다? 좋은 말할 때 거기 서라?"

소리 높여 외친 경고는 씨알도 먹히지 않았다. 오공은 이극이 잘 따라오나 힐끗힐끗 뒤돌아보며 사람과 사람 사이를 민첩하게 빠져나가는 것이었다.

반면 이극은 죄송합니다를 연발하며 힘겹게 인파를 헤쳐 가고 있었다. 사람이라는 장애물이 없다면 단숨에 목덜미를 잡아챘으리라!

바로 이렇게!

"요놈!"

이극의 손이 솔개의 발톱처럼 오공의 목덜미를 덮쳤다. 그리고 의기양양하게 오공을 들어 올린 순간, 이극의 얼굴이 일그러졌다.

오공을 쫓다 어느새 인파 한가운데로 들어온 이극의 눈앞에 뜻밖의 광경이 펼쳐진 것이다.

결연한 얼굴, 흔들림없는 눈동자로 반백의 장년인을 바라보는 소녀. 바로 조금 전 헤어진 유서현이었다.

그리고 유서현이 바라보는 반백의 장년인. 시선이 옮겨간 순간, 이극은 그의 이름을 나직이 읊었다. 소리는 지극히 작아 지척에 있는 사람도 듣지 못할 정도였지만 이극은 낭패와 울분, 경멸과 분노가 뒤엉킨 제 목소리를 똑똑히 들을 수 있었다.

"곽추운……!"

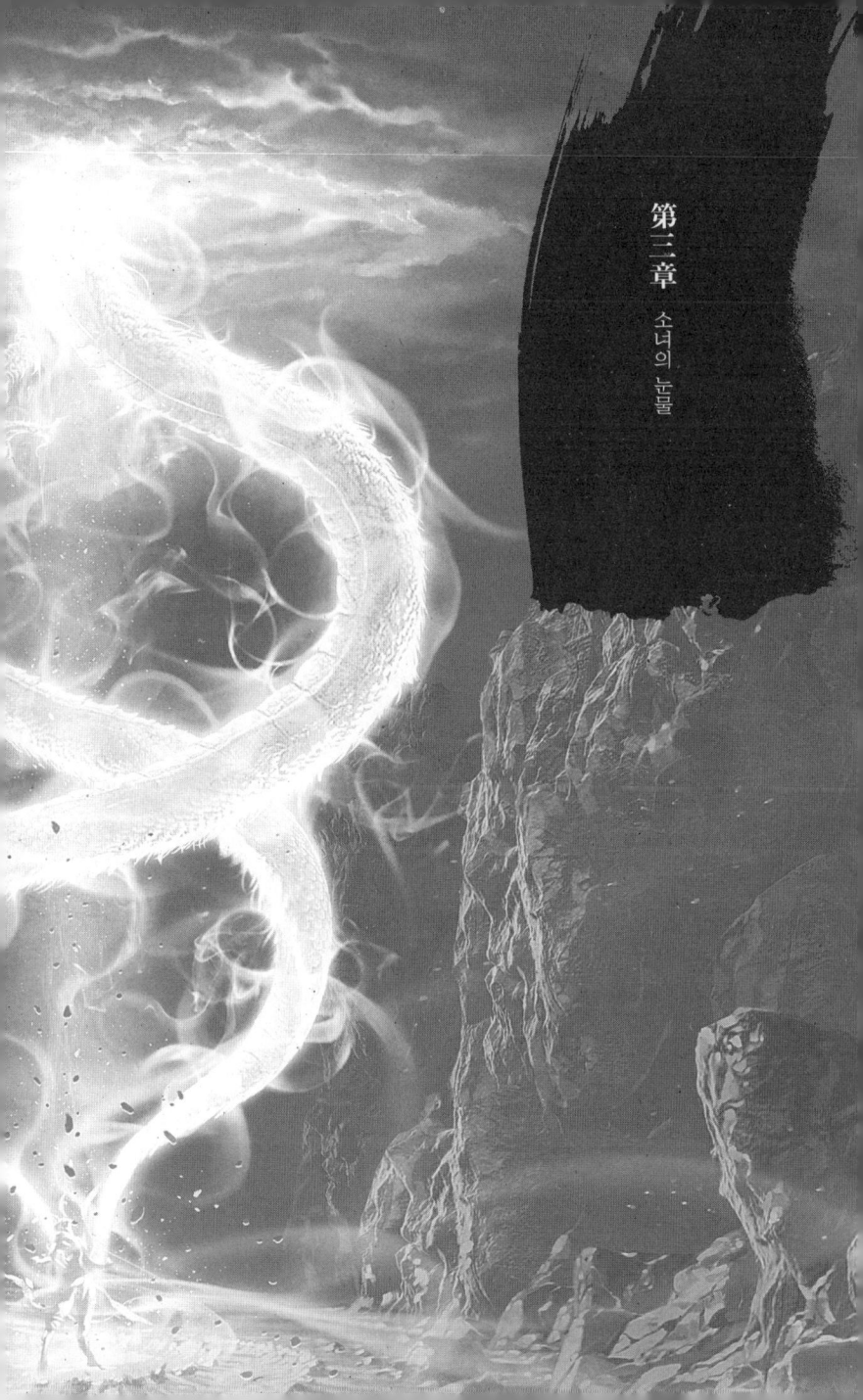

第三章 소녀의 눈물

蒼龍魂 창룡혼

1

 복지쇄옥(覆地碎玉) 하후강(夏候鋼)은 이미 유서현의 존재를 파악하고 있었다.

 살수라면 살기가 있어야 할 것이요, 살기를 제어했다면 제 존재를 수많은 인파 속에 숨겨야 할 것이다. 그런데 저리도 당당히 지붕 위에서 내려다보고 있으니 살수라기엔 앞뒤가 맞지 않았다.

 하여 일찍감치 맹주를 보고 싶은 정성이 대단하구나, 정도로 이해하고 경계를 풀었던 것이다. 그런데 그 소녀가 돌연 뛰어내려 맹주의 앞을 가로막았으니 이 돌발 행동을 어찌 해

석해야 할지 난감하기만 했다.

그래서 하후강이 취한 행동은 지극히 평범한 것이었다.

"무엄하구나! 감히 누구 앞을 가로막는 게냐!"

쩌렁쩌렁한 고함 소리가 유서현을 덮쳤다. 내공이 실리지 않았으나 엄청난 성량이 일으킨 풍압에 앞머리가 흐트러질 정도였다.

그러나 유서현은 눈 하나 깜빡하지 않고 또박또박 말했다.

"맹주님께 드릴 말씀이 있어 결례를 무릅쓰고 나섰습니다. 비켜주시지요."

'이런 당돌한 년을 봤나?'

무림맹의 구성원들은 종종 하후강의 호통을 천둥소리에 빗대어 부르곤 하였다. 그만큼 크고 위엄이 있어 심약한 자는 그 자리에서 혼절했다는 소문이 사실처럼 떠돌 정도였다.

그런데 눈앞의 소녀는 놀라기는커녕 꿈쩍도 안 하고 제 할 말을 하는 게 아닌가?

"끙……."

맹주의 앞을 가로막은 자가 적이라면 모르되, 이리도 연약한 소녀이니 자신의 역량으로는 어찌할 수 없음을 시인한 것이다. 하후강은 소리치는 것 외에 아녀자에게 제제를 가할 어떤 방법도 모르는 위인이었다.

번천검랑(翻天劍郎) 원가량(袁加良)이 곤경에 빠진 동료를 대신해 나섰다.

'호오, 이건 그림에서 나온 미인이 아닌가?'

원가량은 속으로 유서현의 외모를 품평하며 겉으로는 친근한 미소를 지었다.

"소저, 이런 식은 곤란하오. 맹주를 알현하기 위해서는 맹이 준비한 절차를 거쳐야 하외다. 물론 급한 일이겠으나 절차를 무시하고 난입한 소저에게 맹주께서 시간을 내주신다면 이는 엄연한 특혜일 터. 먼저 절차를 밟고 순서를 기다리는 분들이 있으니, 소저도 그리하는 게 순리이지 않겠소?"

원가량의 말이 그럴듯하여 사람들은 모두 고개를 끄덕였다. 그러나 유서현은 원가량의 눈을 똑바로 바라보며 이렇게 말하는 것이었다.

"말씀하신 '절차'에 따라 수 차례, 아니, 수십 차례 청원을 넣고 한 달을 기다렸으나 무림맹으로부터 제대로 된 답을 듣지 못했습니다. 제 본래 목적은 맹주님의 알현이 아니나, 맹의 '절차'가 잘못되었다면 이는 누구에게 고하여 바로잡아야 하겠습니까? 선배께 아뢰면 됩니까?"

유서현은 말을 끊고 숨을 쉬었다. 원가량은 그런 유서현에 대해 강렬한 호기심이 일었지만, 맹주의 앞이라 차마 내색을 할 수가 없는 게 아쉬웠다.

유서현이 다시 말했다.

"그 의문을 풀 길 없어 방황하던 차, 마침 맹주님을 지척에서 뵐 수 있게 되었으니 감히 나선 것입니다. 대무림맹 맹주께 이 미욱한 계집의 의문을 풀어주시기를 청함이 그리 잘못된 일이란 말입니까?"

"그것은……?"

원가량이 막 대답하려던 순간, 하후강을 젖히고 곽추운이 앞으로 나섰다.

"……."

유서현이 일으킨 가벼운 소요가 순식간에 잦아들었다. 무림맹주의 존재감이란 이토록 압도적인 것이다.

꿀꺽.

곽추운의 존재감을 앞에 둔 유서현은 마른 침을 삼켰다. 천재일우의 기회란 이런 것을 말함이다. 한순간, 한마디도 허투루 할 수 없었다.

"말해보게."

곽추운의 입에서 부드러운 음성이 흘러나왔다.

유서현은 미리 정리해 둔 말을 머릿속으로 다시금 확인하며 입을 열었다.

"먼저 무리한 청을 받아주신 점 진심으로 감사드립니다. 무림을 이끄는 영도자의 도량이란 이런 것이구나, 소녀 큰 깨우침을 얻었습니다."

유서현은 포권의 예로써 감사의 뜻을 표했다. 그리고 고개를 들어, 마찬가지로 곽추운과 시선을 맞추었다.

"저는 복건의 한 변방 마을 출신으로, 이름은 유서현이라 합니다. 저에게는 오라비가 한 사람 있는데 이름은 유순흠이라 하고 나이는 올해 스물여덟입니다."

"계속해 보게."

곽추운은 고개를 끄덕였다. 유서현은 곽추운의 깊은 눈에서 시선을 떼지 않고 또박또박 말을 이어나갔다.

"말씀드린 제 오라비는 다름 아닌 무림맹에 소속된 맹원으로서, 누구보다 맹을 위해 헌신하였다고 들었습니다. 또한 오라비가 맹원으로 투신한 지 올해로 오 년째인데 그 사이 친가에 직접 들르기는 두 번에 불과하나 매달 말일이 되면 반드시 서한을 보내 부모의 안부와 집안의 대소사를 잊지 않는 사람입니다."

어느새 사람들은 머릿속으로 유순흠이라는 청년의 모습을 손에 잡힐 듯 그리고 있었다.

외지에 나갔으면서 서한을 매달 거르지 않고 보냈다니 효심이 깊을 뿐더러 성실하기 그지없을 것이다. 게다가 변방의 촌구석에서 무림맹의 일원이 되었으니 일신상의 무공이 비범하였을 테고, 가문과 마을의 자랑거리였음에 분명하다. 뚜렷한 배경 없이 입맹하였다면 조직 내에서 감당키 힘든 어려움도 많았을 것이나 오 년이라는 시간을 지냈으니 홀로 극복할 만큼의 의지도 있었을 것이다.

"오라비의 서한이 끊긴 것은 지난 팔 월입니다. 아무리 고달픈 생활 속에서도 서한으로 홀어머니와 하나뿐인 누이의 안부를 묻던 오라비가, 돌연 서한을 보내지 않은 것입니다."

처음에는 일이 바쁘겠거니 했다. 그러나 한 달이 두 달이 되고, 석 달이 되자 걱정이 일지 않을 수 없었다. 특히 어머니의 근심이 깊어 날로 쇠약해지는 모습을 가만히 볼 수만은 없었다.

"하여 십일 월 경 제가 먼저 서한을 보냈습니다. 매년 한두 번 항주를 오가는 분이 계시는데, 일전에도 그분을 통하여 몇 번 서한을 주고받은 적이 있었습니다. 그런데 올 초 마을로 돌아오신 분이 무슨 영문인지 오라비를 만나지 못했다며 서한을 도로 가지고 온 것이 아니겠습니까? 결국 제가 이렇게 직접 항주까지 먼 길을 오게 된 것입니다."

한 달이 넘는 여정 끝에 항주에 도착했으나 유서현이 할 수 있는 일은 아무것도 없었다. '정식 절차'를 밟아 면회를 요청하였으나 답변이 없었던 것이다. 닷새째 되는 날, 유서현은 답변을 받으러 다시 무림맹 본영을 찾아갔다. 몇 번의 시도 끝에 담당관을 만나볼 수 있었는데, 그래서 얻은 답변은 '면회를 요청한 맹원은 명부에 없다' 였다.

"다시 명부를 보여줄 것을 청원하였습니다만, 내규상 외부인은 열람이 불가하다더군요. 그래서……."

곽추운은 손을 들어 유서현의 말을 가로막았다.

"소저의 오라비 이름이 무어라 했지?"

"…유순흠이라 합니다. 무림맹 본영 직할 창무대(窓武隊) 소속 칠급 맹원이라고 알고 있습니다."

곽추운은 가만히 유서현을 바라보다 원가량에게 물었다.

"번검은 어찌 생각하나?"

"본영에만 해도 칠급 맹원은 수백 명이 넘습니다. 제가 그들을 일일이 알지는 못하니까 뭐라 드릴 말씀이 없군요. 하지만 담당관이 일부러 명부에 있는 이름을 없다고 할 리 만무하고, 또 명부를 외부인에게 보여주지 않는 것도 원칙에 어긋남이 없다고 할 수 있겠군요."

"지금 제가 거짓을 고하고 있다 말씀하시는 겁니까?"

유서현이 소리 높여 말했다. 원가량은 어깨를 들썩이며 대답했다.

"소저가 거짓을 고한다고는 생각하지 않소. 내가 보는 눈이 꽤 있다고 자부하는 편인데, 소저는 거짓을 말할 수 있는 사람이 아니외다. 내 말이 틀렸소?"

원가량은 유서현의 성난 눈빛을 가벼운 웃음으로 받아넘기며 말했다.

"거짓을 지어낸 자는 소저가 아니라 소저의 오라비일 것이오. 소저도 무공을 익혀서 알겠지만, 무공을 익힌 자에게 무림맹 맹원이 되는 것만큼 명예로운 일도 없다오. 도시로 나온 젊은이가 고향의 가족과 이웃에게 허풍을 떠는 일은, 안타깝게도 꽤 흔한 일이라오."

"제 오라비는 그럴 사람이 아닙니다!"

주먹 쥔 손을 부들부들 떨며 유서현이 외쳤다. 원가량은 고개를 끄덕이며 말했다.

"친족의 허물은 오히려 잘 보이지 않는 법이라오. 만약 소저의 오라비가 진실하다면 증기가 있어야 하지 않겠소?"

"증거라고요?"

"그렇소. 소저의 오라비가 무림맹 맹원이라는 근거가 무엇이오? 당사자의 말 외에 그를 입증할 문서나 물품이 없질 않소?"

고양이가 쥐를 잡고 놀리듯, 원가량은 뒷짐을 지고 유서현을 조롱했다. 그런데 유서현은 오히려 분노를 가라앉히고 품에서 무언가를 꺼내 내미는 것이 아닌가?

"증거라면 이것이 증거이겠지요."

유서현이 내민 것은 한 장의 문서였다. 받아 든 원가량의 얼굴이 묘했다.

"그게 무엇인가?"

곽추운의 질문에 원가량이 대답했다.

"전표입니다."

그냥 전표가 아니다. 중원제일의 상단 금산상회(金産商會)가 무림맹의 신용을 담보로 발행한 것이다. 전표 말미에 나란히 찍혀 있는 두 개의 인(印)―금산상회와 무림맹주의―이 그를 입증하고 있었다.

"매년 계절이 바뀔 때마다 친가로 보내온 전표입니다. 그 액수로 짐작컨대 최소한의 생활비만 제외한 급여 대부분이겠지요. 제 오라비는 그런 사람입니다."

유서현은 힘주어 말했다.

자신에 대해선 어떻게 말해도 상관없다. 하지만 오빠의 명예를 훼손하는 것은, 상대가 누구라 해도 참을 수 없는 일이다.

"확실한가?"

곽추운은 건네받은 전표를 힐끗 본 뒤 다시 원가량에게 넘기며 물었다.

"본 맹의 맹원만 발급받을 수 있는 전표가 맞습니다만… 정교하게 위조되었을 확률도 배제할 순 없습니다."

"그럴 리 없습니다!"

유서현이 강하게 외쳤다. 그러나 원가량의 시선은 곽추운에게 고정되어 움직이지 않았다.

곽추운은 잠시 원가량을 바라보다가, 유서현에게로 고개를 돌려 말했다.

"이 자리에서 바로 결판을 낼 수 있는 사안이 아니로군. 일단 자리를 옮기지. 조용한 곳에서 차분히 이야기해 보세."

유서현은 자신의 귀를 의심했다. 내가 제대로 들은 거야?

당황해하는 유서현에게 원가량이 웃으며 말했다.

"무림맹으로 함께 가자는 말씀이시오."

그제야 유서현은 자신의 무모한 행동이 결실을 맺었음을 깨달았다.

"감사합니다! 감사합니다!"

유서현은 벅차오르는 가슴을 안고 포권의 예를 취했다. 사람들은 유서현에게 잘 됐다는 격려의 말을 건네며, 또한 곽추운을 한층 더 칭송하는 것이었다.

"역시 대단한 분이야!"

"저 소녀도 맹주님을 만나서 너무 잘됐지 뭐야? 안 그래?"

남녀노소를 불문하고 곽추운을 칭송하는 소리가 하늘 높이 솟았다. 사람들의 상찬 속에 의연히 서 있던 곽추운은 너무 이르지도, 너무 느리지도 않은 때에 다시 발을 움직이기 시작했다.

원가량이 유서현에게 말했다.

"따라오시구려."

"예."

역시 원가량에게도 포권의 예를 취하고 유서현도 걸음을 옮겼다. 그런데 막 발을 내딛는 순간, 인파 속에서 무언가가 획 튀어나와 유서현의 팔에 매달리는 것이었다.

"오공!"

유서현이 오공을 부르는 소리에 곽추운을 비롯한 세 사람은 걸음을 멈췄다. 원가량이 고개를 돌려 물었다.

"무슨 문제라도 있소?"

오공을 안으며 설명하려던 유서현이 입을 다물었다. 인파 속에서 키가 훌쩍 큰 한 사내가 털레털레 걸어나와 유서현의 옆에 선 것이다.

이극이었다.

"…아저씨?"

유서현의 말에 이극은 미간을 찌푸렸다. 아저씨라니! 내가 아저씨라니! 그러나 곧 이극은 얼굴을 펴고 곽추운을 향해 꾸벅, 허리를 숙였다.

"아는 사이요?"

"예? 아, 그게……"

원가량의 물음에 유서현은 선뜻 대답할 수 없어 머뭇거렸다. 그 틈에 이극은 허리를 반쯤 펴고 유서현의 앞에 나서서 말했다.

소녀의 눈물 109

"이거 송구스럽습니다. 소인이 잘 가르쳤어야 하는데 이 아이가 워낙 세상 물정에 어두워서 말입니다."

"자넨 누군가?"

"아이고, 귀하신 분께 아뢰기도 황송한 미천한 몸일시다요. 그저 이 아이의 선친께 큰 은혜를 입어서 작은 도움을 주고 있을 따름입니다."

"무슨……?"

유서현은 눈살을 찌푸리며 이극의 말을 부정하려 했다. 그런데 이게 웬걸, 갑자기 목소리가 안 나오는 게 아닌가?

"그러니까 이 아이와 소인은 말하자면 그… 친오누이 같은 사이올시다. 항주에서도 소인의 집에서 기거하며 오라비를 찾고 있습죠. 예."

'뭐? 오누이?'

이극의 입에서 술술 나오는 말에 유서현은 기가 막혔다. 하지만 소리는커녕 입도 뻥긋할 수 없어 잠자코 두고 볼 수밖에 없었다.

"보면 아시겠지만 아직 어리고 천방지축이라 물가에 내놓은 어린애도 아니고 참말로… 소인이 곁에 두지 않으면 마음이 놓이질 않아서 말입니다요. 청컨대 소인이 함께 따라갈 수 있도록 허락해 주십시오."

이극은 고개를 조아리며 아주 간절히 말했다. 원가량은 미심쩍은 눈으로 유서현을 바라봤다. 유서현은 대답 대신 고개를 끄덕였는데, 이 또한 그녀의 의지와 거리가 멀었다.

'이게 대체 무슨 조화람?'

"괜찮겠습니까?"

원가량이 묻자 곽추운은 대답 대신 이극에게로 고개를 돌렸다. 순간, 곽추운의 두 눈이 섬뜩한 빛을 발하였다.

"자네… 낯이 익은데 나와 만난 적이 있나?"

"맹주님 같은 귀하신 분과 어찌 인연이 있겠습니까? 오늘처럼 시찰을 나오셨을 때 우연히 소인을 봤다거나 하지 않았을는지요."

이극은 곽추운의 시선을 피해 허리를 굽혔다. 마치 부탁드린다는 듯 유서현도 함께 허리를 굽혔다. 그 등에는 이극의 손이 올라 있었다.

곽추운은 잠시 두 사람을 바라보다 몸을 돌렸다.

원가량은 못마땅한 얼굴로 이극에게 말했다.

"따라오게."

"정말 감사드립니다. 그런데……."

"그런데 뭔가?"

이극은 실실거리며 원가량에게 다가와 손을 내밀었다.

"아까 그 전표를 돌려주셨으면 해서 말입니다. 만에 하나 그 전표가 위조라고 판명이 났을 때, 혹여 중간에 바꿔치기를 했다거나… 뭐 그런 말들이 나와서 번천검랑의 명성에 누가 될지 어찌 알겠습니까? 그런 일이 발생하지 않게 미리 싹을 잘라두자, 뭐 그런 말씀입죠. 하핫!"

'이놈이……?'

원가량은 눈살을 찌푸리며 이극을 내려다보다가, 손가락을 튕겨 전표를 날렸다. 얇은 종이는 구겨지거나 뒤집어지지 않고 그대로 둥실거리며 날아 이극의 손에 들어왔다.

곽추운과 그의 좌우 호법이 스무 보 넘게 멀어지자 비로소 이극은 허리를 펴고 유서현의 어깨를 두드렸다.

"가자고."

2

무림맹 본영으로 들어온 두 사람은, 본영에서도 다소 외곽에 위치한 건물로 안내받았다. 안내자는 두 사람을 한 방으로 데려간 뒤 곧 담당자가 올 테니 기다리라며 밖으로 나갔다.

방 안에는 탁자 하나와 두 개씩 마주보게끔 배치된 의자 네 개가 전부였다.

"흠. 무림맹이라고 뭐 대단한 게 있거나 그런 건 아니군."

이극은 그리 크지 않은 방안을 돌아다니며 중얼거렸다. 자리에 앉아 있던 유서현은 그런 이극을 쏘아보다가 말했다.

"점혈에 일가견이 있는 줄은 몰랐네요."

이극은 고개를 돌려 빙그레 웃으며 말했다.

"나도 아가씨가 그렇게 멍청할 줄 몰랐지 뭐야?"

"제가 멍청하다고요?"

"멍청하지 않으면? 마침 맹주 옆에 좌우 호법만 있었으니 망정이지, 안 그랬으면 뛰어내린 순간 발이 땅에 닿기도 전에 팔다리가 떨어져 나갔을걸? 맹주의 호위대 중에는 살기니 뭐니 안 가리고 접근하면 무조건 죽이는 놈들도 부지기수인 걸……."

이극은 말을 멈추고 잠시 유서현을 내려다봤다. 유서현은 매서운 눈으로 이극을 쏘아보았다.

"…알 리가 없지. 그리고 자리를 옮겨서 얘기하자니까 냉큼 따라가겠다고 했지?"

유서현은 고개를 끄덕였다. 이극은 혀를 찼다.

"쯧쯧……. 아주 날 잡아 잡수쇼~ 해라. 거기 모인 수백 명 사람이 없었으면 그놈, 아니, 그분들이 아가씨를 상대나 해줬을 것 같아? 혼자서 따라갔다가 봉변이라도 당할 수 있단 생각은 해봤어?"

"제가 아무리 시골에서 올라왔다지만 곽 맹주님이 마종(魔宗)을 격파하고 정도인의 무림을 이룩한 분이란 정도는 알아요. 그런 분이 한낱 계집아이에게 무슨 짓을 하겠어요?"

"얼씨구? 그래서 증거가 되는 전표도 달랜다고 주고 다시 받을 생각도 안 하셨어요?"

"그건……."

유서현은 말을 멈췄다. 다른 건 몰라도 전표에 관해서만큼은 이극의 말이 이치에 맞았던 것이다. 이극은 의기양양하여 말을 이었다.

"그거 봐. 아가씨, 아가씬 스스로 머리가 좋다고 생각해?"

"…나쁘진 않아요."

"그냥 좋다고 해. 얼굴에 나 머리 좋다고 쓰여 있구만. 주변에서도 그런 얘기 많이 듣지? 그럼 아가씬 머리가 좋으니까 똑똑한가?"

유서현은 이 질문이 무엇을 의도하는지 알 것 같았다. 하지만 그렇다고 이극의 의도를 앞질러 가는 대답을 할 만큼 약삭빠르지는 못했다.

"똑똑하다는 이야기는 많이 들었어요."

결국 절충하여 낸 답이 이것이다. 그러자 이극은 코웃음을 치며 말했다.

"흥! 아가씨 주변에는 멍청이들뿐이었군! 잘 들어. 머리가 좋고 나쁘고는 그 사람의 지능을 말하는 거야. 이건 타고난 재능이라 사람의 힘으로 어쩌질 못해. 하지만 말야, 똑똑하거나 멍청한 건 지능이랑은 조금 다른 영역이란 말이지."

이극의 목소리에는 묘한 울림이 있었다. 유서현은 자세를 고쳐 앉고(원래도 바른 자세로 앉아 있긴 했으나) 이극의 눈을 똑바로 바라보며 귀를 기울였다.

"똑똑하다는 것과 멍청하다는 건 지능보다는 그 사람이 살아온 환경에 좌우되는 경향이 커. 물론 머리 좋은 사람이 나쁜 사람보다 똑똑할 확률이 높긴 하지만, 반대로 너무 좋으면 멍청해질 확률도 높지. 내가 암만 말로 떠들어봤자 아가씬 모르겠지만."

"가르쳐 주세요."

"뭐?"

"전표 건에 관해서는 아저씨 말씀이 맞아요. 제가 멍청했어요. 그러니까 어떻게 하면 아저씨처럼 똑똑해질 수 있는지 가르쳐 주세요."

 뜻밖의 발언이었다. 이극은 말문이 막혀 고개를 길게 빼고 유서현을 바라보다가 퍼뜩 정신을 차리고 말했다.

"내, 내가 왜 그런 걸 가르쳐 줘? 귀찮게 말이야."

"그럼 왜 저를 도와주신 거죠? 의뢰를 수락하신 건가요?"

 유서현의 맑고 투명한 눈동자에, 이극은 어쩐지 자신이 그 속으로 빨려들어 가는 기분이 들었다. 이극은 황급히 몸을 돌려 벽을 바라보고 말했다.

"아까는 말하지 않았는데, 암튼 우리 같은 일을 하는 사람들은 무림맹에 관련된 일은 맡지 않는 게 철칙이야. 어떤 방식이든 무림맹의 비위를 거스르면 그날로 항주에서 먹고살기는 포기해야 하니까."

회반죽을 바른 벽을 보며 마음을 평정을 되찾고, 이극은 다시 몸을 돌려 말했다.

"아까는 아가씨가 하도 멍청하게 굴어서 그래, 그래서 불쌍해서 나서준 거야. 이건 말하자면 그러니까……."

머릿속에 적당한 말이 떠오르지 않는다. 이극은 답답해 미칠 것 같았다.

'아니, 왜 이렇게 말을 못하는 거야? 아우!'

이극은 두 손으로 머리를 마구 헝클어트리며 말했다.

"그래, 말하자면 이건 측은지심(惻隱之心)이라는 거지. 맹자께서 말씀하셨잖아. 어린 아기가 우물로 기어가고 있으면 앞뒤 안 가리고 즉각 들어 올리는 거! 그래, 그런 거지. 내가 봤을 때 아가씨는 갓난아기나 다름없고 무림맹은 우물이랄까? 그래서 나선 거야. 절대 아가씨 의뢰를 받아들인 건 아니니까 괜한 기대는 하지 말라고."

이극이 어렵사리 말을 마치자, 가만히 듣고 있던 유서현이 자리에서 일어섰다. 그리고는 고개를 숙이며 포권의 예를 취하는 것이었다.

"뭐야? 왜 이래?"

놀란 이극이 한 걸음 물러나며 묻자 유서현은 고개를 들고 대답했다.

"고맙습니다."

고맙습니다. 짧지만 많은 것이 들어 있는 말이었다.

오빠를 찾아 항주에 온 지도 한 달. 그동안 유서현이 얻은 것이라고는 대가를 바라지 않는 호의란 얼마나 희귀한가란 깨달음뿐이었다. 고향에서는 너무나 당연했던 그것이 항주란 대도시에서는 실로 찾기 힘든 귀하디귀한 물건(?)이었던 것이다.

사람 사이에 불신만이 가득한 도시의 공기를 견디지 않으면 안 된다. 심지 굳은 소녀에게 가장 큰 적은 외로움이었다.

그래서 횡설수설에 가까운 이극의 말은, 소녀가 도시의 공기에 대항하여 쌓아올린 마음의 벽 틈으로 스며들어 따스한 온기를 전해줄 수 있었다. 유서현은 항주에 머무르며 처음으로 느껴본 온기에 솔직한 감사를 표한 것이다.

그러나 유서현의 의도와 달리 감사를 받은 이극은 당황스럽기만 했다.

항주 토박이는 아니나 생애 절반 이상을 살아온 이극으로선, 대가성없는 호의를 준 것도 솔직한 감사를 받은 것도 무척 생소한 경험이었다. 이극이 받아본 '말로 하는 감사'란 대부분 물질적 대가를 포장하거나 혹은 회피하기 위한 수단이었다. 그래서 이극은 참으로 생소한 이 상황에 어찌 대처해야 할지 몰라 도망치고 싶을 뿐이었다.

끼익—

때마침 문이 열렸다. 이극은 속으로 안도의 한숨을 쉬며 자리에 앉았다.

이극의 구원자는 키가 크고 작은 두 사람이었다.

키가 큰 쪽은 무림맹의 조직과 조직원을 배치, 구성하는 업무를 맡고 있는 인사관리관이었다. 해당 분야의 업무를 맡은 자들 중 가장 직급이 높다고 스스로를 소개한 인사관리관은 이제까지 유서현이 만난 자들은 모두 말단에 불과하다며, 특별히 맹주의 명을 받아 부족한 시간을 쪼개가며 나섰음을 강조했다.

키가 작은 쪽은 성이 장씨이며 금산상회 소속으로 무림맹 본영에 파견되어 양자간의 가교 역할을 한다고 했다. 무림맹 인사관리관과 달리 말수가 적어서인지 상대적으로 신뢰가 가는 인상이었다.

그러나 그 인상이라는 것이 얼마나 근거없는 말인지 유서현은 즉시 깨달을 수 있었다. 장씨는 유서현이 내민 전표를 받자마자 조금도 지체하지 않고 단언했다.

"가짜요."

장씨는 준비해 온 전표를 꺼내 유서현이 내민 전표와 나란히 놓았다. 그리고 돋보기를 들이대 가며 대조하여 무엇이 다른지 설명하기 시작했다. 유서현은 정신을 집중하여 들었지만 장씨의 설명은 상회의 운영과 전표 제작에 관한 배경 지식이 없으면 알아들을 수 없는 내용이 대부분이었다.

 다만 진품과 비교했을 때 다르다는 것은 확실했다. 이는 유서현이 눈으로 확인할 수 있는 부분이었다.

 "……."

 다음은 인사관리관의 차례였다.

 인사관리관은 한 무더기 서책을 가지고 들어왔는데, 모두 지난 수년간의 인사관리에 관한 기록들이었다.

 인사관리관은 무림맹 총원 입출결표와 조직도 및 개별 맹원들의 배치 이력표 등 서너 가지의 기록들을 동시에 펼쳐 놓고 하나하나 대조해 가며 검색을 시작했다.

 전표가 조작된 것이라는 말에 얼굴이 굳어졌던 유서현도 다시 정신을 차리고 인사관리관과 함께 문서들을 살펴보았다. 그러나 아무리 찾아도 유순흠이라는 이름은 보이지 않았다.

 "단순한 명부만으로는 납득이 가지 않을 거라기에 다른 문건을 가져와 대조해 주는 것이오."

 짜증을 노골적으로 드러내는 목소리는 유서현의 귀에 들

어오지 않았다. 유서현은 오빠의 이름을 발견하지 못하자 다른 인명을 찾아 명부의 입출결 기록과 조직도의 갱신 이력, 개별 맹원의 배치 이력표가 일치하는지 수십 번이나 확인하고 또 확인해 보았다.

"직성이 풀릴 때까지 찾으시오. 단, 다음 기회는 없다는 걸 명심하시오."

인사관리관은 쓸데없는 짓을 한다는 눈으로 유서현을 바라보며, 부하를 방으로 부르고 먼저 자리를 떴다.

인사관리관이 자리를 뜨고 난 직후 장씨가 나가려 했다. 사실 일은 그가 먼저 끝났으나 인사관리관의 눈치를 보느라 일어나지 못한 것이었다.

장씨는 표본으로 가져온 전표를 장부에 끼우고 이어 유서현이 가져온 전표를 집으며 자리에서 일어났다.

"이것은 제가 가져가겠습니다. 위조 전표는 시장을 어지럽히고 본 회의 신용을 떨어뜨리는 물건이니까요. 가져가서 어떤 놈이 위조를 했는지도 알아봐야 하니 말입니다."

"예······."

유서현은 힘없게 대답하고 다시 고개를 문서에 파묻었다. 그때, 이극이 장씨를 따라 자리에서 일어났다.

"수고하셨··· 엇!"

예의를 차린다고 일어나던 이극의 허벅지가 탁자를 쳤다.

덕분에 반대편으로 한 뼘이나 밀려난 탁자에 맞아 장씨가 바닥에 나뒹굴었다.

"어이쿠!"

"아이고! 이거이거, 이를 어쩌나! 괜찮으십니까?"

이극은 호들갑을 떨며 장씨를 부축해 일으켰다. 그리고 재빨리 옆에 떨어진 위조 전표를 집어 장씨에게 건넸다.

"크흠! 조심 좀 하시오!"

"송구합니다."

장씨는 전표를 받아들고 장부에 끼운 뒤 급한 걸음으로 사라졌다.

이극은 두 손으로 제 몸에 묻은 먼지를 털며 유서현을 봤다. 유서현은 방금 일어난 일에 관심이 없는 듯, 여전히 문서상 맹원의 명부를 대조해 가며 어긋나는 부분을 찾기 위해 안간힘을 쓰고 있었다.

"……."

이극은 무언가 말을 하려다 멈췄다. 그리고 자리로 돌아가는 대신 팔짱을 낀 채 그대로 벽에 기댔다.

사락—

책장 넘어가는 소리만이 건조한 공기를 두드렸다.

인사관리관의 부하에게 모든 문서를 반납하고 무림맹 본

영을 나왔을 때에는 이미 해가 기울어 사방이 붉었다. 두 사람의 그림자도 기울어 붉은 땅 위에 누워 있었다.

"크흠, 흠!"

이극은 헛기침을 하며 곁눈질로 유서현을 봤다.

유서현은 두 어깨를 축 늘어뜨리고 초점없는 눈으로 그저 앞으로, 앞으로 걸어나갈 뿐이었다. 오공도 평소와 달리 얌전히 소녀의 어깨 위에 앉아 있었다.

나란히 걷던 두 사람은 갈림길에서 멈춰 섰다. 유서현은 오공을 들어 이극에게 넘기고, 허리가 거의 직각이 될 정도로 고개를 숙였다.

"오늘 정말 감사했습니다. 정말······."

유서현은 고개를 들지 못하고, 말도 맺지 못했다. 이극은 손을 뻗어 유서현의 손을 잡았다.

뜻밖의 행동에 놀랐는지 흠칫, 하는 떨림이 손에서 손으로 전해졌다. 그러나 이극은 반 강제적으로 두 손을 움직여 유서현의 손바닥을 폈다.

"······."

유서현의 손바닥에는 네 개의 검은 점이 박혀 있었다. 검게 굳어버린 피멍이었다. 이극은 유서현의 다른 손을 잡아 폈다. 반대편 손바닥에도 마찬가지로 네 개의 피멍이 박혀 있었다.

낮에 원가량으로부터 오빠가 거짓말을 한 것이라 이야기

를 들었을 때, 분함을 참지 못하고 부들거리던 주먹이 만든 것이리라.

그러나 무림맹 본영 안에 들어가서 원하던 자료를 모두 찾아보고도 오라비의 실종을 증명할 수 없게 된 지금, 소녀의 마음에는 무수히 많은 피멍이 박혀 있을 것이다.

유서현은 고개를 숙인 채 이극의 손에서 제 손을 빼냈다. 그리고 갈림길의 한쪽으로 걸어가 이윽고 이극의 시야에서 사라졌다.

"끽! 우끼끽!"
"시끄러, 인마! 이게 다 너 때문에 생긴 일이야. 벌로 내일 하루는 국물도 없어!"

끼이… 끼이익…….

새어 들어오는 빛도 사라진 어둠 속. 이극과 오공이 다투는 소리의 뒤를 바닥판 뒤틀림 소리가 따라오며 형성한 삼중창 돌림노래가 공동주택의 복도를 가득 메우고 있었다.

"우꺅! 우꺅!"
"그만해!"

이극은 신경질적으로 소리쳤다.

그렇게 유서현을 보냈으니 마음이 편할 리 없다. 하지만 그렇다고 이극이 해줄 수 있는 일이 뭐가 있겠는가? 유서현이 나이 서너 살이라도 더 먹었다면 밤새 술잔을 나누며 보듬어 위로해 주었겠지만……

"…그러기엔 너무 어리잖아."

이극은 괜히 그런 식으로 자신에게 얼버무렸다. 차라리 양식있는 늑대인 게 이극의 진실보다는 덜 추할 테니까.

'그래도 덕분에 생각지도 못한 소득이 있었어. 당당히 정문으로 무림맹 안에 들어가 보기도 했고 말이지. 뭐, 위험한 순간도 있었지만…….'

이극은 잠시 걸음을 멈추고 낮의 일을 떠올렸다. 무림맹주 곽추운의 꼬챙이 같던 두 눈이 머릿속에 선명했다.

"알아보는 줄 알고 식겁했네. 귀신같은 놈."

장난기 섞인 중얼거림과 달리 이극의 두 손은 주먹을 꽉 쥐고 있었다. 부들부들 떨리기까지 하는 이극의 주먹은 마치 유서현의 그것과 같았다.

짧은 복도를 걸어 문 앞에 선 순간, 위화감이 이극의 전신을 바늘처럼 찔렀다. 같은 느낌을 받았는지 오공도 입을 다물고 이극에게서 떨어졌다.

"……"

이극은 호흡을 멈추고 조심스럽게 문을 열었다.

끼이익—

노을도 가라앉아 방 안은 푸른 어둠으로 가득했다. 이극의 시야에 들어온 방은 여전히—일반 사람이라면 모두 쓰레기로 처분할, 굳이 분류할 필요를 느끼지 못할 것이 확실한—더러운 옷가지와 빈 술병들로 가득했다.

그러나 방을 돼지우리로 만드는 온갖 물건들은, 하나하나가 일종의 표식이다. 그 위치의 변화로 외부 침입자의 유무를 판별하기 위한 장치인 것이다.

문 밖에서 쓰레기들의 위치를 확인한 이극은 굳은 얼굴로 중얼거렸다.

"웬 쥐새끼가 왔다 갔군. 설마……?"

최악의 상황이 이극의 머릿속을 스쳐 지나갔다. 곽추운이 이극을 알아봤을지도 모른다는 가능성.

하지만 이극은 곧 고개를 저었다. 만에 하나 의구심이라도 품었다면 제 발로 무림맹 본영에 들어간 이극을 이리 쉽게 놓아줄 리 없었다.

그렇다면 결론은 하나뿐이다.

"아우… 썅!"

이극은 상스런 소리를 내며 방금 전 지나온 복도의 어둠 속으로 다시 뛰어들었다.

3

달도 없는 밤. 객잔은 어둠 속에 묻혀 있었다.

싸구려 객잔의 업무 종료는 해가 지는 시각과 일치한다. 대개 잠만 해결할 요량으로 들어온 장기투숙객들에게는 등불의 기름 값만큼이라도 싼 게 우선이다. 그것은 객잔 측도 환영할 만한 일이었다.

하지만 밤을 밝히는 손님이 없는 것도 아니다.

안광을 돋우어보면 어둠 속에서 작게 새어 나오는 불빛을 발견할 수 있다. 바로 유서현이 묵고 있는 방이었다.

유서현은 외출에서 돌아온 복장 그대로 앉아 있었다. 미약한 등불 아래 탁상에는 봉투에 담긴 서한 십여 통이 가지런히 포개어 올라 있었다.

전부 소녀의 오빠 유순흠이 보내온 서한들이었다.

집을 떠나오면서 유서현은 최근 일 년새 받은 십여 통의 서한을 가져왔다. 혹시나 쓸 곳이 있을지 모른다며 어머니가 챙겨주셨기 때문이었다. 유서현은 꼭 쓸 데가 없더라도 소지하고 있다는 행위 자체에서 오는 든든함이 좋았다.

이극과 헤어지고 홀로 돌아온 유서현은 즉시 가져온 서한들을 꺼내 읽었다. 집에 있을 때에도 수없이 읽어서 글자 하나하나를 기억할 정도였지만, 지금에 와서 다시 보니 뭐랄까 이상한 구석이 도드라지게 눈에 들어오는 것이었다.

어머니와 동생의 안부를 묻는 부분은 항상 같다. 못 쓴 글씨에 문장도 평범하였지만 지극한 효심과 사랑이 한가득 담겨 있다. 읽는 사람으로 하여금 성실하게, 정성을 다해 썼음을 알려주고 있었다.

유순흠이라는 사내의 성정이 그대로 드러난다고 해야 할까.

'그런데……'

유서현은 입술을 깨물었다.

그 외의 부분. 특히 자신의 안부를 이야기하는 대목에서는 눈앞에 안개가 짙게 낀 듯 흐릿하다.

평소 먹는 음식은 무엇인지, 하루 일과는 어떻게 되는지. 대인 관계는 어떠하며 또 건강은 어떤지 등등, 세부적인 항목들이 구체적으로 언급되어 있지 않고 대부분 스리슬쩍 넘어간다는 인상을 주고 있었다.

사실 그러한 대목에서의 위화감이 생소한 것은 아니다. 유서현은 고향에 있을 때에도 오빠의 서한에서 지금과 같은 기분을 느끼곤 했었다.

다만 소녀는 오빠에 대해 무조건적인 신뢰를 품고 있었다. 너무나 사랑하고 존경했기에 그 위화감이 거짓을 지어냈기 때문이라는 가능성을 애초에 배제했던 것이다.

혹은 이렇게도 여겼었다.

무림맹이란 워낙에 특수한 집단이니 가족에게라도 내부

사정을 자세히 알릴 수는 없었던 걸까— 라고 말이다.

그러나 이제는 그럴 수 없었다.

소녀의 가슴속 깊숙이 심어져 있던 오빠에 대한 신뢰가, 이제 갈라진 틈 사이로 뿌리가 보일 만큼 흔들리고 만 것이다.

인사담당관이라는 자가 가져온 명부며 각종 이력표를 볼 때만 해도 믿음은 굳건했다. 이 자료들이 모두 거짓이요, 조작일 거라 생각하기도 했다.

하나 문건을 검토할수록 의혹은 사라져 갔다.

그 방대한 양도 양이거니와, 각기 다른 종이 질과 먹물의 변색 정도 등은 결코 하루아침에 만들어진 것이 아니었다. 게다가 수천에 달하는 인명들의 정보와 배치 이력이 각기 다른 문건에서 동일하게 나타난다. 이것이 조작된 문건이라면 참으로 대단한 공을 들였다고 할 수 있겠다.

게다가 유서현이 찾은 것은 오빠, 유순흠의 이름만이 아니었다. 서한에서 드문드문 기재되었던 몇몇 동료의 이름들. 유서현이 몇 번이나 읽어 모두 기억하는 이름들 중 단 하나도 명부에서 발견할 수 없었던 것이다.

"……."

유서현은 포개놓은 봉투 중 맨 위의 것을 집었다. 봉투를 든 것만으로 안의 내용이 머릿속에 떠올랐지만 유서현은 서한을 꺼내 펼쳤다.

지난여름 마지막으로 온 서한이다.

그 속에는 더운 날씨에 고생이 많다는 가벼운 엄살과 고향 집과 가족을 걱정하는 따뜻한 마음이 담백한 어조로 담겨 있었다.

그리고 마지막으로 기쁜 소식을 전하게 되었다고도 적혀 있었다. 유서현의 오빠는 본래 정보를 취급하는 창무대란 조직의 일원이었는데, 입맹 후 무공의 성취도와 탁월한 업무력을 인정받아 상위 조직으로 선발되었다는 소식이었다.

그런 연유로 다음 달 서한이 오지 않았어도 유서현과 어머니가 크게 걱정하지 않았던 것이다.

툭—

한 방울 눈물이 서한 위로 떨어졌다.

툭— 투둑—

볼을 타고 내려와 턱 끝에 맺혀 있던 눈물은 종이를 뚫어버릴 듯이 연이어 떨어졌다.

그러나 유서현은 눈물을 닦을 생각도, 서한을 치울 생각도 없는 듯 아무 행동도 취하지 않고 있었다. 그저 어깨를 가늘게 떨며, 무림맹이라는 조직에 인정받았다며 기뻐하는 오빠의 글귀를 읽고 또 읽었다.

'정녕 거짓이라면… 어떤 마음으로 이 서한을 쓴 걸까……'

고향의 어머니와 누이동생을 위해 거짓으로 자신의 처지를 지어내야 했던 오빠의 마음이란 어떤 것이었을까. 유서현은 상상력을 발휘해 보았지만 쉽사리 그럴 듯한 감정을 떠올릴 수 없었다.

참담하고, 또 가슴이 찢어지는 듯 했으리라.

이리 간단히 말할 수 있다면 얼마나 좋을까? 하나 소녀는 그럴 수 없어 서한 속 기쁨의 문장을 읽고 또 읽었다. 아무리 아파도 소녀는 읽기를 중단치 않았다.

향 한 대가 타 없어질 시간이 흐르고, 유서현은 눈물을 닦았다. 그리고 눈물 젖은 서한을 조심스레 접어 봉투에 넣었다.

'오빠가 거짓말을 했는지 아닌지, 본인에게 듣기 전까지는 판단하지 말자. 거짓말을 했어도 어차피 상황은 똑같은 거잖아. 사라진 오빠를 찾아야 하는 거.'

이극의 유서현에 대한 평가—멍청하다는—는 몹시 극단적이어서 액면 그대로 수용할 수는 없었다. 십대의 소녀임을 전제하자면 요령 부족이라든지 경험이 일천하다는 정도가 어울리는 것이다.

그러나 지능이라는 측면에서 머리가 좋다는 평가는 정확했고, 비슷한 경험치를 가진 또래에 비하자면 판단력도 차라리 비상한 편이었다.

'변한 건 없어. 난 오빠를 찾으면 되는 거야.'

그리고 가장 큰 장점이랄 수 있는 굳은 심지가, 소녀를 온갖 부정적인 감정을 모아 녹여낸 용광로 속에서 너무 늦지 않게 건져 냈다.

유서현은 서한을 한데 모아 짐 속에 넣었다. 그리고 희미한 등불에 의지하여 여장을 꾸렸다. 무림맹에서 얻어낼 정보가 없다면 더 이상 항주에 머무르는 것은 의미가 없었다.

그러나 목표를 놓치지 않았다고 하여 방향까지 되찾은 것은 아니다. 막상 내일 어디로 가야 할지도 모르는 것이다.

그 막막함이 소녀의 작은 어깨를 짓눌렀다. 덕분에 짐을 싸는 손길은 더디기만 했다.

때마침 한줄기 바람이 불어와 등불이 꺼졌다.

휘익—

소녀는 손을 멈췄다. 아무것도 보이지 않아야 할 어둠 속에서 한 사내의 얼굴이 눈앞에 떠올랐다.

말투며 행동거지는 경박하기 짝이 없으나 가끔 목소리에 묘한 울림이 전해오는 자였다. 이상한 일이었다. 그를 생각하니 어깨를 짓누르고 있던 막막함이 사라지는 것 같았다.

'무림맹에 관련된 일이 아니게 되었다면 의뢰를 받아줄까?'

생각이 그에 미치자 유서현은 실소를 터뜨렸다. 한두 번 도움을 받았다고 마치 내 편을 들어줄 듯 느끼는 것이 우스웠다.

"풉……?"

목덜미에 돋아난 소름이 웃음을 가로막았다. 유서현은 반사적으로 몸을 던졌다.

사악—

뒤늦게 따라오는 머리카락을 무언가가 스치고 지나갔다. 두툼한 사내의 손이 머릿속에 그려졌다.

소녀는 재빨리 등을 벽에 댔다. 열린 창을 통해 일렁이는 어둠이 방 안으로 들어오고 있었다.

'하나, 둘, 셋……'

유서현은 등 뒤에 매고 있던 검을 뽑으며 안력을 돋우었다. 그러나 침입자들은 어둠에 동화되어 쉽게 판별되지 않았다.

쉐엑!

어둠으로부터 팔 하나가 솟아나왔다. 유서현은 검을 세워 몸을 보호하며 옆으로 피했다. 그러나 피하는 길목을 또 다른 침입자가 막아섰다.

고개를 돌리니 그 반대편에 마지막, 세 번째 침입자가 서 있었다. 등 뒤는 벽이다. 불과 한 호흡 만에 포위당하고 만 것이다.

'피할 수 없다!'

유서현은 진기와 함께 전의를 끌어올렸다. 그녀 역시 무가의 자식이다.

 침입자들이 동시에 달려들었다. 유서현의 검이 횡으로 그어졌다.

 방은 좁고 천장이 낮아 피할 곳이 마땅찮다. 침입자들은 허리를 숙여 어중간한 높이로 베어지는 일초를 피하며, 그 기세를 살려 낮은 자세로 쇄도해 들어왔다.

 그것이 노림수였다. 유희란은 검을 휘두름과 동시에 몸을 왼편으로 날렸다. 유서현의 신형이 자연스럽게 허리를 숙이고 쇄도하던 침입자의 등을 타고 빙글— 돌았다.

 놀란 침입자가 제 등을 타고 포위망 밖으로 나가던 유서현의 옷자락을 잡았다. 유서현은 발끝으로 바닥을 한 번 찍으며 이번에는 서 있는 자세대로 회전했다.

 찌이익—

 침입자에게 잡혔던 옷자락이 찢어졌다. 유서현은 재빨리 문을 밀치고 밖으로 나갔다.

 "쫓아!"

 어둠 속에서 당황한 목소리가 터져 나왔다. 앞장서서 유서현이 도망친 문으로 뛰어나가던 침입자의 몸이 갑자기 뒤로 나가떨어졌다.

 우당탕탕탕!

뒤쫓아 나가려던 두 명은 동료의 몸을 피하며 제자리에 멈춰 섰다. 도망친 줄 알았던 유서현이 문 앞에 서 있었다.

"이년이!"

둘 중 하나가 분통을 터뜨리며 유서현에게 달려들었다. 손에는 한 뼘 길이의 쇠붙이가 날을 세우고 있었다.

캉! 카캉!

어둠 속에서 불꽃이 두 번 일었다. 유서현은 예측했다는 듯 침입자의 비수를 연달아 막고, 날과 날이 마주친 두 번째 순간에 공력을 운용하여 검을 돌렸다.

푹!

유서현의 공력에 휘말린 비수는 주인의 손을 벗어나 기둥에 꽂혔다. 그리고 작지만 단단한 주먹이 투창처럼 비수 잃은 주인의 가슴에 꽂혔다.

"커헉!"

외마디 비명을 지르며 침입자는 방 안으로 뒷걸음질 쳤다.

'얕았어!'

왼손 주먹으로 전해오는 감각이 침입자에게 큰 피해를 주지 못했다고 질책하는 것 같았다. 그러나 아쉬움에 혀를 찰 여유도 없었다.

'긴장하면 안 돼! 긴장하면 안 된다고!'

유서현은 죽을힘을 다해 되뇌며 검을 고쳐 쥐었다.

지금 이 순간을, 소녀는 생애 첫 실전이라는 이름으로 죽을 때까지 기억하리라. 죽음의 때가 언제인지는 몰라도 말이다. 어쩌면 바로 지금일 수도 있다.

'그럴 순 없지!'

멋대로 가지를 뻗쳐 나가는 망상을 부정하고, 유서현은 정신을 집중했다.

세 명이었던 침입자는 이제 두 명으로 줄었다. 게다가 문의 폭은 한 사람만 겨우 드나들 정도. 지금 유서현이 문 앞을 차지하고 있는 한, 저들의 수적 우위는 의미를 잃는 것이다.

유서현은 자신에게 유리한 항목을 하나하나 확인해 가며 평정을 되찾았다.

그러나 강호를 사는 사람들은 믿음으로부터 철저히 버림받게 마련이다.

끼익―

인접한 객실 문이 열리더니, 흑의에 복면을 하고 눈만 내놓은 자들이 나와 복도를 가로막는 것이었다. 침입자들과 같은 차림을 하고 있으니 한패거리임은 두말할 필요도 없었다.

"……!"

예상치 못한 사태에 유서현은 놀라며 복도 반대편으로 물러났다.

복면인들 중 하나가 앞으로 나섰다. 알아서 비켜나는 자들의 행동거지로 볼 때 무리의 우두머리인 듯했다.

음산한 목소리가 복면을 뚫고 나왔다.

"귀찮게 굴지 마라. 순순히 따라오는 게 좋을 거다."

날카롭게 쏘아져 오는 살기, 그 압박의 무게감만으로 복면인이 자신과 격이 다른 고수임을 알 수 있었다.

그러나 유서현은 좌절하는 대신 이를 악물었다. 그리고 공력을 잔뜩 실어 객잔이 떠나가라 소리쳤다.

"자신을 밝히지도 못하는 사람을 어떻게 믿고 따라간단 말이오? 당신들은 대체 누구기에 나를 노린단 말이오?"

유서현의 공력은 크지는 않았으나 기초가 튼튼하였고 기운이 정순했다. 유서현의 목소리는 좁은 복도를 타고 객잔 가득 울려 퍼졌다.

그러나 유서현과 복면인들이 대치 중인 복도 양 옆으로 줄지어 늘어선 객실은 조용하기만 했다. 이만큼 소란이 일었는데 아무도 나와 보는 이가 없는 것이다. 하다못해 무슨 일인지 문틈으로 볼 수도 있으련만!

"잡아라."

우두머리의 명이 떨어지자 수하 복면인들이 줄지어 달려들었다. 그들의 공세에 맞춰 유서현의 검이 움직였다.

"호오……."

뒷짐을 하고 선 복면인은 가벼운 탄성을 내뱉었다.

복도의 좌우는 성인 남성 두 명이 어깨를 나란히 하고 겨우 지나갈 정도다. 어설프게 배운 풋내기라면 뜻한 대로 검을 놀리지 못하고 당황하기 딱 좋다.

그런데 표적인 소녀는 다소 당황하면서도 침착하게 검을 놀려 적의 공세를 받아내고, 간간히 역습을 시도하는 것이었다.

'아깝구나! 아까워!'

소녀의 검로(劍路)는 착실하고 정도를 추구하였으나 상승의 절학과는 거리가 멀었다. 명문 정파나 세가에서 태어났더라면 전도유망한 후기지수로 명성을 떨쳤을지도 모른다.

"크윽!"

수하 중 하나가 팔에서 피를 흘리며 물러났다. 좁은 복도는 검수에게만이 아니라 다수에게도 좋지 않은 환경이었다.

"비켜라."

복면인이 나직이 말했다.

수하들의 부상을 감내하면서까지 소녀의 재능을 감상할 이유는 없었다.

명이 떨어지자 수하들이 양쪽 벽으로 갈라지고 복면인과 유서현이 정면으로 마주하게 되었다.

휘익!

복면인의 신영이 화살처럼 날아 유서현을 덮쳤다. 둘 사이에 존재하던 열다섯 보 가량의 거리가 단숨에 사라진 것이다.

유서현의 커다란 눈 속에 복면인의 손바닥이 가득했다. 붉은 빛이 일렁이는 손바닥은 도깨비불처럼 어둠을 날아 유서현을 짓눌렀다.

쾅!

굉음과 함께 유서현의 몸이 허공에 떠오르고, 복도 끝 어둠 속으로 사라졌다.

복면인은 나가떨어진 유서현을 굳이 쫓지 않았다. 우두머리의 뜻을 헤아렸는지 수하들이 앞다퉈 유서현에게 달려갔다.

"……."

있을 수 없는 감각이 팔을 타고 머리로 전해진다.

복면인은 손바닥을 펼쳐 보았다. 장심(掌心)에 그어진 희미한 금이 붉게 물들어가고 있었다.

"으악!"

"크헉!"

시선을 손바닥에 고정시켜 놓은 복면인의 귓가에 비명 소리가 연달아 들렸다. 고개를 들자 유서현을 잡으러 갔던 수하들이 어둠 속에서 날아오는 게 아닌가?

순식간에 수하 네 명이 복면인의 발치에 나뒹굴고 있었다. 어떤 자는 팔이, 어떤 자는 발이 부러졌다. 심지어 먹은 것을 토하는 자도 있었다.

복면 위로 드러난 눈썹이 일그러졌다.

"웬놈이냐……!"

"안 가르쳐 주~ 지."

돌아온 것은 대답이 아니라 조롱이었다.

"감히!"

복면인은 끓어오르는 노기를 참지 못하고 복도 저편 어둠 속으로 몸을 날렸다. 그의 손바닥에 일렁이는 붉은 빛은 방금 전보다 몇 배는 더 험악해 보였다.

그때, 어둠 속에서 마찬가지로 일장이 튀어나왔다.

콰콰콰콰쾅!

두 개의 손바닥이 충돌하고 폭음이 일었다. 충돌 지점으로부터 발생한 압력이 낡은 벽을 흔들었다.

"무, 무슨 일이지?"

"지진이다! 지진이야!"

유서현이 소리치고 날붙이 소리가 나도 잠잠하던 객실 문이 일제히 열렸다. 객잔을 무너뜨릴 것 같은 진동이 비로소 사람들을 나오게 한 것이다.

사람들은 바닥에 엎드려 신음하는 복면인들을 뛰어넘으며 밖으로 도망쳤다. 사람들로 가득 찬 복도는 순식간에 아수라장이 되었다.

그 아수라장을 만든 장본인 중 하나. 복면인은 홀로 서서 제 손바닥을 내려다보고 있었다. 부상을 입지 않은 수하가 다가와 물었다.

"쫓을까요?"

"부상자부터 추슬러라. 신속히 돌아간다."

복면인은 손을 거두고 어둠 저편을 노려봤다.

십 보나 물러났음에도 완전히 해소되지 않은 장력이 몸속을 맴돌고 있다. 자신에게 이런 굴욕을 선사한 게 대체 누구인지 가늠조차 할 수 없었다.

"이 수모는 반드시 갚아주마……!"

다짐하는 복면인의 두 눈에 불길이 이글거리고 있었다.

인적이 드문 골목에 이르러 이극은 걸음을 멈췄다. 이극은 얼굴을 찡그렸다. 뱃속으로부터 한 모금 고통이 치솟아 오르는 것이었다.

"카악! 퉤!"

이극은 가래 같이 굳은 피 한덩이를 뱉어냈다. 그리고 소매로 입가를 닦으며 중얼거렸다.

"파심작혈(破心灼血)이라더니 지독하긴 지독하군."

"으으……!"

신음 소리가 귓가를 때렸다. 이극의 등에 업혀 있던 소녀,

유서현의 것이었다. 곧이어 뜨거운 무언가가 이극의 어깨와 등을 적셨다. 유서현이 토해낸 피였다.

"으윽!"

이극은 기겁을 했지만 어찌할 도리가 없었다. 유서현은 복면인의 일장을 받아친 순간 정신을 잃어 아직도 깨어나지 못하고 있었으니까 말이다.

그렇게 유서현을 안고 한참 서 있자 담벼락 위에서 무언가가 뛰어내렸다. 오공이었다.

뒤따라 온 오공은 제 덩치만 한 짐보따리를 가지고 있었다. 유서현의 짐이었다. 이극은 말로 오공을 칭찬했다.

"잘했다. 잘했어. 배가 터질 만큼 사주마."

"우끽? 우끼끽! 끽!"

먹을 거라면 환장을 하는 오공이 웬일로 호들갑을 떨었다. 이극은 고개를 끄덕이며 오공을 안심시켰다.

"잠시 기절한 거니까 너무 걱정하지 않아도 돼, 인마."

내상을 입긴 했지만 생각보다 깊지 않다. 유서현이 토한 것은 진득거리고 검으니 죽은피다.

이극은 막 객잔에 도착했을 때 봤던 광경을 떠올렸다.

생포하기 위해 삼성 공력만 기울였을 파심작혈장이었다.

그런데 장력이 가 닿은 순간, 소녀는 검을 휘둘렀다. 공포에 질려 막무가내로 휘두른 게 아니라 엄정히 판단하여 출수

한 일검이었다.

놀랍게도 그 일검이 파심작혈장을 벤 것이다.

덕분에 유서현에게 적중한 파심작혈장은 이성 공력에 불과했다. 그 정도 내상이면 열흘만 정양해도 충분할 것이다.

물론 지금은 정신을 잃고 이극의 등에 업혀 있지만.

"…오빠……."

꿈을 꾸는 걸까? 가는 목소리가 들려왔다. 그리고 피로 진득거리는 옷 위에 미약한 물기가 흘러내렸다.

"끄응……."

이극은 앓는 소리를 내며 걸음을 옮겼다. 소녀는 생각보다 무거웠고, 집으로 돌아가는 길은 어쩐지 멀게만 느껴졌다.

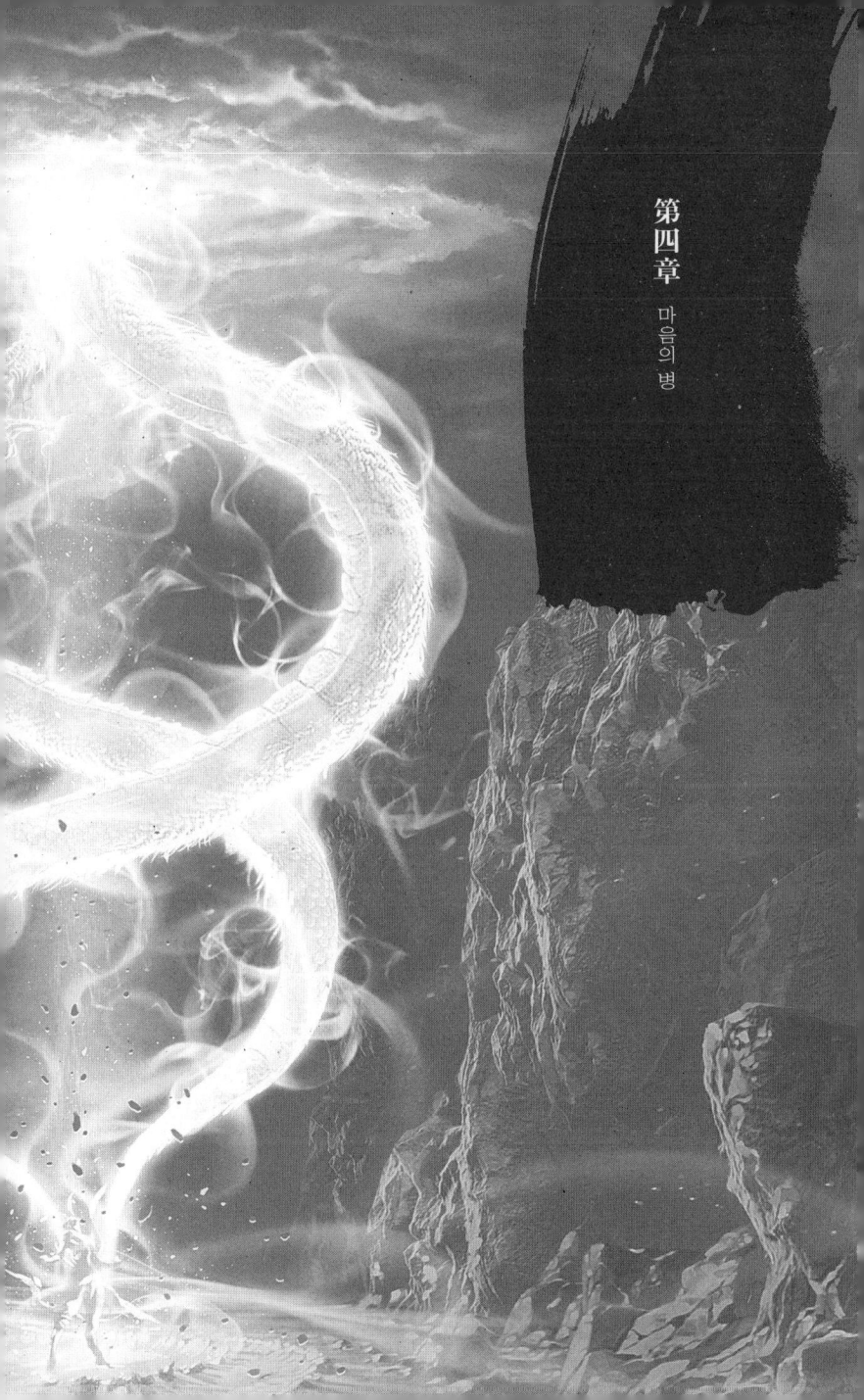

第四章
마음의 병

蒼龍魂 창룡혼

1

내내 안개가 낀 듯 흐릿했던 시야가 별안간 맑아졌다.
머리 바로 위에서 폭포수처럼 하늘이 떨어지더니, 먼 곳에 한데 뭉친 산자락과 부딪쳐 흰 거품을 냈다.
눈 아래에는 종이로 만든 것 같은 집들이 장난감처럼 놓여 있다. 그 틈마다 잎사귀 무성한 나무들이 이쑤시개마냥 꽂혀 있다.
'어? 저건 우리 집인데?'
당장 눈에 보이는 크기와 기억과의 괴리를 인식한 순간, 소름 돋는 공포가 밀려 들어왔다.

'……!'

유서현은 자신이 처한 상황을 깨닫고 바위벽에 몸을 바싹 붙였다. 아래를 내려다보면 현기증이 일어 아찔하다.

휘이잉—

세찬 바람이 절벽을 타고 불었다. 유서현은 본능적으로 바위 틈새 끼워넣은 손에 힘을 주었다.

두 손과 발로 제 몸을 단단히 고정한 유서현은 조심스럽게 아래를 내려다봤다.

소녀가 머무는 곳은 천길 낭떠러지 중간쯤 바위가 깎여 움푹 들어간 공간이었다. 바닥에서 무언가가 끌어당기는지, 자칫 정신을 놓았다가는 아득히 먼 바닥으로 빨려 들어가고 말 것만 같았다. 거인이 크게 숨을 들이마시기라도 하는 것처럼.

어째서 여기에 있는 걸까? 생각하기도 전에 땅 위로부터 수백 장 높이에 홀로 고립되었다는 사실이 서러웠다. 참을 새도 없이 눈물이 북받쳐 올랐다.

'으아아아앙! 어허헝! 어허엉!'

아주 대성통곡이 나왔다. 그러면서도 떨어질까 두려워 바위 틈새에서 손을 못 빼니 얼굴이 가관이다.

얼마나 울었을까? 눈물도 말라 울고 싶어도 울지 못하게 되었을 때, 유서현의 눈앞에 누군가가 나타났다.

'내려오지도 못할 거면서, 왜 이렇게 높은 데까지 올라오

고 그랬니? 자, 이제 집에 가야지?'

눈앞에 나타난 청년은 그리 말하며 손을 내밀었다. 유서현은 말랐던 눈물이 다시금 차오르는 것을 느끼며 청년에게 안겼다.

'오빠! 으아아아앙!'

청년은 한 손과 두 발로 절벽 중간에 매달린 채 동생을 안고 등을 토닥여 줬다. 오빠의 따뜻한 품에 안기어 울던 유서현은, 문득 제 몸이 무척 작다는 것을 깨달았다.

"…오빠……?"

저도 모르게 중얼거리며 유서현은 눈을 떴다.

눈물에 젖어 흐려진 눈에 지붕을 떠받치는 나무 구조물이 들어왔다. 유서현은 허공을 짚고 있는 두 손을 내리고 꿈에서 깨어났다.

"여긴… 큭!"

유서현은 몸을 일으키려다 포기하고 침상에 다시 누웠다. 단전 부근이 불에 타는 듯 뜨거웠다.

"하아……."

고통스런 숨을 내쉬며 누운 유서현의 눈에, 목을 길게 뺀 오공의 얼굴이 나타났다.

"꺅! 꺅꺅!"

마음의 병 147

"어? 깨어났다고?"

오공이 호들갑을 떨자 사내의 목소리가 들렸다. 유서현은 그 목소리가 금방 들은 것과 비슷하다고 생각했다.

'금방 들은 거? 내가 뭘 들었지?'

깨어난 순간 꿈은 바스라져 손가락 사이로 흩어진다. 유서현은 머릿속 깊이 숨어버린 기억을 찾지 못하고 현실로 돌아왔다. 목소리의 주인, 이극이 곁으로 다가왔다.

"깨어났군."

"어떻게… 된 거죠?"

이극은 의자를 끌어와 침상 옆에 앉았다.

"아, 그게 말이야. 내가 아가씨한테 줄 게 있어서 찾아갔는데… 그래, 오해는 하지 마. 오공 녀석이 냄새로 찾아간 거지, 내가 뭐 아가씨가 어디서 묵고 있는지 조사한 건 아니니까."

왜일까? 말 하나하나 조심스럽게 하는 이극의 얼굴이 어쩐지 귀여워 보였다. 둘 사이에 십 년 이상의 간극이 존재함에도 불구하고 말이다.

"구해주셨군요."

유서현은 엷은 미소를 지으며 말했다. 침상 위에 올라와 있던 오공이 펄쩍펄쩍 뛰었다. 유서현은 팔을 뻗어 오공을 쓰다듬으며 말했다.

"고마워."

"우꺅! 꺅!"

오공은 긴 팔로 제 몸을 긁어대며 기쁨을 표했다. 그 모습을 보고 빙그레 웃던 유서현의 얼굴이 갑자기 붉어졌다. 자신이 입고 있는 옷이 제 것이 아님을 깨달은 것이다.

유서현은 반사적으로 덮고 있던 침구를 턱 끝까지 끌어올렸다. 그리고 몸을 움츠리며 물었다.

"제 옷은… 혹시……?"

"뭐?"

의아해하던 이극은 곧 속뜻을 알아차렸다. 이극은 씩 하고 음흉하게 웃으며 말했다.

"아가씨가 토한 피에 옷이 다 젖었더라고. 그대로 둘 수야 있나? 내가 또 더러운 건 눈 뜨고 못 보는 성격이라서 말이야. 원체 깔끔해야지, 원. 하여간 다 벗기고 씻기고 다시 옷 입히는데 힘들어 죽는 줄 알았다니까."

"……!"

"왜 그래? 내가 정신도 못 차리는 사람한테 몹쓸 짓이라도 했을까 봐? 설마 내가 머리에 피도 안 마른 아가씨를 여자로 봤을까 봐… 억!"

수치심으로 붉게 달아오른 유서현에게 계속 짓궂은 말을 하던 이극의 고개가 뒤로 젖혀졌다.

어찌할 바를 몰라 두 눈을 감았던 유서현도 놀라 눈을 떴다.

놀란 유서현이 고개를 들어 보니 한 중년 부인이 이극의 머리를 쥐어뜯고 있었다.

"야, 이 잡것아. 할 짓이 없어서 니 딸만 한 걸 데리고 장난치고 앉았냐?"

"아악! 아프다고! 좀 놔요, 좀!"

키가 작고 펑퍼짐한 체형의 중년 부인은 이극의 머리를 놓고 질색을 하며 말했다.

"뭐? 깔끔? 엠병, 지랄하네. 네 머리나 감아라!"

중년 부인은 이극의 머리에서 묻어난 기름을 앞치마에 닦고, 유서현을 향해 인자한 미소를 지었다.

"많이 놀랐지? 저놈이 원래 저따위니까 걱정하지 말어. 너한테 손 댈 배짱도 없는 놈이니까. 사내 새끼가 아니여, 저것은."

"이 아줌마가……!"

이극이 발끈하자 중년 부인이 그를 흘겨보며 말했다.

"너 마지막으로 집세 낸 게 언제여?"

"……."

중년 부인은 한마디로 이극을 제압했다. 가만히 두 사람을 보던 유서현이 조심스럽게 물었다.

"그 말씀은……?"

"저 잡것이 한밤중에 쳐들어와서 다짜고짜 널 맡기지 뭐냐? 덕분에 고생 좀 했다만 니가 생각하는 그런 일은 없으니까 걱정하지 않아도 된단다."

"좀 놀려먹으려 했더니 산통을 다 깨고… 욱!"

불만스러운 목소리로 이극이 끼어들었다. 그러나 곧 중년 부인의 팔꿈치에 갈빗대를 부여잡고 고개를 숙여야 했다.

유서현은 이극을 어린아이처럼 다루는 중년 부인의 모습이 놀랍기도 했고, 또 안심이 되기도 했다.

"고맙습니다… 아윽."

고맙다는 인사를 하기 위해 몸을 일으키려던 유서현은 다시 침상에 눕고 말았다. 아까의 그 통증, 커다란 불꽃이 뱃속을 태우는 감각이 재차 일었던 것이다.

황급히 이극이 다가가 말했다.

"내상을 입었으니 조심해야 할 거야. 그렇게 깊은 건 아니지만 잘못하면 지병이 돼서 평생 아가씰 괴롭히게 될 테니까."

"내상… 이요?"

이극의 말을 듣자 곧 간밤의 광경이 떠올랐다.

타오르는 불꽃처럼 붉은 기운에 휩싸인 손바닥. 지옥의 밑바닥에서 죄인을 태우는 불기둥처럼 유서현을 휘감아 불살라 버릴 그 손바닥을.

마음의 병 151

"아아……!"

유서현은 제 몸을 끌어안으며 어린아이처럼 몸을 둥글게 말았다. 지독한 감기에 걸린 사람처럼 떨리는 모습이 누가 봐도 안쓰러웠다.

"얘 이거 갑자기 왜 이러냐?"

"내가 의사야? 물어보면 뭐 내가 다 아나?"

"으이그, 이 잡것아! 네가 그 모양이니까 여태 장가도 못 가고 빌빌대는 거야."

중년 부인은 이극의 머리통을 때리고 방 밖으로 나갔다.

"아 나 진짜……!"

이극은 나가는 중년 부인의 뒤에 대고 헛발질을 해댔다. 그것도 잠시, 이극은 곧 고개를 돌려 심각한 얼굴로 뱃속의 태아처럼 몸을 웅크리고 벌벌 떠는 유서현을 내려다봤다.

'이건 또 생각 못했네.'

파심작혈장은 무림에서 손꼽히는 극양(極陽)의 상승 절학이다. 이름 그대로 장력이 상대의 체내에 침투하여 피는 물론 내장 기관까지 열기로 태워 버리는 무시무시한 수법이다.

더구나 시전 시 손바닥에 불꽃처럼 붉은 기운이 일어나 상대로 하여금 전의를 상실케 만들기도 한다.

유서현이 깨어난 것은 꼬박 하루가 지나서였다.

그런데 기껏 정신을 차렸나 했더니, 파심작혈장이 뇌리에

새긴 불꽃에 완전히 사로잡힌 것이다.

이렇게 스스로가 만들어낸 심마에 혼을 사로잡힌 경우에는 백약이 무용이다. 깊은 내상을 입은 편이 나을지도 모를 정도로 고통스러운, 이 또한 깊은 병의 일종이다.

"후……."

입안이 쓰다.

이극은 한숨을 쉬고 밖으로 나갔다. 갈색 털의 원숭이, 오공만이 걱정스러운 눈으로 유서현을 곁에서 지켜보고 있었다.

* * *

깊고 어두운 방.

무림맹주 곽추운과 번천검랑 원가량, 그리고 한 중년인이 품(品)자 형태로 서로를 마주 보고 있었다.

엄밀히 말하자면 서로를 마주 보는 것은 곽추운과 중년인이었다. 벽에 비스듬히 기대 선 원가량은 멸시와 지루함이 뒤섞인 시선으로 중년인을 바라보고 있었다.

중년인은 이제 막 마흔이 되었을 나이로, 이마가 좁고 눈매가 승냥이 같이 사나웠다. 오랫동안 빛을 못 보았는지 얼굴이 무척 희었고 체구는 호리호리했다.

중년인의 이름은 풍선교(豊先敎), 무림맹주 곽추운을 따르는 자들 중 하나였다. 무림맹 내에서도 비밀 기관인 암천대(暗天隊)의 대주(隊主)로, 곽추운의 은밀한 손과 발 노릇을 하는 게 그에게 주어진 임무였다.

풍선교는 이제껏 제 임무를 잘 수행했노라 자평해 왔고, 이는 그를 부리는 곽추운도 일찍이 인정한 바였다. 그런데 그 자부심에 금이 가는 사건이 발생한 것이다.

퍽!

멀리 해동(海東)에서 들여왔다던 용 모양의 연적이 풍선교의 이마를 때렸다. 원가량은 풍선교와 그리 가깝지도 않았건만, 연적의 파편을 피하는 시늉을 했다.

주륵—

찢어진 이마에서 한 줄기 피가 흘러내렸다. 그러나 꼿꼿이 선 풍선교의 얼굴은 굳어 있을 뿐, 어떠한 감정도 내비치지 않았다.

탕!

곽추운은 연적을 던진 손으로 탁상을 치며 외쳤다.

"뭐? 놓쳐?"

주름진 안면이 분노를 주체하지 못해 바들바들 떨리고 있었다. 쌍욕만 하지 않았다 뿐이지, 연적을 던져서 이마를 깬 행동이나 수하를 다그치는 모습 그 어디에서도 존경받는 무림맹주는 찾아볼 수 없었다.

"그걸 말이라고 하나? 지금?"

"면목없습니다."

풍선교는 변명하지 않았다. 심지어 이마에서 흐르는 피가 한쪽 눈에 들어가는데도 눈을 감지 않았다. 모든 것이 자신의 실수이니 달게 받겠다는 의지의 표명일까?

'미친 놈.'

원가량은 속으로 그런 풍선교를 비웃었다. 원가량의 눈에 풍선교는 맹주에 대한 충성심이 깊다기보다, 충성심이 깊은 자신을 사랑하는 것 같아 보였다.

원가량에겐 비웃음을 샀지만, 어쨌든 그런 풍선교의 태도는 곽추운의 노기를 누그러뜨렸다. 곽추운은 거칠게 숨을 내쉬며 말했다.

"벌써 두 번째다. 이게 무슨 뜻인지 아느냐?"

"……."

"내가 암천대라는 조직을 만들고 너를 대주로 세운 지 벌써 십 년이다. 지난 구 년 동안 너는 나를 실망시키는 법이 없었지. 그런데 왜 몇 달 새 두 번이나 일을 그르치느냐 말이다!"

스스로 말을 하다가 분에 못 이겼는지 결국 소리를 지르고 말았다. 곽추운의 두 눈에 핏대가 잔뜩 서 있었다

그 뒤로도 곽추운은 풍선교에게 분노를 퍼부었다. 풍선교는 피가 흐르는 채로 흔들림없이 서서 곽추운의 분노를 온몸으로 받아들였다.

퍽! 퍽!

문진이 날아가 풍선교의 어깨를 강타했고, 붓이 날아가 피 흐르는 얼굴에 먹을 더했다.

"주군, 고정하시지요. 구하기 힘든 물건입니다."

원가량의 말에 곽추운은 들고 있던 옥연(玉硯:벼루)를 내려놨다.

주군이 내리는 벌이라고 호신강기도 일으키지 않고 묵묵히 맞던 풍선교다. 제아무리 고수라도 무방비로 머리통만 한 옥연을 맞으면 무사할 리 없다(당금 천하제일인의 손으로 던진 옥연이라면 더더욱).

지금은 수하의 목숨이 아니라 벼루의 안위를 더 중히 여겨서인 듯 보였지만.

어쨌든 곽추운은 옥연을 내려놓고 노기를 다시 가라앉혔다.

"조력자가 있었다고?"

"얼굴은 확인하지 못했습니다. 단 일 합이었지만 무공 수위는 속하에 뒤지지 않았습니다."

곽추운의 얼굴이 일그러졌다.

욕을 하고 문방구를 던져댔지만 풍선교가 어떤 자인지 모르는 게 아니다.

 풍선교의 독문절기인 파심작혈장은 수많은 장법 중에서도 손꼽히는 절학이다. 그 파심작혈장을 십성 익혔으니 굳이 공식적으로 존재하지도 않는 암천대 대주로 만족할 이유가 없다. 무림맹의 전면에 나서서 야망을 펼쳐도 무방할 실력이다.

 그런 풍선교에게 뒤지지 않는 자가 유서현을 돕고 있다니, 쉽게만 볼 일이 아니게 된 것이다.

 "…더 이상 말하지 않겠다. 그 계집을 잡아와라."

 "예."

 풍선교는 짧게 대답했다. 자리에서 거칠게 일어난 곽추운은, 방문을 나서며 한마디를 남겼다.

 "관대한 자는 세 번의 기회를 준다고 하지. 나는 지금 세 번째 기회를 준 것이다. 실패했을 때의 책임은 모두 네가 져야 할 게다."

 "…풉!"

 원가량도 비웃음 소리를 남기며 곽추운의 뒤를 따랐다.

 "……."

 홀로 남게 되자 비로소 풍선교의 얼굴이 일그러졌다. 그 위를 물들인 감정은 고통이 아니라 분노였다.

 "놈… 반드시 찾아내 죽인다. 반드시……!"

2

 유서현이 내상을 치유하는 데 열흘이 필요할 거라는 예상은 보기 좋게 빗나가고 말았다. 놀랍게도 닷새가 되자 유서현은 운신이 자유로웠고 운기행공도 막힘이 없었다.
 파심작혈장에 입은 내상이 말끔히 치료된 것이다.
 이는 이극이 기공의 수법으로 회복을 돕기도 했지만, 근본적으로 유서현의 내공이 이극의 예상보다 훨씬 깊고 순수했기 때문이었다. 물론 깊다고 해도 명문 출신으로 상승 심법을 익히지 못한 십대 소녀로선, 이라는 전제가 붙었을 때의 이야기이긴 했다.

 여름 햇살이 세상을 온통 희게 물들인 오후.
 이극이 세 들어 사는 공동주택의 옥상은 빨래를 너는 공간으로 사용된다. 직사각형의 넓은 공간에 수 장 길이의 빨랫줄이 나란히 늘어서 있고, 공동주택의 세입자들은 그 위에 옷부터 넝마에 이르기까지 갖가지 빨래를 널어놓는다.
 그 공동주택의 옥상에 낭랑한 목소리가 울려 퍼졌다. 앳된 소녀의 목소리다.
 "그래, 그거. 이게 마지막이지?"

유서현은 빨래를 받아들며 활짝 웃었다. 꽃처럼 화사한 미소에 오공은 기분이 좋아졌는지 제자리에서 펄쩍펄쩍 뛰었다.

"꺅! 꺄꺅!"

유서현은 좋아하는 오공을 향해 다시 한 번 웃어주고, 건네받은 윗도리를 세차게 털어 물기를 뺀 뒤 빨랫줄에 널었다.

"휴우……."

방금 넌 윗도리가 마지막이다. 빈 바구니를 확인하고, 유서현은 이마에 맺힌 땀을 닦았다.

이극의 집 도처에 널브러져 평화로운 시절을 영위하던 빨랫감들은 유서현이라는 잔인한 정복자의 손에 의해 이렇게 몰살을 당하고 말았다. 물론 그렇다고 눈처럼 하얘진 옷가지는 없었으나, 최소한 일광소독까지 끝나고 나면 맨손으로 집어도 무방할 정도는 될 것이다.

"좋~ 았어."

유서현은 손뼉을 두어 번 치고 두 손을 허리에 얹은 채 뿌듯한 얼굴로 복종을 맹세한 점령지의 군세를 올려다봤다.

"우끽? 우끽?"

빈 소쿠리를 머리에 쓰고 다가온 오공이 물었다. 유서현은 오공의 머리를 쓰다듬으며 웃었다.

"괜찮으니까 걱정하지 마. 싹 다 나은걸?"

내상을 치료하느라 침상에서 꼼짝 못하는 사이 유서현은 오공과 부쩍 친해졌다. 오공은 하루 종일 유서현의 곁에서 떨어지지 않았고, 어느새 유서현은 오공의 울음소리만으로 무슨 말을 하고자 하는지 알 수 있게 된 것이다.

"끽?"

오공이 고개를 갸우뚱했다. 유서현은 눈을 크게 뜨며,

"어머, 너 나를 못 믿는 거야? 흠……."

하고는 주변을 둘러봤다.

둘러보는 유서현의 눈에 마침 빨래걸이용 막대기가 들어왔다. 끝이 살 양갈래로 벌어진 막대기는 수많은 이들의 손때로 인해 표면이 번들번들했다.

유서현은 막대기의 양 끝을 잡고 두 팔을 쭉 편 채 간단히 몸을 풀었다. 그리고 다시 막대기를 한 쪽만 잡고 마치 검을 든 듯, 끝부분을 팔과 일직선으로 뻗어 오공을 향해 겨누었다.

활짝 핀 꽃처럼 화사하던 소녀의 얼굴은 어느새 차갑게 가라앉아 있었다. 그렇게 차가운 입술이 움직였다.

"잘 보렴."

"이건 대체……."

외출에서 돌아온 이극은 멍청한 얼굴로 중얼거렸다.

이극의 치세하에 응당 평화를 누리고 있어야 할 백성들—언제 빨았는지 모를 옷가지들과 각종 잡동사니—이 사라지고, 성군의 하해와 같은 은총인 먼지마저 깡그리 소탕된 것이다.

 누가 이런 만행을 저질렀단 말인가?

 멍하니 서 있던 이극은 퍼뜩 정신을 차려 안쪽의 방으로 달려갔다. 침상 위에는 아무도 없었고 침구는 곱게 개어져 있었다.

 "아으… 시키지도 않은 일을!"

 이극은 신경질적으로 머리를 헝클어뜨렸다. 그때, 머리 위로 천장을 두드리는 소리가 들려왔다.

 '위에 있구나.'

 지체할 것 없이 이극은 옥상으로 올라갔다. 예상대로 유서현은 옥상에 있었다.

 "아가씨! 왜 주인 허락도 없이……?"

 한바탕 싫은 소리를 시작하려던 이극은 저도 모르게 입을 다물었다. 이극의 집을 초토화시킨 점령군 소녀가 생각지도 못한 모습으로 눈앞에 나타난 것이다.

 빨랫줄에 널린 수백 장의 빨래가 바람에 펄럭이는 가운데, 그 사이로 드문드문 비치는 유서현은 마치 나비처럼 자유롭게 허공을 날고 있었다.

마음의 병

바닥을 발끝으로 찍고 한 번 뛰어오를 때마다 소녀는 대지를 거부하는 몸짓으로 손에 든 막대기를 움직였다. 오랜 시간 제 역할에 충실해 온 빨래걷이 막대기는 소녀의 손에서 한 자루 검으로 화하였다.

찌르고 베고, 내밀고 또 되돌리고.

소녀가 보이지 않는 다리를 건너듯 허공에 머물 때마다 검으로 취할 수 있는 모든 동작들이 펼쳐졌다.

이 모든 동작들은 때로는 자상하게, 때로는 매섭게, 언젠가는 불꽃처럼 격정적으로 타오르더니 또 언젠가는 만년설처럼 차갑게 식어버리는 각기 상반된 성질을 가지고 있었다.

그러나 그럼에도 불구하고 그 상반된 성질을 하나로 관통하는 기질이 있었다.

바로 우아함이라는 기질.

유서현의 동작 하나하나에는 개인의 취향과 연령, 심지어 문화를 초월하여 인간이라면 누구나 가지고 있을 어떤 공통의 미학을 충족시켜 주는 우아함이 깃들어 있었다. 이는 단순히 소녀가 큰 키에 긴 팔다리를 가지고 태어나 같은 동작을 해도 남들보다 시원시원하고 멋들어져 보인다는 차원을 넘어선 것이었다.

오직 소녀가 짧지만 전 생애를 바쳐 이룩한 순도 높은 내면이 신체적 요건과 맞물려 지극히 희박한 확률로 서로 반응하였을 때만 획득할 수 있는, 작은 기적과도 같은 기질이었다.

이극은 유서현이 가진 이 우아함의 편린을 엿본 기억이 있었다. 닷새 전, 복면인들과의 일전에서였다.

그때는 좁은 실내라는 지형과 파심작혈장을 구사하는 적이라는 제약이 있었다. 지금은 비록 빨래걷이 막대기를 검 삼아 펼치는 검무(劍舞)에 불과하여도 소녀가 가진 바 모든 역량을 고스란히 펼쳐 내고 있는 것이다.

"……."

이극은 말없이 유서현의 검무를 감상했다.

그러나 얼마 지나지 않아, 유서현은 더 이상 허공을 거닐지 아니하고 바닥에 내려섰다. 본신 무공의 수련을 외인에게 보이는 것은 무림인들 사이에서는 대표적인 금기에 속한다. 물론 그 반대의 경우도 마찬가지라, 함부로 외인의 연공을 훔쳐보는 것은 실로 파렴치한 일이다.

유서현은 눈살을 찌푸리며 말했다.

"언제부터 와 있었죠?"

이극은 대답 대신 성큼 걸어가, 처참한 몰골로 빨랫줄에 걸려 있는 자신의 신민들을 가리키며 말했다.

"이건 무슨 짓이지?"

"실내에서만 지냈더니 몸이 찌뿌드드해서 일 좀 했어요. 그것들을 계속 방치해 뒀다가는 낫기는커녕 병세가 악화될 것 같기도 했고……."

"그렇다고 남의 살림에 함부로 손을 대고 그러나?"

유서현은 이극의 반응을 이해할 수 없었다.

아니, 그 이전에 먼지가 한 치는 쌓인 공간에서 사람이 산다는 것부터 이해할 수 없는 일이긴 했다.

유서현은 목 끝까지 차오른 반박을 삼키고 대신 고개를 숙였다. 주인이 저리 나오면 객의 신분으로 할 말이 없는 것이다. 더구나 이극은 유서현을 구해준 은인이 아닌가.

"죄송합니다. 제가 주제넘었어요."

"끙… 알면 됐어."

이극은 앓는 소리를 내며 사과를 받아들였다.

'이렇게 나오면 정말 상대하기 힘들다니까. 젠장.'

이극이 유서현을 불편하게 여기는 구석이 바로 이런 점이었다. 이극이 일을 처리하는, 아니, 살아가는 방식은 기본적으로 상대방의 실수를 빌미로 자신에게 유리한 결과를 이끌어내는 것이었다.

이러한 방식이 성립하기 위해서는 실수를 한 당사자가 실수를 인정치 아니하고 없었던 일로 치부하거나 이를 덮기 위해 더 큰 잘못을 저질러야 하는 것이다.

얼핏 쉽지 않아 보이지만 대도시 항주에서 이극이 상대하는 이들은 대부분 상기 조건을 충족하고 있다. 그런 자들을 상대하는 것이야말로 이극이 지금껏 살아남은 이유이기도 했다.

하지만 유서현은 자신의 잘못을 순순히 인정하고 즉시 사과하니 이극에게는 껄끄러울 수밖에 없었다. 물론 유서현을 상대로 무슨 이득을 보려는 게 아니니만큼 껄끄럽다는 정도에서 그치는 건 다행이었다.

이극이 말했다.

"어쨌든 거동에 불편함은 없어 보이네. 그렇지?"

이극의 말을 들은 유서현은, 무슨 생각을 했는지 고개를 끄덕이며 대답했다.

"죄송해요. 제가 생각이 짧았네요. 구해주고 치료해 준 것만으로도 평생 못 갚을 은혜를 입었는데 여기서 더 신세를 질 순 없죠. 그럴 생각으로 빨래하고 청소한 건 아니에요."

그리고는 몸을 돌려 옥상 출입구로 걸어가는 것이었다. 이극은 어이가 없어 유서현의 뒷모습을 보다가, 재빨리 달려가 앞을 가로막았다.

"성질머리하고는… 누가 지금 당장 나가래?"

유서현은 고개를 저었다.

"아저씨가 말씀하시기 전에 제 발로 나가는 게 도리겠지요. 지금 당장은 가진 게 없지만 이 은혜는 반드시 갚을게요."

이런 답답한! 이극은 깊게 한숨을 내쉬고 말했다.

"내가 아가씨한테 줄 것도 있고, 같이 갈 데도 있어. 그래서 물어본 거라고."

"줄 거라고요?"

유서현은 안 그래도 커다란 눈을 더 크게 떴다. 이극은 당장에라도 굴러 떨어질 것 같은 소녀의 동그란 눈을 바라보며 대답했다.

"일단 따라와 봐. 그럼 알게 될 테니까."

* * *

"이름은 이극. 나이는 삼십 세 전후. 어릴 때부터 항주에서 살았으나 토박이는 아니라고 합니다. 정확히 언제 항주에 자리 잡았는지는 알 수 없습니다."

"계집을 보호하고 있는 게 그놈이란 말이지?"

"예. 그 외에 다른 조력자가 있는 기미는 발견하지 못했습니다. 놈은 제 입으로 유서현이란 계집의 부친과 관계가 있다는 발언을 하였는데, 그 진실 여부도 명확하진 않습니다."

수하의 보고를 듣던 풍선교의 눈빛이 날카롭게 빛났다. 개인적인 굴욕과 조직의 불신을 한 번에 안겨준 상대를 찾은 것이다.

물론 제삼자가 존재할 가능성을 배제할 순 없다. 그러나 정황상 이극이란 자를 먼저 족치는 게 올바른 일처리의 순서일 것이다. 풍선교와 암천대에게 내려진 임무는 어디까지나 '유서현이란 계집의 신병 확보'였지, 굴욕을 안겨준 자를 찾아 원한을 갚으라는 게 아니었으니 말이다.

'다른 놈이 있다 해도 계집을 친다면 안 나타나고 배길쏘냐?'

뱀을 잡으려면 수풀을 건드리는 게 우선이다. 풍선교는 만족스러운 얼굴로 수하에게 물었다.

"뭘 하는 놈이더냐?"

"그것이… 해결사라고 합니다."

"해결사?"

풍선교의 눈썹이 위로 올라갔다. 상관의 심경 변화를 감지한 수하는 한층 조심스러운 어조로 말을 이었다.

"대금만 치르면 무엇이든 하는 자들을 통틀어 일컫는 말입니다. 말하자면 청부업자인데 사람에 따라서 살인을 저지르기도 하고, 조직간의 다툼에 고용되거나 밀수꾼들의 표사를 서기도 하는 것들입니다. 꾸며서 말하느라 해결사지, 천한 심부름꾼에 불과한 것들입니다."

풍선교가 언성을 높였다.

"내가 그걸 몰라서 물어본 것 같으냐? 내가 궁금한 건 일개 청부업자에 불과한 놈이 어째서 나와 비슷한 수준의 무공 수위를 가지고 있느냐는 거란 말이다!"

조사를 해왔다고 해도 거기까지 알 리는 없었다. 풍선교는 침묵하는 수하에게서 고개를 돌렸다.

"……."

잠시 무거운 침묵이 이어졌다. 이윽고 풍선교의 눈치를 보던 수하가 조심스레 입을 열었다.

"반드시 그놈이 일을 망친 자와 동일인일 확률은 없지 않겠습니까?"

"차라리 그 편이 낫다."

"예?"

"이극이라는 놈이 항주에 언제부터 머물렀는지, 확인된 가장 오래된 시기가 언제더냐?"

"지금의 거처에 자리 잡고 팔방해사처라는 간판으로 영업을 시작한 게 십이 년 전이라고 합니다."

"그만한 고수가 십이 년 동안이나 실력을 감추고, 우리의 눈을 피해 항주 뒷골목에서 암약해 왔다고 생각해 봐라. 무슨 꿍꿍이가 있지 않고서야 가능한 일이겠느냐?"

"하오면……?"

"둘 중 하나겠지. 마종의 잔당이거나 반 맹주파의 끄나풀이거나."

"……!"

놀란 수하를 뒤로 하고 풍선교는 자리에서 일어나 창가로 갔다.

손바닥만 한 창에는 발이 드리워져 햇빛을 차단하고 있었다. 풍선교는 발의 틈을 벌려 밝은 세상을 내다보며 말했다.

"뭐, 꼭 둘 중 하나가 아니라도 상관없지. 문제의 본질은 그런 버러지들 때문에 주군께서 만인지상의 자리에 오르셨음에도 제대로 뜻을 펼치지 못하고 있다는 거 아니겠느냐?"

창밖의 세상은 환한 빛으로 가득했다. 그 빛 속을 활보하는 사람들의 얼굴은 활기로 가득 차 있었다.

풍선교는 발에서 손을 떼고, 어둠 속에서 부복하고 있는 수하에게로 시선을 돌렸다.

"그래… 그래서 우리가 있는 거다."

화르륵―

풍선교의 손바닥에 불꽃을 연상케 하는 붉은 기운이 피어올랐다. 풍선교는 붉은 기운이 내뿜는 희미한 빛을 받으며 중얼거렸다.

"마종이든 반 맹주파든, 주군의 천하에 걸림돌이 되는 놈은 모조리 태워 없애 버리기 위해서 말이다!"

3

이극이 유서현을 데리고 간 곳은 공동주택에서 그리 멀지 않은 거리였다.

공동주택 자체가 도시 외곽의 빈민가에 위치해 있어서인지 이극의 목적지도 별반 다를 게 없었다. 골목마다 쓰레기와 오물, 악취가 진동을 했고 그 속에서 넝마를 주워 쓴 아이들이 구걸을 하고 있었다.

하지만 구걸을 하러 달려드는 이들도 대부분 아이들과 다를 게 없는 처지였다.

"도와주세요! 도와주세요!"

"한 푼만 주십쇼, 누님! 어여쁜 누님!"

머리에 피도 안 마른 꼬마들은 제법 어른스러운 말투로 유서현에게 몰려들었다. 대낮임에도 불구하고 어두침침한 골목에서 가장 이질적인 존재가 유서현이었으니 당연한 일이었다.

"그, 그래."

유서현은 저도 모르게 품에서 동전을 헤아렸다. 그러나 돈을 꺼내기도 전에 이극이 나서서 아이들을 내쫓았다.

"저리 가라. 휘~ 이! 휘~ 이!"

논밭에 앉은 참새를 쫓듯이 이극이 나서서 두 팔을 내저었다. 아이들은 욕을 하며 멀리 도망쳤다.

눈두덩이 푹 꺼지고 피골이 상접한 아이들이 쫓겨나는 것을 보니 유서현은 마음이 아프고 또 야속하여 이극을 노려봤다. 그런 소녀의 시선을 예상이라도 한 듯 이극이 무심히 말했다.

"쟤네들한테 돈 줘봐야 다 헛짓이야. 궁금해?"

유서현의 얼굴에는 도저히 납득하지 못하겠다는 의사가 쓰여 있었다. 이극이 혀를 차며 묻자 유서현이 냉큼 대답했다.

"예."

"나중에 가르쳐 주지. 지금은 갈 데가 있으니까."

유서현은 이극이 비록 경박하긴 하여도 허튼 소리를 하는 사람이 아님을 알고 있었다. 하여 지금처럼 상황을 모면키 위한 둘러대기라고 의심이 가는 말도 일단은 믿어보기로 했다.

얼마 걷지 않아 이극이 유서현을 데리고 들어간 곳은 한 전당포였다. 뜻밖에도 전당포 안에는 익숙한 얼굴이 있었는데, 바로 유서현을 간병해 주었던 공동주택의 주인 아주머니였다.

"돌아다녀도 괜찮은 겨?"

뒤따라 들어온 유서현을 보고 아주머니는 미심쩍은 눈초리로 이극에게 물었다.

"괜찮아. 아주 날라 댕겨. 주(周) 대가 계시지?"

마음의 병 171

"들어가 봐라."

이극은 익숙한 발걸음으로 아주머니를 지나쳐 안쪽의 별실로 들어갔다. 별실에는 몸집이 아주 작고 왜소한 노인이 돈을 세고 있었다.

노인은 이극을 힐끔 보더니, 딱히 관심없다는 듯 돈 세기에 다시 열중했다.

'서로 보통 사이가 아닌가 보구나.'

간이 금고와 탁자 위에 놓인 금자, 은자는 이 방면에 까막눈이나 다름없는 유서현이 봐도 헉 소리가 절로 나는 규모였다. 친자식이 들어와도 경계해야 할 일인데 아무렇지도 않게 돈을 계속 세는 모습이 대범하기도 하고, 신기하기도 했다.

이극 또한 돈에는 눈길도 주지 않고 노인의 맞은편에 앉았다. 유서현도 이극의 옆에 나란히 앉았다.

"부탁한 거 알아봤어?"

이극은 자리에 앉자마자 다짜고짜 말을 꺼냈다. 노인은 돈을 세던 손을 멈추고 이극과 유서현을 번갈아 보더니 다른 소리를 했다.

"네놈이 웬일로 계집을 데리고 왔나 했더니, 제법 반반하구나. 낄낄!"

유서현은 수치심에 얼굴이 화끈 달아올랐다. 발끈하여 반론을 하려는데, 이극이 그를 저지하고 대신 말했다.

"손님이야. 손님."

"손님은 계집이 아니더냐? 그러니까 여태 장가도 못 가고 진상 떨고 있지. 에라, 이 답답한 놈."

"나 일하러 온 거니까 헛소리 그만하십시오. 예?"

"쯧쯧… 저 미련한 물건을 언제 치울꼬?"

노인은 세고 있던 돈을 정리해 간이 금고에 넣어 치웠다. 그리고 책장에서 무언가를 꺼내 두 사람 앞에 내려놨다.

금산상회의 장씨에게서 가짜로 감정 받은 전표였다.

"이걸 어찌……?"

무림맹 본영에 들어갔을 때, 가짜라고 장씨가 회수해 갔던 물건이 아닌가? 뜻밖의 물건이 나타나자 유서현은 놀라 이극을 바라봤다.

이극은 유서현의 시선을 외면하고 노인에게 물었다.

"결과는?"

"진품(眞品)이다."

두 사람 사이에 오가는 짧은 문답을 얼른 알아듣지 못해, 유서현은 소외당한 기분이 들었다.

이극은 담담히 고개를 끄덕이고 전표를 접어 봉투에 넣고 유서현에게 내밀었다. 유서현은 이극이 내민 봉투를 받아들며 물었다.

"이게 뭐죠?"

"줄 게 있다고 했잖아. 원래 아가씨 거였으니까 받아. 그리고 들었지? 그거 진품이래."

"…예?"

유서현은 놀라 두 눈을 크게 떴다. 그 눈 속에 있는, 차마 말로 다할 수 없는 물음들을 읽고 이극이 대답했다.

"장씨라는 놈이 구라를 쳤다고, 이 아가씨야."

"……!"

유서현은 망치로 뒤통수를 세게 얻어맞은 듯, 커다란 충격에 휩싸여 한동안 입만 벌리고 말을 하지 못했다. 그러나 오래지 않아 말문이 트였는지 유서현의 입에서 갖가지 질문이 튀어나왔다.

"그게 대체 무슨 얘기죠? 그 사람이 저한테 거짓말을 할 이유가 없잖아요? 게다가 그때 분명 진품을 옆에 놓고 뭐가 다른지 일일이 따져 봤다고요. 그리고 무림맹이 뭐하러 나 같이 어린 계집아이를 속이려 들겠어요? 가져가라고 준 물건인데 대체 언제 훔쳐온 거죠?"

이극은 가만히 유서현의 말을 듣다가 짧게 반문했다.

"난 무림맹이 속였다고 한 적 없는데?"

"그건……!"

이극은 한쪽 입가를 올리며 말했다.

"다행이군. 워낙에 고지식해서 설명하면 알아듣기나 할까 걱정했는데 말이야."

"…설명해 주세요."

무림맹 맹주 곽추운이 본인의 권한으로 유서현을 본영에 들이겠다고 할 때부터 이극은 의심을 품고 있었다.

그도 그럴 것이, 설령 유서현의 오빠가 정말 무림맹 소속이었다 해도 그리 쉽게 맹원의 가족을 들일 이유가 없었던 것이다. 게다가 맹원의 명부 등 보안에 온 힘을 쏟아야 할 인사 기록을 아무 신분 보증도 없는 유서현에게 순순히 보여줄 리 있겠는가?

그럼에도 불구하고 유서현을 본영으로 끌어들인다면 무언가 다른 꿍꿍이가 있을 것이다.

참으로 빤히 보이는 수작이건만, 유서현이나 그 자리에 있던 다른 이들 누구도 의문을 표하는 이가 없었다. 무림맹 맹주라는 곽추운의 지위와 명성, 그리고 그 자리에서 사람들이 직접 확인한 탈권위가 그를 누구보다 광명정대하며 또 소탈하여 다른 마음을 먹을 리 없다는, 일종의 군중 심리를 형성했던 것이다.

"곽 대협이 나쁜 마음을 먹고 나를 유인했다는 건가요?"

이극의 뒤를 따라 전당포를 나오며 유서현이 물었다. 이극은 돌아보지 않고 큰 걸음으로 나아가며 대답했다.

"내가 그 사람 속에 들어갔다 나온 것도 아닌데 어떻게 알아? 그냥 앞뒤 정황을 살펴보니 아가씨를 데려간다는 게 이상했다는 거지. 가능성의 측면에서 그럴 수도 있겠다고 봤을 뿐이야."

'한없이 확신에 가까운 가능성이지만.'

굳이 말로 할 것까지 없는 부연은 생각으로 족하다. 이극은 그러면서 곽추운의 얼굴을 떠올렸다.

삼십대 중반의 청년은 칠흑같이 검은 머리였으며 온몸에 패기와 활력이 넘쳐 흐르고 있었다. 준수한 얼굴은 당시 여인들에게 선망의 대상이었고, 개세의 신공은 강호인들에게 경계와 동경의 대상이었다.

항주의 곽씨세가(郭氏世家) 출신으로 가전비검(家傳秘劍)을 대성한 천재. 그 누가 강호에 명성이 자자한 파검룡협(破劍龍俠)을 동경하지 않겠는가?

이극 또한 마찬가지였다.

어리기만 했던 이극도 마종에 맞서 분연히 일어난 청년 영웅을 제 우상으로 삼았었다.

소년은 상기된 얼굴로 저잣거리에서 듣고 온 파검룡협의 무용담을 마치 제가 본 것처럼 풀어내고는 했다. 그럼 사부는 손자의 재롱이라도 보듯, 박수를 치며 제자를 독려하는 것이었다. 그럴수록 소년은 더욱 신명이 나서 짧은 팔다리를 열심히 놀렸고, 두 노소(老少)는 그렇게 깊은 밤을 지새웠었다.

그 청년 영웅이 산 속에서 풀이나 뜯던 사부를 찾아왔을 때, 심장이 터질 것 같았던 그 날을 소년은 아직도 어제처럼 생생히 기억하고 있다.

"그럼 그냥 넘겨짚은 거예요?"

유서현의 앙칼진 목소리가 귓속을 파고들었다. 이극은 기억으로부터 빠져나왔다.

"…같은 말을 해도 아 다르고 어 다르다고, 그걸 꼭 넘겨짚었다고 하면 좀 그렇지. 날카로운 통찰과 빛나는 직관의 소유자로서 아주 미약한 의혹도 허투루 지나칠 수 없었다고나 할까?"

"말씀은 아주 청산유수시군요."

유서현이 핀잔을 주자 이극은 두 발을 멈추고 돌아섰다.

"넘겨짚은 덕분에 살아 돌아온 게 누군데?"

구렁이 담 넘어가듯 미끄럽던 이극의 말에 날이 서 있었다. 유서현의 마음에 절로 반발심이 일었다.

"혼자 갔어도 해코지했을 리 있나요? 제가 곽 대협을 따라 무림맹 본영에 들어가는 걸 그렇게 많은 사람들이 목격

했는데?"

"그 많은 사람?"

이극의 입가에 절로 비웃음이 서렸다.

그 많은 사람 중 누가 너를 위한 증인이 되어줄까? 설령 수천, 수만 명이 봤다 한들 어느 누가 항주에 연고도 없는 무명 계집을 위해 무림맹주에 반하는 증언을 할 수 있을까?

소녀에게는 어려운 이야기일 것이다. 이극은 설명하기를 단념하고 다른 이야기를 했다.

"아까 본 주 대인은 내가 아는 최고의 감별사야. 그게 아까 보여줬던 전표든, 골동품이든. 내로라하는 명사들도 어디서 선물이 들어오거나 나갈 일이 생기면 앞다퉈 주 대인을 찾아온단 말이지. 어차피 무림맹과 한통속인 금산상회의 끄나풀보다 훨씬 믿을 만한 사람이라고."

"그땐 분명 진품과 차이가 있었어요. 제 눈으로 똑똑히 봤다고요."

"멍청하기는… 진짜라고 가져온 전표가 가짜일 거라고는 생각 못해봤냐?"

"……!"

이극의 멍청하다는 말이 비수가 되어 꽂혔다. 유서현은 멍하니 이극을 바라보다가 퍼뜩 정신을 차렸다.

"그럼… 그 수많은 인사기록들은요? 그건 한두 해 작성된

게 아니고 오류도 없었어요."

"그걸 꼭 아가씨 보여주려고 만들었다는 법 있나? 그리고 무림맹쯤 되는 단체면 대외용 문서가 따로 있을 확률이 더 클까, 없을 확률이 더 클까? 그리고 오류가 없었던 게 더 이상하지 않아?"

"……."

"나도 옆에서 좀 훑어봤는데, 족히 십 년 넘게 누적된 문서들이 오류 하나도 없이 아주 깨끗하더라? 그거 다 사람이 하는 일인데 그렇게 아귀가 딱딱 맞을 수 있는지, 그거부터 의심해야 당연한 거 아냐? 하다못해 오류를 수정한 흔적도, 이력도 없더라. 이게 말이 안 되는 일이라고요."

전에도 그랬지만, 이극의 목소리에는 묘한 울림이 있었다. 유서현은 가만히 귀를 기울였다.

"아니, 애초에 웬 계집애가 와서 지 오라비 내놓으라고 무림맹주를 붙잡고 떼를 쓰는데 그걸 데려가서 '아닙니다, 우리는 소저의 오라비와 관계가 없습니다' 납득시켜 준다는 게 웃기는 소리잖아. 안 그래?"

유서현은 대답하지 않고 이극의 눈을 바라봤다. 이극은 소녀의 시선을 피하지 않고 정면으로 맞서며 말을 이어갔다.

"그리고 그날 밤에 아가씨를 습격한 놈들은 또 뭘 거 같아? 그놈들을 무림맹이랑 엮어서 생각하는 게 이상해? 아니면 그렇게 조직적인 놈들이 강도짓이나 하려고 들어왔을까?"

이극의 말을 듣던 유서현은, 어느 순간 마음속에 끼었던 안개가 사라지는 것을 느꼈다. 유서현은 후련한 얼굴로 고개를 끄덕였다.

"그렇긴 하네요."

"…너무 쉽게 수긍하는 거 아냐?"

"들어보니 맞는 것 같아서 맞다고 한 건데 뭐 어때서요?"

애가 애답질 못하잖아! 이극은 어른으로서 차마 입 밖에 내지 못할 말을 용케 삼켰다.

그런 이극에게 유서현이 말했다.

"그리고… 아저씨는 제 말을 믿어주신 거잖아요. 저를 믿어주신 분인데, 제가 믿지 않으면 말이 안 되죠."

"그, 그래……."

이극은 떨떠름한 표정으로 유서현을 보다가 휙! 하고 몸을 돌려 걸어나갔다. 유서현은 앞서가는 이극의 등을 보며 살짝 웃음을 지었다.

그리고 소녀는 잰걸음으로 이극의 옆에 따라붙어 물었다.

"그럼 이제 어떻게 해야 하죠?"

"뭘 어떻게 해?"

"제 오라비를 찾으려면 어떻게 해야 하냐고요."

"그걸 왜 나한테 물어봐? 머리는 좋다며? 난 무림맹에 관련된 의뢰는 받지 않겠다고 한 거 잊었어?"

"멍청해서 까먹었네요."

"그럼 다시 알려주지. 고객님, 저는 무림맹에 관련된 의뢰는 받지 않습니다."

"에~ 치사하게 이제 와서 이러기예요?"

유서현은 저도 모르게 오빠 대하듯 응석을 부렸다. 그러다 속으로 아차 싶었는데, 마침 이극이 다시 걸음을 멈추는 것이었다.

'내가 너무 버릇없게 굴었나?'

그리 생각하는 유서현의 머리 위로 바람이 불었다. 유서현은 저도 모르게 검을 뽑았고, 마침 날아온 날붙이가 검신을 맞고 터엉! 소리를 내며 튕겨 나갔다.

"……!"

돌연 엄습하는 적의에 몸이 반응하여 소름이 돋는다. 유서현은 검을 들고 사방을 둘러봤지만 적은 보이지 않았다. 아니, 적은커녕 구걸하는 아이들도 없어 거리는 텅 비어 있었다.

당황하는 유서현의 귓가에 이극의 목소리가 나직이 들렸다.

"은혜를 갚을 수 있는 좋은 기회군."

"예?"

무슨 소린가 몰라 유서현이 돌아봤다. 이극은 두 손을 펴 보이며 빙그레 웃었다.
 "나 맨손이라고."
 이극의 말이 끝나기 무섭게 흑의 복면인들이 머리 위로 쏟아져 내려왔다. 유서현은 이를 악물고 공력을 끌어올리며 검을 휘둘렀다.

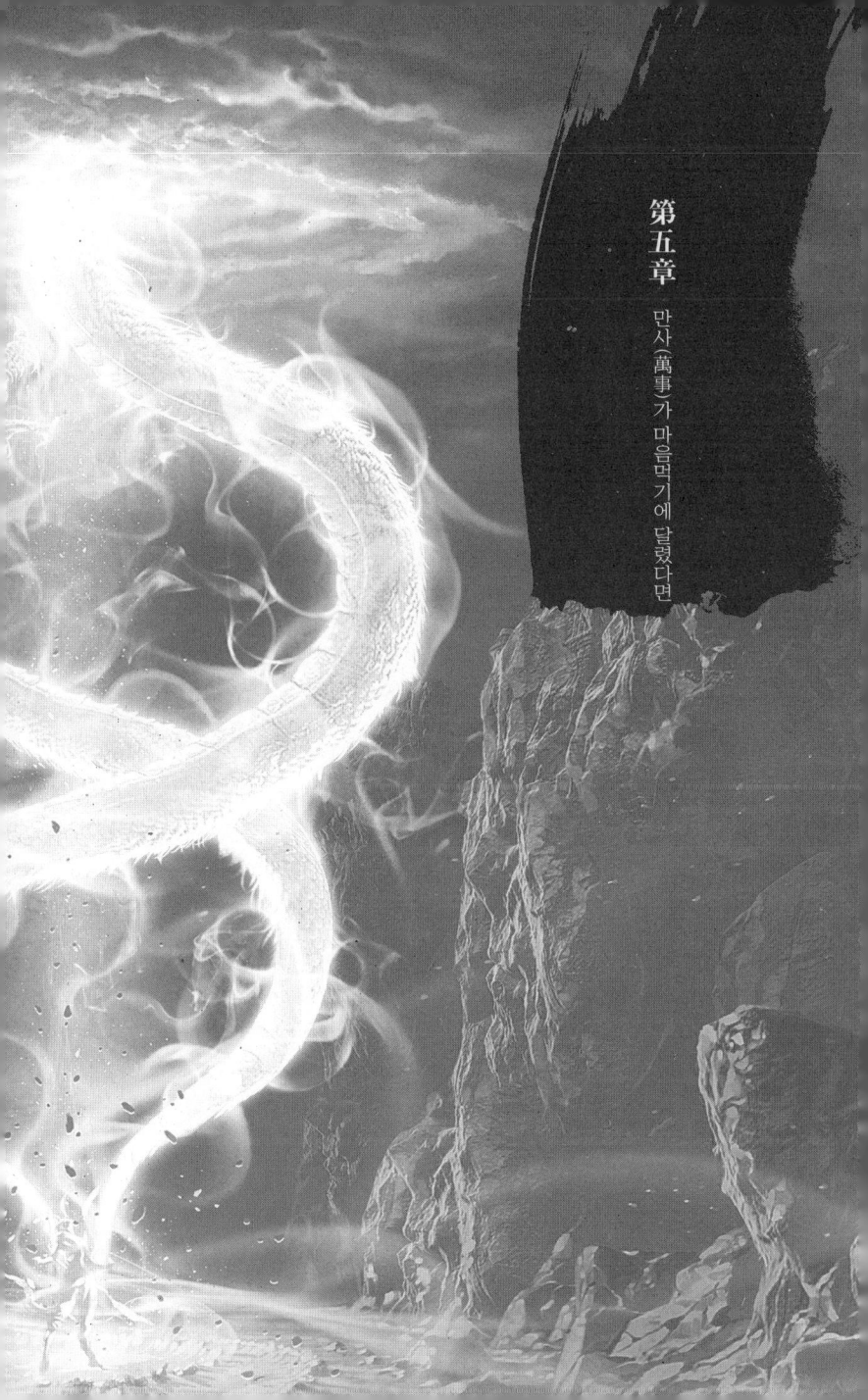

第五章 만사(萬事)가 마음먹기에 달렸다면

蒼龍魂 창룡혼

1

카카캉!

세 자루 검을 막아내고, 세 자루 검을 피했다. 순식간에 여섯 번의 죽을 고비를 넘긴 것이다.

유서현은 재빨리 등을 담벼락에 대고 적들을 둘러봤다. 여섯 명의 흑의 복면인이 반원을 그리며 유서현을 압박하고 있었다.

'아저씨는?'

유서현은 검으로 자신의 몸을 보호하며 주변을 탐색했다. 아까까지만 해도 곁에 있던 이극은 어디에도 보이지 않았다.

휙―

의아해할 틈도 주지 않고, 복면인들의 합격이 시작됐다.

길고 짧은 검 세 자루가 절묘한 조화를 이루며 찔러 들어왔다. 유서현은 침착하게 먼저 쇄도해 들어오는 긴 검을 쳐내고, 뒤이은 두 자루 짧은 검을 막아냈다.

쉭!

세 자루 검을 물리친 순간 이질적인 파공음이 날아왔다. 유서현의 신형이 제자리에서 한 뼘 정도 떠올랐고, 그녀의 발목을 노렸던 여섯 개의 유성추가 허공을 감았다.

쉭!

피할 것을 예상했는지 또 다른 유성추들이 시간차를 두고 날아왔다. 동시에 눈앞에 맞서고 있는 복면인들이 다시금 검을 들이밀었다.

검과 유성추 모두 기세가 흉험하여 경시할 수 있는 공격이 하나도 없었다.

지극히 짧아 찰나에 가까운 순간, 유서현의 머릿속이 복잡하게 돌아갔다.

'검은 예리하고 유성추는 그렇지 못하지. 하지만 발목이 잡히면 바로 끝장나는 거잖아. 아아, 어떻게 해야 하지?'

생각과 달리 몸은 이제껏 단련한 대로 최선의 선택을 향해 움직인다.

유서현은 검끝으로 바닥을 찍으며 몸을 튕겨 지면과 수평을 이루었다. 착지할 때를 맞춰 날아왔던 유성추들은 또다시 허공을 감았다.

동시에 유서현은 마치 평지인 양 담벼락 위를 달렸다. 달렸다고 해 봐야 서너 걸음에 불과했지만, 긴박한 상황에서 자연스럽게 펼쳐 냈다는 사실이 놀라웠다.

"크윽!"

지면에서 착지한 순간, 불에 덴 듯 화끈한 통증에 신음 소리가 밀려 나왔다. 잘려 나간 소매 틈으로 흰 살 위에 붉은 자상이 선명했다.

그러나 상대는 여섯이고 유서현은 하나이니 상처 하나하나에 신경 쓸 여유가 없다. 유서현은 지체하지 않고 몸을 튕겨 자신을 포위했던 복면인 중 하나의 등을 베었다.

"커헉!"

홀로 긴 검을 쓰던 복면인은 비명을 지르며 앞으로 고꾸라졌다. 두 자루 짧은 검이 유서현의 양 옆구리를 노렸지만 합격의 방향과 호흡이 일그러져 있었다.

캉! 카앙!

유서현은 연거푸 두 자루 짧은 검을 튕겨냈다. 그 속에 힘의 차등을 두었으니, 오른쪽으로 찔러 들어왔던 복면인이 두세 걸음 더 물러나는 것이었다.

그 차이를 놓치지 않고 유서현의 검이 번뜩였다. 어깨를 찔린 복면인은 신음 소리를 내며 단검을 바닥에 떨어뜨렸다.

"……!"

동료 두 사람이 일시에 쓰러지자 홀로 남은 복면인에게서 당황한 기색이 역력했다.

십 보 뒤에 유성추를 겨누고 있는 세 사람도 기세가 한풀 꺾이기는 마찬가지였다. 발을 봉쇄하려던 두 차례 시도가 무위로 돌아갔으니, 유서현의 신법이 복면인들의 예상보다 높은 경지에 올라 있는 것이다.

잠시 대치 국면이 이어진 후, 유서현이 말했다.

"전에 그 사람들 맞죠? 당신들 대체 누군가요? 왜 나를 노리는 거죠?"

"……."

답은 돌아오지 않았다. 유서현도 특별히 기대를 한 건 아니었으니 실망하지도 않았다. 다만, 이자들이 무림맹이기를 바라는 마음이 없지 않았다.

'물어보고 자시고, 일단 이기고 한 후에 생각하자.'

생각이야 그리 먹었지만 유서현은 어쩐지 질 것 같지가 않았다. 복면인들과 몇 차례 검격의 교환이 소녀에게 지대한 자신감을 불어넣은 것이다.

유서현이 익힌 무공은 가문 내에서 전승되어 온 비인부전의 검법, 북천일검(北天一劍)이다. 유씨 집안은 손이 귀하고 단명하는 이가 많았는데, 그럼에도 불구하고 외인에게 전수하는 법이 없었으며 무명을 떨치려 강호에 나선 이도 없었다.

어느 분야나 그렇듯 무공 역시 무림이라는 거대한 생태계 안에서 서로 견주고, 논하고, 또 갈등하는 가운데 발전하게 마련이다. 그러한 과정에 참여하지 않고 고립을 자처한다면 도태되는 것이 당연한 결과다.

유씨 가문의 북천일검 역시 마찬가지였다. 그 자체로는 초식이 진중하고 검로가 무리(武理)에 합당하나, 오랜 세월 투쟁의 역사 속에서 발전을 거듭해 온 작금의 무공과 비교하면 아무래도 손색이 있었다.

그럼에도 불구하고 유서현이 선전을 하는 까닭은 소녀가 빼어난 무재(武才)를 타고났기 때문이었다. 더하여 이미 일류의 경지에 오른 경공과 신법이 있으니 이러한 암습과 일대 다수의 싸움에 능한 복면인들을 상대로도 한 치 물러나지 않는 것이었다.

아니, 오히려 기세는 이미 유서현에게로 넘어온 것이다.

'선수필승!'

가문에 전해져 내려오는 잠언을 되새기며 유서현의 신형이 먼저 움직였다. 옷자락을 나풀거리며 허공을 나는 소녀의 모습은 마치 그림처럼 멈춰 있는 듯하였으나, 한 장의 거리를 단숨에 넘어 흑의인을 압박했다.

카앙! 카앙!

검과 검이 부딪치는 소리가 인적없는 거리에 울려 퍼졌다. 유성추를 의식한 유서현은 한 번 좁힌 간격을 벌리지 않고 복면인의 보법을 집요하게 따라갔다.

개인의 용력을 따지자면 복면인은 건장한 사내요, 유서현은 십대의 소녀이니 애초에 비교 대상이 아니다. 그러나 유서현의 검은 길었고 복면인의 검은 짧았으니, 검과 검에 맞물린 상태에서 어느 편이 가진 바 힘을 온전히 기울일 수 있는지는 자명했다.

검과 검이 맞붙어 한쪽으로 기울어져 가던 무렵, 복면인이 낮은 기합 소리를 냈다.

"하압!"

동시에 복면인이 손을 바꾸며 단검을 역수로 쥐더니, 사량발천근(四兩發千斤)의 수법으로 유서현의 힘을 역이용해 검과 검을 제 옆으로 흘려 보내는 게 아닌가?

유서현으로선 책에서만 봤을 뿐, 실제로 당해본 적 없는 고명한 내공 수법이었다. 자연히 유서현은 자신의 힘에 끌려가 중심을 잃고 말았다.

복면인은 강하게 진각을 밟으며 일권을 내질렀다. 이때 두 사람은 겨우 한 뼘도 안 되는 간격을 두고 있었다. 복면인의 주먹이 휘청거리는 유서현의 옆구리에 꽂힐 것을 누구나 쉽게 상상할 수 있었다.

"어라?"

쉽게 상상한 누군가, 즉 담벼락 위에서 내려다보던 이극이 당황하여 소리를 냈다. 복면인의 주먹이 옆구리 대신 허공을 가른 것이다.

유서현은 중심을 잃은 순간, 오른발을 축으로 한 바퀴 몸을 돌려 복면인의 주먹을 피했다. 그리고 동시에 왼쪽 팔꿈치로 복면인의 목덜미를 가격했다.

핑!

복면인이 쓰러지는 순간, 다시금 유성추들이 날아왔다. 유서현은 두 손으로 검을 쥐고 날아오는 유성추를 일일이 쳐냈다. 쇳소리와 함께 허공에 여러 송이 불꽃이 피었다 사라졌다.

'이길 수 있어!'

바닥에 드러누운 세 사람이 벅찬 희열감을 안겨주었다. 적당한 긴장으로 손발이 마음먹은 대로 움직이고 순탄한 호흡을 따라 공력의 흐름도 순탄하다.

유성추를 든 세 사람도 충분히 이길 수 있다는 자신감이 소녀의 마음속을 가득 채웠다.

그때, 음산한 목소리가 유서현을 덮쳐 왔다.

"다시 봐도 흥미롭군."

유서현은 목소리가 들려온 방향으로 시선을 돌렸다. 그곳에는 다른 자들과 같은 차림을 한 흑의 복면인이 한 사람 서 있었다.

그러나 그 복면인을 본 순간, 유서현은 자기 자신에 대한 통제력이 사라지는 것을 느낄 수 있었다.

"……!"

근육은 일시에 경직되었고 안정됐던 호흡이 가빠왔다. 이유도 없이 주변의 공기가 사라진 것처럼 숨을 쉬기가 힘들어지고 있었다. 설상가상으로 막힘없이 흐르던 내공도 거대한 벽에 부딪친 것처럼 멈춰 버리고 만 것이다.

'어째서……!'

목소리도 나오지 않아 부르짖음은 머릿속을 맴돌았다.

저벅.

복면인이 한 발을 내딛자 몸이 절로 반응했다. 마침내 유서현의 통제에서 완전히 벗어난 사지가 사시나무처럼 떨려왔다.

휘리릭!

날아온 유성추가 유서현의 두 팔을 휘감았다. 검이 바닥에 떨어지고, 곧이어 날아온 유성추가 유서현의 발목을 휘감았다.

사지가 유성추에 묶였지만 유서현의 공포는 여전히 복면인 한 사람을 향해 있었다. 머릿속으로는 도망쳐야 한다고 수도 없이 되뇌었지만 손가락 하나조차 마음대로 움직여지지 않는 것이다.

흑의 복면인―풍선교는 유서현을 지나쳐 쓰러진 수하들에게 다가갔다. 당장 일어나기는 어려워 보였지만, 목숨이 위태로워 보이지는 않았다.

'그 상황에서 손속에 사정을 둔 것인가? 아니면 아직 살인을 해보지 못한 것인가……'

풍선교는 다시 몸을 돌려 유서현의 앞에 섰다.

"놈은 어디 있나?"

싸늘한 음성이 유서현의 귓가를 파고들었다. 유서현은 입도 뻥긋할 수 없어, 그저 커다란 눈으로 풍선교를 올려다볼 따름이었다.

"같이 있던 게 아니었나?"

풍선교는 유성추로 유서현을 묶어둔 자들에게 물었다. 그러나 아무도 제대로 대답하는 이가 없었다. 그들이 습격했을 때 유서현은 분명 혼자였던 것이다.

풍선교는 달아올랐던 피가 싸늘히 식는 것을 느꼈다. 자신에게 굴욕을 선사했던 손바닥의 주인. 유서현을 건드리면 반드시 나타날 것이라고 생각했던 것이다.

"젠장!"

풍선교는 나직이 욕을 하고 수하들을 돌아보며 말했다.

"한 놈은 계집을, 둘은 쓰러진 자들을 추슬러라. 다리가 멀쩡하니 걸을 순 있겠지."

아쉽지만 어쩔 수 없다. 유서현을 잡았으니 그걸로 된 거다. 자신의 복수 따위는 언제든지 할 수 있는 일이지 않은가. 풍선교는 그렇게 스스로를 달랬다.

* * *

유서현은 손이 묶이고 눈이 가려진 채 어딘가로 옮겨졌다.

'무슨… 창고 같은 곳인가?'

그윽한 먼지와 축축한 공기, 빛이 들어오지 않는 느낌이 그랬다. 어쨌든 죽이지 않고 데려왔다는 것은 무슨 목적이 있어서일 것이다. 하지만 복면인들은 유서현의 눈을 가린 채 기둥에 묶어놓을 뿐, 아무런 조치도 취하지 않았다.

일다경 정도가 지났지만 아무 일도 일어나지 않았고, 심지어 감시자도 붙어 있지 않았다. 눈이 보이지 않아 크기를 정확히 알 수는 없으되, 그리 좁지 않은 공간에 유서현 홀로 덩그러니 방치된 것이다.

결박을 당하고 시야를 차단당했을 때 앞섰던 불안은 여인으로서 몹쓸 짓을 당하진 않을까 하는 것이었다. 그러나 그런 불안이 무색하게도 복면인들은 유서현을 두 발로 걷게 하였고 때때로 방향 제시만 할 뿐, 오해를 살 만한 접촉조차 하지 않았다. 대낮에 사람을 납치하는 자들 주제에 경우가 너무 바른 게 아닌지 하는 생각이 들 정도였으니 말이다.

어쨌든 숨을 쉴 여유가 생겼으니 마다할 일이 아니었다. 유서현은 숨을 고르고 단전으로부터 내공을 끌어내 한 바퀴 돌려 보았다. 잡혀오기 전까지만 해도 내상을 입은 듯 꽉 막혀 있던 내공이 언제 그랬냐는 듯 술술 흘러가는 것이었다.

'이게 대체 무슨 조화람?'

유서현은 운기행공을 하며 곰곰이 생각에 잠겼다.

절정의 고수는 그 기운만으로 눈앞의 상대를 압도하고, 또 뜻대로 부릴 수도 있다고들 한다. 하지만 그것은 분명 아니다. 상대의 기에 압도당한 건지 아닌지는 유서현도 구별할 수 있는 것이다.

'그럼 대체 왜 그랬지?'

그러나 혼자 아무리 생각해 봐야 원인을 알 수 없었다. 다만 그자의 붉은 손바닥이 머릿속에 깊숙이 박혀서 굳이 대면하지 않아도 비슷한 증상이 발생하는 것이었다.

'으으~! 이러지 좀 마!'

다시 몸이 굳어오는 것을 느끼자 유서현은 뒤통수를 기둥에 마구 찧었다. 머리 뒤 한 점이 부어올라 혹이 생길 정도가 되자 굳어오던 몸이 다시 풀어졌다.

겨우 안심이 된 유서현은 한숨을 푹 쉬었다. 그러자 비로소 잊고 있던 누군가가 생각났다.

'그러고 보니 아저씬 어떻게 됐지?'

본인은 질색을 하지만 부정할 수 없는 아저씨, 이극은 어느 나무 그늘에 몸을 숨기고 있었다.

그가 숨어 있는 나무 그늘을 나서면 항주 성문을 나와 한 시진 거리에 형성된 작은 마을이 나온다. 담과 담을 맞대고 세워진 집들은 이극의 눈에 들어오는 것만 십여 채가 넘었다.

"해사님."

조용히 집들을 주시하던 이극의 뒤로 누군가가 다가왔다. 기척이 거의 없어 놀랄 법도 한데, 이극은 처음부터 알고 있었다는 듯 태연히 돌아봤다.

말을 걸어온 자는 체구가 작고 두 눈이 쫙 찢어진 거지였다. 이극이 말했다.

"알아봤어?"

거지는 고개를 끄덕이고 손가락을 들었다.

"저기 벽에 담쟁이넝쿨이 무성한 집 있죠? 저 집을 제외하고는 죄다 주인이 없답니다."

"마을이 다 빈집인가?"

"임자는 있는데 살지는 않는다더군요. 그래서 저쪽으로는 구걸도 안 다닌답디다."

"다른 건 없고?"

"그게 너무 급하게 알아보라고 하셔서요. 아시다시피 저희는 해 떠 있는 내내 구걸을 해도 굶는 놈들 아닙니까."

거지는 그리 말하며 슬며시 웃었다. 이극은 코웃음을 치고, 품 안에서 동전 몇 닢을 꺼냈다.

"아이쿠, 이놈도 해사님 사정 뻔히 아는데… 이거 정말 감사합니다요."

거지는 뻔히 안다면서 기어코 이극이 꺼낸 동전을 모두 챙겼다. 그리고 다시 입을 열었다.

"주인이 없어서 구걸을 가지는 않는데, 사람은 들락날락한답니다."

"집주인이 가끔 들르는 건 아니고?"

"그런 건 또 아니라고 하고요. 사내들이 집단으로 묵기도 하고, 한둘씩 오가기도 하고 대중없는 것 같습니다."

이극은 몇 가지 질문을 더 한 뒤, 거지를 돌려보냈다. 물론 질문이 늘어날 때마다 주머니도 가벼워졌다. 이극은 확연히 달라진 주머니 무게를 가늠하며, 그래도 가치있는 소비였다며 스스로를 위로했다.

'저녁은 또 외상이군.'

아침도 먹는 둥 마는 둥, 점심은 걸렀는데 저녁 걱정을 하니 배가 더 고프다. 이극은 주린 배를 달래며 몸을 날렸다.

2

꼬르륵—

가려진 눈의 반대급부로 더욱 예민해진 청각이 획득한 정보는 다음과 같았다.

점심을 걸러서 배가 고프다.

십대 소녀의 감성으로는 꼬르륵 소리를 냈다는 사실이 수치스러워 얼굴을 붉혀야겠지만 유서현의 감수성은 또래 집단과 동떨어져 있었다. 소녀가 걱정하는 부분은 끼니를 거른 것이 건강에 어떠한 악영향을 끼칠 것인지였지, 배가 고파서 낸 소리를 누가 들을까는 아니었던 것이다.

'시간이 얼마나 지난 걸까? 아직 저녁때가 된 것 같진 않은 것 같군. 그나저나 날 잡아 가둬서 뭘 하려는 걸까?'

배가 고프니 신경이 곤두서고, 전신의 감각이 보다 예민해졌다. 점심도 못 먹었는데 이러고 있다가는 저녁도 못 먹게 생겼구나. 생각이 그에 미치자 짜증이 확 올라왔다.

끼이익—

짜증을 내고 있노라니 문이 열리는 소리가 들렸다.

'이제 좀 뭐라도 하려나?'

이렇게 방치해 두는 시간이 길어질수록 공포는 극대화되게 마련인데, 유서현은 그게 아니었다. 그보다는 밥도 못 먹은 채로 포박당해 있는 상태가 변화할 거라는 기대감이 앞서는 것이었다. 어처구니없게도 낙천적인 소녀였다.

그러나 유서현의 기대는 다른 방향으로 충족되었다. 들어와서 안대를 벗기고 결박을 풀어준 자는 이극이었던 것이다.

이극은 유서현을 묶어둔 밧줄을 풀며 그녀의 맥문을 짚어 보았다.

"산공독(散功毒)을 쓰거나 하진 않은 것 같은데… 속이 이상하거나 공력이 막히거나, 그런 거 없지? 뭐 억지로 먹은 것도 없고?"

"아까 어디 갔었어요?"

유서현이 대답 대신 묻자 이극은 씩 웃으며 대답했다.

"은혜 갚을 기회를 준다고 했잖아. 그리고 난 점혈이나 좀 할 줄 알지, 싸움 못 해."

"진짜요?"

유서현은 눈을 동그랗게 뜨고 물었다.

생각해 보니 유서현은 이극이 손을 쓰는 모습을 한 번도 보지 못했다. 일전에 묵고 있던 객잔에서 복면인들의 습격을 받앉을 때, 정신을 잃었던 자신을 구해줬으니 무공도 비범한 수준이겠거니 어림짐작했을 뿐이다.

이렇게 유서현이 예상치 못한 반응을 보일 때마다 이극은 어찌 대해야 할지 몰라 당황스럽기만 했다. 이극은 유서현의 시선을 피하며 질문을 회피했다.

유서현이 갇혀 있던 곳은 안채와 분리되어 있는 헛간이었다. 이극을 따라 나오는 길에는 흑의인들이 쓰러져 있었다. 복면을 벗은 흑의인들은 모두 이십대 초중반의 젊은이였는데, 모두 일격에 당했는지 저항의 흔적이 없었다.

유서현은 바깥에서 이런 일이 벌어졌는데도 별다른 소리가 들리지 않았음을 상기했다.

"아저씨! 이거 다 아저씨가 한 거죠? 왜 거짓말하셨어요?"

"내가 무슨 거짓말을 했다고 그래?"

"금방 싸움 못 한다고 하셨잖아요. 그런데 아저씨가 이 사람들 다 이렇게 만든 거잖아요. 이 정도면 고수 아니에요?"

"고수 아니야."

이극은 대답하면서도 유서현을 돌아보지 않았다. 이극의 태도가 완강하자 유서현은 더 이상 묻지 않고 다른 이야기를 했다.

"그래요, 그렇다고 쳐요. 그럼 제가 기회는 잘 살렸나요?"

"기회? 무슨 기회?"

"은혜 갚을 기회요. 제가 은혜를 갚긴 갚았나요?"

이극은 유서현을 돌아보고 웃으며 말했다.

"그럼! 아주 단단히 갚았지."

유서현이 보니 이극은 얼굴에 웃음이 가득하여 보통 기쁜 일이 아니고서야 나올 수 없는 표정을 하고 있었다.

행색이 남루하고 전체적으로 정돈이 안 된 느낌이라서 그렇지, 얼굴만 보면 나름 준수한 편인 이극이 기분 좋게 웃는 걸 보니 유서현도 기분이 나쁘진 않았다. 묻고 싶은 것들이 더 있었지만 어쩐지 이극의 웃는 얼굴로 대답을 대신해도 무방하다는 생각마저 드는 것이었다.

"잠시만 조용히 하고 따라와 봐."

이극은 검지를 세워 조용히 하라는 시늉을 하고 앞장섰다. 그 모습이 사뭇 진지하여 유서현도 고개를 끄덕이고 뒤를 따랐다.

이극은 담벼락을 훌쩍 넘어 옆집으로 숨어들었다. 한 장 높이의 담벼락을 가볍게 넘고, 소리없이 착지하는 경공술은 밤에 사냥을 나선 표범을 연상케 했다.

'대단해!'

이극의 경공술에 감탄하며, 유서현도 그를 따라 담벼락을 넘었다. 유서현 역시 한 번의 도약으로 한 장 높이를 뛰어올라, 담벼락 위를 가볍게 짚고 안뜰로 내려앉았다.

이극의 몸놀림이 표범같이 날래면서도 자유분방하다면 유서현의 그것은 약간의 인위적인 절제미가 엿보였다. 같은 과이지만 사람의 손길이 닿은 고양이라고나 할까.

이극은 손짓으로 유서현에게 거기 기다리라 지시하고 은밀히 움직여 안채로 들어갔다. 유서현이 갇혀 있던 곳과 달리 이 집에는 인기척이 없었다.

짧은 회랑을 지나며, 이극은 손으로 창틀을 슥 닦아 보았다. 손가락에 소량의 하얀 먼지가 묻어나왔다.

'한 열흘 전까지는 사용을 했나 보군.'

이극은 주변을 둘러보고, 가까운 문고리를 잡아당겼다.

문 안의 방은 무척 넓었다. 이극이 들어온 문 말고도 문이 몇 개나 더 있는 걸 보니, 원래 나누어져 있던 방들인데 벽을 터서 하나로 만든 듯했다.

이극은 한쪽 무릎을 꿇고 앉아서 낮은 시선으로 방 안을 둘러봤다. 공기 안을 떠도는 미세한 온기, 희미한 냄새가 바로 얼마 전까지 이곳에 사람이 살았음을 말해주고 있었다.

'……?'

세간 하나 없이 텅 빈 방이었는데, 구석에 무언가가 뒹굴고 있었다. 다가가서 보니 종이로 만든 공이었다.

"공이네?"

기다리라고 했는데 굳이 따라온 유서현이 공을 집으며 말했다. 유서현은 그리운 눈으로 공을 이리저리 살펴보며 말했다.

"되게 오랜만이에요. 여기 살던 애가 버리고 간 거겠죠?"

"애?"

"어렸을 때 가지고 놀던 거잖아요. 저도 어렸을 때 오빠가 많이 만들어줬던 기억이 있어요."

유서현은 반갑게 웃으며 두 손으로 공을 두어 번 튕겨보았다. 서툰 솜씨로 만든 조잡한 공은 겨우 몇 번의 손길도 견디지 못하고 구겨져 버렸다.

"이를 어째……!"

유서현은 안타까워하며 구겨진 공을 잡았다. 이극은 그 모습을 바라보다 방을 나가 안쪽의 다른 방을 찾았다. 다른 방도 처음 방과 크게 다르지 않은 모습이었다.

방 서너 개를 터서 만든 커다란 방이 이 집에만 셋이었다. 그 외에 서재로 보이는 작은 방이 하나 있었는데, 탁자와 빈 책장만 덩그러니 놓여 있었다.

'뭘 했든 흔적은 철저히 지운다 이거군. 쳇!'

이극은 휑한 방을 둘러보며 머리를 마구 헝클어뜨렸다. 그때, 따라 들어온 유서현이 이극에게 무언가를 내밀었다.

"이게 뭐야?"

"아까 그 공인데, 펴 보니까 뭐가 쓰여 있어서요."

공으로 접었던 것을 다시 편 종이에는 어지러이 글씨들이 쓰여 있었다. 무언가를 작성하던 중 틀린 부분이 있었는지, 문장은 중간에 중단되고 그 위에 먹으로 덧칠하여 알아볼 수 있는 글자가 없었다.

이극은 실망하여 말했다.

"뭔지 알아볼 수가 없군. 이런 건 쓸모가 없어."

"그런가요."

유서현은 예상했던 듯 별다른 감정 없이 대답했다. 실망하던 이극은, 문득 떠오르는 게 있어 마음을 고쳐먹고 생각에 잠겼다.

'쓰다 보면 틀려서 버리는 종이가 나오게 마련이지. 내용을 알아보지 못하게 먹으로 칠한 것도 당연한 처리이긴 한데 왜 이거 하나밖에 안 남았을까? 그것도 공으로 접혀져서?'

어떤 발상이든 실마리만 잡으면 그 다음은 일사천리다. 그러나 그 실마리를 잡기가 얼마나 어려운가? 그것은 온갖 상념이 녹아들어 있는 생각의 대해(大海) 가운데에서 수면 위로 나타났다 사라지기를 반복하는 심해어의 꼬리와도 같다. 아예 보이지 않으면 잊기라도 할 터인데 그러지도 못 하게 끊임없이 제 존재를 각인시키는 것이다.

'왜 이렇게 생각이 안 나냐? 술을 줄여야겠어. 으……!'

생각에 잠겨 얼굴을 찡그리는 이극에게 유서현이 말했다.

"여기 원래 뭐가 쓰여 있었을까요? 무엇인지 몰라도 꽤 중요한 얘기였겠죠? 그러니까 먹으로 지우고 나서야 공으로 만들었겠⋯ 왜 그래요?"

유서현은 눈을 동그랗게 뜨고 물었다. 갑자기 이극이 고개를 돌려 멍한 얼굴로 그녀를 바라보는 것이었다.

이극은 유서현의 어깨를 잡고 물었다.

"방금 뭐라고 그랬어? 다시 말해봐! 어서!"

"왜 이러세요? 놔요! 어서!"

어깨를 잡혀 버린 유서현은 놀라 소리쳤다. 이극은 순간 잘못을 깨닫고 손을 떼고 물러났다.

"미, 미안."

유서현은 잡혔던 어깨를 문지르며 말했다.

"아우, 아파라. 아까 한 말이요? 뭐였더라? 음⋯ 중요한 얘기니까 먹으로 지우고 나서 공으로 만들었다는 거요?"

물었다!

상념의 망망대해에서 나타났다 사라지기를 반복하던 실마리라는 놈이 드디어 바늘을 문 것이다. 머릿속에서 환한 빛이 이극이 원하는 결론으로 향하는 길을 밝게 비추었다.

"어디 가요?"

놀란 유서현의 물음을 뒤로하고 이극은 방 안을 뛰쳐 나갔다. 이극은 곧장 밖으로 나가 안뜰을 살펴보고 다시 건물의 뒤편으로 돌아갔다.

'역시!'

뒤편에서 이극이 찾아낸 것은 돌을 쌓아 만든, 작은 가마 같은 물건이었다. 뒤따라 온 유서현이 물었다.

"이건 뭐죠?"

이극은 대답하지 않고 오히려 되물었다.

"문서를 파기할 때 어떻게 하지?"

"파기요? 보통 등불을 붙여서 태우잖아요. 그리고 불이 옮겨 붙지 못하고 재도 모으도록 자기 그릇에 담죠."

"그렇지. 그런데 태워야 할 문서가 한두 건이 아니라면? 아가씨가 무림맹에서 봤던 것처럼 권 단위 분량이라면 어쩌겠어?"

"그럼 집 안에서 할 수가 없죠. 아… 그럼 이게?"

과연 총명한 아가씨다. 이극은 고개를 끄덕이며 대답했다.

"이렇게 소각로를 따로 만들어야지. 용도도 불분명한 빈집에 있기는 수상쩍은 시설이지만."

이극은 말이 끝나기 무섭게 옆에 세워진 꼬챙이로 소각로 안을 휘저었다. 피어오르는 재를 피해 고개를 돌리며 이극이 이어 말했다.

"그런데 이 소각이라는 게 의외로 그리 좋은 파기법이 아니야. 책 같이 뭉쳐진 종이를 모아서 태울 때는 더더욱."

이극은 소매를 걷더니, 팔을 소각로 구멍 속으로 쑥 집어넣었다. 그리고 반쯤 타다 만 문서를 꺼내며 씩 웃었다.

"이렇게 말이야."

"…그런데 그게 뭐죠?"

"그건 조사해 봐야 아는 거고. 지금은 조사할 자료를 할 수 있는 한 많이 확보하는 게 중요하지."

이극은 그리 말하고 꼬챙이를 다시 들었다. 그때, 바람 소리를 내며 십여 자루 비도가 날아들었다.

카카캉!

비도는 소각장 전면을 때리고 각기 다른 방향으로 튕겨져 나갔다. 그 중 한 자루는 어느새 삼 보 가량 옆으로 이동한 유서현의 발 앞에 날아와 박혔다.

"……!"

워낙 순식간에 벌어진 상황에 유서현은 아무런 말도 하지 못했다. 날아오는 비도의 존재를 깨달은 순간, 소녀의 몸은 이미 지금의 위치로 이동해 있었던 것이다.

유서현은 제 허리를 감은 팔이 이극의 것임을 알았고, 제 몸이 움직인 것도 이극의 소행임을 알았다. 그러나 검을 빼앗겨 맨손인 지금, 이극이 아니었다면 발밑의 비도는 바닥이 아니라 유서현의 몸에 꽂혔을 것이다.

그러나 고맙다는 말을 하거나 이극의 품에서 나올 수가 없었다. 눈앞에 십여 명의 흑의인이 나타난 것이다.

그들 앞에 선 한 흑의인의 존재를 인식한 순간, 유서현은 두 다리에 힘을 잃고 말았다. 이극은 넘어지려는 유서현을 단단히 붙잡았다.

그리고 가볍고 느물거리던 평소와 달리, 힘 있고 단단한 목소리로 속삭였다.

"아가씨. 정신 똑바로 차려!"

이극을 노려보는 흑의인의 손바닥은 붉게 타오르고 있었다.

3

풍선교는 근래 느껴보지 못한 희열에 차 있었다.

본래 풍선교에게 주어진 명령은 유서현을 생포하는 것뿐이다. 이는 맹주의 뜻으로 무림맹 본영의 간부들도 아는 이가 거의 없었다. 따라서 풍선교는 유서현을 잡은 즉시 그 사실을 보고해야 했다.

그러나 유서현을 잡고자 했던 최초의 시도에 실패했을 때, 풍선교는 자존심에 씻을 수 없는 상처를 안았다.

파심작혈장은 무림에 그 명성이 높았으나 어느 순간 실전

되어 인구로만 회자되었던, 이른바 환상의 무공 중 하나였다. 그런 무공을 되살린 자가 바로 지금의 무림맹주인 곽추운이었다. 풍선교는 젊은 시절 곽추운에게서 파심작혈장의 구결을 전수받아 수련에 매진했고, 지금의 놀라운 성취를 이룬 것이다.

그러나 풍선교의 명성은 강호에 그리 알려진 바 없었다. 이는 풍선교가 개인의 영달이 아니라 그가 믿고 따르는 주군, 곽추운을 위해서만 움직여 왔기 때문이었다.

풍선교는 자신의 역할에 충실했고, 위치에 만족했다. 이는 그가 추구하는 가치가 세속의 명예가 아니라 다분히 자기만족적인 성격을 띠고 있기 때문이었다.

그런 풍선교의 자존심을 지탱하는 두 기둥. 파심작혈장에 대한 자부심과 주군 곽추운의 신뢰라는 두 기둥이 한꺼번에 흔들리고 만 것이다. 바로 어둠 속에서 풍선교를 조롱하던 손바닥의 주인에 의해서 말이다.

때문에 풍선교는 무너진 자존심을 회복하기 위해 일생일대의 도박을 걸었다. 유서현을 생포하고도 곽추운에게 바로 보고하지 않은 것이다. 유서현을 구출하기 위해, 손바닥의 주인이 반드시 나타날 것이라 믿으며.

그리고 기다림 끝에 풍선교는 도박에 승리했고, 무너진 자존심을 회복할 기회를 잡는 데 성공한 것이다.

유서현을 끌어안은 채 비도를 피해낸 저 사내야말로 손바닥의 주인이 틀림없다. 누구도 아닌, 끓어오르는 피가 그 자가 맞음을 증명하고 있었다.

"놈… 잘도 기어들어왔구나!"

풍선교는 적당한 수준에서 흥분을 조절하며 으르렁거렸다. 그의 두 손에는 이미 파심작혈장의 붉은 기운이 불꽃처럼 피어오르고 있었다.

이극은 유서현이 제자리에서 주저앉지 않도록 단단히 붙잡으며 대꾸했다.

"나리, 무슨 말씀을 그렇게 하십니까. 소인은 그저 지나는 길에 들렀을 뿐입니다요."

이극이 실실 웃으면서 이야기하자 풍선교의 두 눈에서 불이 났다. 풍선교는 무서운 기세로 이극을 노려보며 일갈했다.

"그 입 닥쳐라! 그런 놈이 소각장은 무슨 이유로 뒤적거렸느냐? 여기가 어딘지 알고 들어온 게 아니냐!"

"여기가 대체 뭐하는 곳이랍니까? 혹시 아시면 좀 가르쳐 주십시오."

이극은 끝까지 느물거리며 풍선교의 말을 농으로 받아쳤다. 그러나 속내는 그리 여유롭지 않았다.

풍선교의 뒤에는 십여 명의 흑의인이 일렬로 늘어서 있었다. 이극의 뒤편, 소각로를 등진 담벼락 위에도 어느 틈엔가 십수 명의 흑의인이 서서 포위망을 형성하고 있었다.

 평소라면 어떻게든 빠져나갈 수 있겠지만 지금 이극에게는 유서현이라는 짐이 있었다. 생애 처음으로 맞닥뜨렸던 절정 신공의 위력에 깊은 정신적 상처를 입고 제 몸의 통제력마저 상실해 버린 유서현이다.

 '일단 버리고 가? 그게 제일 낫지?'

 가장 합리적인 방법이 머릿속에 떠올랐지만 이극은 곧 그 의견을 묵살했다. 두 손으로 전해져 오는 유서현의 떨림이, 소녀를 두고 갈 수 없게 만드는 것이었다.

 이극은 유서현이 눈치채지 못하게 한숨을 쉬고 오른손 장심을 유서현의 등 뒤에 대고 공력을 불어넣었다.

 "아가씨. 괜찮으니까 천천히 심호흡하고 운기행공을 해봐. 막힌 부분이 있으면 억지로 뚫으려 하지 말고 천천히… 물에 잠긴 바위를 굴리는 느낌으로……."

 이극의 목소리는 작고 낮았지만 유서현의 귓속을 파고들었다. 유서현은 애써 떨리는 몸을 다잡으며 이극의 공력을 받아들였다.

 "……."

 이극의 공력은 유서현의 공력과 더하여 막힌 곳을 밀어내고, 손바닥의 온기는 빠르게 온몸으로 퍼져 나갔다. 가빠오던 호흡도 어느샌가 안정되고 있었다.

손바닥을 통해 유서현의 변화를 감지한 이극은 슬며시 미소 지으며 말했다.

"그래… 그렇지. 그대로 잘 들어. 저자는 무당도 아니고 술사도 아니야. 아가씬 움직일 수 있어. 사지 멀쩡하고 숨도 잘 쉬고 운기행공도 막힘이 없지?"

"…아직 막히는데요?"

"그래도 아까처럼 아주 꽉 막히진 않았지."

이극은 그리 말하면서 유서현의 발뒤꿈치를 툭 찼다. 유서현은 얼결에 오른발을 반 보 내디뎠다.

"봐, 움직이잖아."

"이게 움직인 거예요?"

"지탱하고 설 수 있으면 움직인 거 아냐?"

"……?"

유서현은 잠시 이극의 말뜻을 몰라 고민하다가, 놀라 눈을 크게 떴다. 소녀를 지탱하고 있던 이극의 두 손이 어느새 허공에 떠 있었다. 유서현은 자기도 모르는 사이 두 발로 서게 된 것이다.

"계집을 잡아라!"

유서현이 스스로에게 놀라는 와중에 풍선교의 명이 떨어졌다. 앞뒤를 포위하고 있던 흑의인들이 일제히 두 사람을 향해 날아들었다.

이극의 머리 위로 뛰어내리던 한 흑의인의 몸이 돌연 허공에서 회전했다. 이극이 그의 한쪽 다리를 위로 밀듯이 친 것이다.

파바박!

바람개비처럼 돌아가는 팔다리가 순식간에 동료 흑의인 세 명을 가격했다. 이극은 곧바로 손바닥을 펼쳐 회전의 중심이 되는 부분, 즉 흑의인의 아랫배를 쳤다.

"으헉!"

빠르게 날아간 흑의인의 몸에 맞아 두 명의 흑의인이 비명을 지르며 쓰러졌다. 반면 내려앉은 흑의인은 어지럼증 외에 별다른 타격이 없는 듯, 비틀거리며 자리에서 일어나는 것이었다.

"훌륭한 격산타우(隔山打牛)의 수법이다!"

풍선교는 저도 모르게 찬사를 보냈다. 그리고 동시에 몸을 날렸다. 이대로 수하들이 이극에게 당하도록 내버려 둘 수는 없었다. 풍선교가 이극을 제압하고 자존심을 회복한들 유서현을 놓친다면 모든 게 허사로 돌아가는 것이다.

우우웅—

풍선교의 두 손바닥을 중심으로 붉은 빛이 소용돌이치며 묵직한 소리를 냈다. 끓어오르는 파심작혈장의 기운이 몹시도 흉험했다.

그러나 이극의 눈은 붉은 손바닥이 아니라 유서현에게 가 있었다.

"......!"

아니나 다를까, 간신히 움직일 수 있게 만들었더니 또다시 그 상태로 돌아가고 만 것이다. 흑의인들에게 포위당한 유서현의 온몸이 떨리면서 굳어가는 게 눈에 보일 정도였다.

'젠장!'

이극은 속으로 욕을 하며 공력을 끌어올렸다.

콰콰쾅!

네 개의 손바닥이 서로 부딪치고, 붉고 푸른 기운이 엉키며 사방으로 흩어졌다.

충돌의 여파에 놀란 흑의인들의 시선이 일제히 두 사람을 향했다. 이극과 풍선교 모두 충돌 지점으로부터 정확히 다섯 보 물러난 곳에 서 있었는데, 두 사람 모두 안색이 창백해진 게 누가 더 손해를 입고 이득을 취하였는지 분간치 못할 지경이었다.

"......!"

풍선교는 한일자로 입을 꽉 다문 채 이극을 노려보고 있었다. 그의 창백해진 얼굴에 곧 혈색이 돈다 싶더니 검붉게 달아오르는 것이 아닌가?

다섯 걸음을 물러났어도 해소치 못한 이극의 장력이 풍선교의 속을 맴돌고 있는 것이었다.

"…쓰읍!"

이극은 숨을 삼켰다. 장력을 거스르지 않고 물러난 덕분에 내상을 입지는 않았으나, 파심작혈장 특유의 극양(極陽)한 기운을 다스리기가 여의치 않았다. 당장 입안의 침이 말라붙은 것이다.

'장력보다 이게 더 귀찮군! 귀찮아, 귀찮다고!'

이극은 속으로 부르짖으며 유서현에게로 몸을 날렸다. 이극의 손짓에 소녀를 잡으려던 흑의인들이 나가떨어졌다.

"이봐, 아가씨! 마음 단단히 먹어!"

이극은 허물어지는 유서현을 붙들며 소리쳤다. 유서현은 이극의 손이 닿는 순간 마음이 편안해지며 몸에 온기가 돌아오는 것을 느꼈다.

"아저씨……!"

평소대로 돌아온 유서현을 보며 이극은 얼굴을 찡그렸다.

"다 마음먹기에 달린 일이야. 별거 아니라고!"

말을 하면서도 이극의 손은 쉬지 않고 움직였다. 달려들던 흑의인 두 명이 먼저 나가떨어진 동료들 위로 쓰러졌다.

"하지만… 안 되는 걸요."

몇 번 겪어봐서일까? 밑도 끝도 없는 공포에 온몸을 속박

당하는 것이 처음처럼 당황스럽지는 않았다. 그러나 여전히 마음대로 움직이지 않는 몸과 풍선교에 대한 공포가 소녀를 괴롭히고 있었다.

이극은 바닥에 떨어진 검을 발등으로 튕겨 잡고 유서현에게 건넸다. 그리고 말했다.

"그럼 이대로 죽을 거야? 아가씨 오라비도 못 찾고? 고향에 어머니 혼자 계시다며?"

"……."

"오라비 찾겠다고 무림맹주 앞을 가로막던 담력은 다 어디 갔어? 저기 봐. 움직이지도 못하고 있잖아."

이극은 두 손으로 유서현의 귀를 감싸듯 잡고 풍선교가 서 있는 쪽으로 고개를 돌렸다.

풍선교는 이극의 장력을 해소하느라 아직 움직이지도 못하고 있었다. 이극은 풍선교를 가리키며 말했다.

"저게 무서워? 곽추운은 저거보다 백배, 천배 더 무서운 자야. 그런 자 앞에서도 눈 하나 깜빡 않던 아가씨잖아. 싸우라는 것도 아니야. 등을 돌리고, 잘 하는 경공술로 여기를 빠져나가라고. 그거면 돼."

"……."

"담장 뛰어넘고, 마을을 빠져나가서 뒤도 돌아보지 말고 뛰어. 성문 닫기 전에 들어가야 하니까. 자!"

이극은 대답도 듣지 않고, 마치 아이를 어르듯 유서현의 얼굴을 감싼 채 들어 올렸다. 그리고 다시 두 손을 깍지 껴 유서현의 발을 받치고 강하게 밀어 올렸다.

휘익!

유서현의 몸이 하늘 높이 솟구쳤다.

동시에 비로소 장력을 해소하는 데 성공한 풍선교가 고함을 질렀다.

"놓치지 마라! 계집을 잡아라!"

"……!"

풍선교의 고함 소리가 귓속을 파고든 순간, 유서현은 다시금 몸이 굳어버림을 느꼈다. 이미 담벼락을 훌쩍 넘어 삼 장 높이의 허공에 뜬 상태였다.

빠르게 다가오는 대지를 보며 유서현은 입술을 질끈 깨물었다. 어찌나 세게 깨물었는지 바로 붉은 피가 새어 나와 바람을 타고 소녀의 흰 뺨을 거슬러 올랐다.

"오라비 찾겠다고 무림맹주 앞을 가로막던 담력은 다 어디 갔어?"

이극의 목소리가 귓가에 맴돈다.

유서현은 공력을 끌어올리며 몸을 비틀었다. 굳어서 움직이지 않던 무릎이 살짝이나마 굽혀졌다.

'제발!'

소녀는 속으로 부르짖으며 공력을 일으켰다. 순간, 제방이 무너지고 물이 범람하듯이 막혀 있던 공력이 터지며 전신으로 퍼져 나갔다.

쏴아아아아―

들릴 리 없는 해일 소리가 유서현의 귓속을 가득 메웠다. 유서현은 몸을 둥글게 말아 지면을 뒹굴더니 바로 몸을 일으켜 쏜살같이 달려 나갔다. 두 팔과 두 다리, 온몸이 마음먹은 대로 움직여 바람을 일으키고 있었다.

'됐다. 이 정도면 난 할 만큼 한 거야.'

이극은 파리떼처럼 우르르 담벼락을 넘는 흑의인들을 보며 생각했다. 나머지는 유서현이 할 몫이다. 끝내 마음의 상처로부터 자신을 되찾지 못한다면 그것이 그녀의 운명일 것이다.

"그럼… 이젠 내 차롄가."

이극은 목덜미를 주무르며 중얼거렸다.

그런 이극을 노려보는 풍선교의 몸을 중심으로 거센 바람이 불기 시작했다. 바람은 곧 풍선교의 몸을 휘감으며 소용돌이로 변하였다.

그러나 거대한 기의 소용돌이 속에서도 이극은 한가로이, 마치 제 집 뜰을 산보하듯이 걷고 있었다. 풍선교가 눈을 부릅뜨고 물었다.

"네놈… 대체 정체가 무엇이냐?"

"다 조사했을 거 아닙니까. 뭘 새삼스럽게……. 뒷골목 심부름꾼, 팔방해사 이극이라 합니다요."

"닥쳐라! 일개 심부름꾼이 이만한 무공을 배웠다는 게 말이나 되는 소리냐! 어서 네놈의 사문과 소속을 밝히고, 무슨 연유로 항주에 암약하고 있는지 고하지 못할까!"

이극은 실실 웃으며 답했다.

"아이고, 나리! 무공이라굽쇼? 소인은 그저 팔다리나 좀 놀릴 줄 알지, 무공이라곤 꿈도 못 꿔본 놈입니다요. 뒷골목 심부름꾼이라면 누구나 저 정도는 하는 법입지요."

풍선교의 얼굴이 붉게 달아오르고 관자놀이에 힘줄이 툭 튀어나왔다. 이극이 세 치 혀로 자신을 뒷골목 심부름꾼보다 못한 놈으로 만들었으니, 어찌 화를 다스릴 수 있겠는가?

쉬이이익—

풍선교를 중심으로 휘몰아치던 바람이 일순간 멎더니 이극을 향해 일직선으로 쏘아졌다. 풍선교의 붉은 손바닥이 그 바람에 실려 날아왔다.

이극도 공력을 끌어올리며 두 손을 내밀었다.

쾅! 콰콰쾅!

굉음은 빈 집을 뒤흔들었다. 붉고 푸른 기의 소용돌이가 두 사람의 신형을 휘감았다.

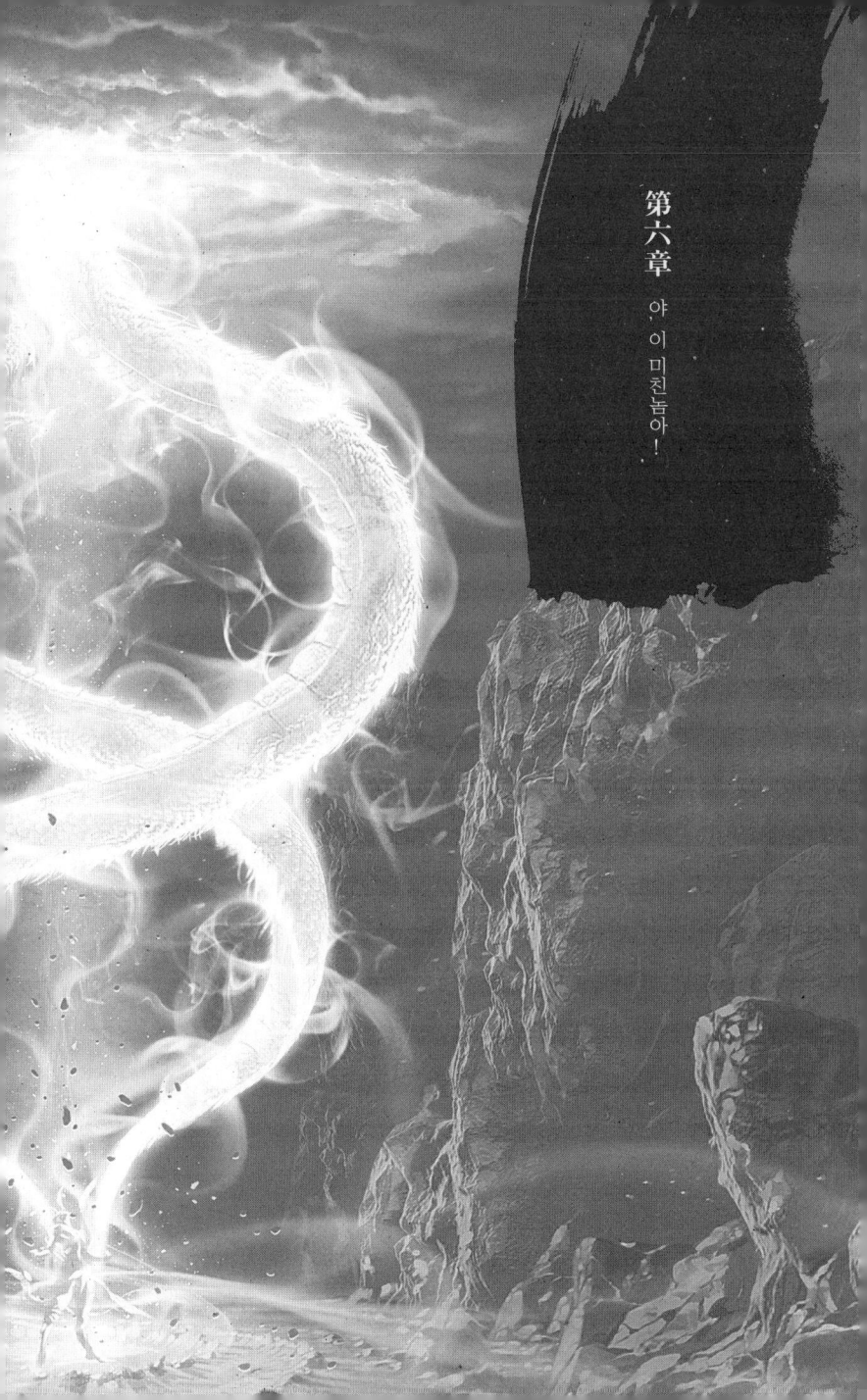

蒼龍魂 창룡혼

1

휙! 휙!

바람은 회초리처럼 날카롭게 유서현의 얼굴을 때리고 멀어져 간다.

날은 저물어 사방이 노을로 붉게 물들었고 항주로 가는 길 위에는 오가는 이가 없었다. 잘 닦여진 길 위를 유서현은 뛰고 또 뛰었다.

그녀의 머릿속에는 성문이 닫히기 전에 항주 안으로 들어가라는 이극의 말과 공포로부터 달아나야 한다는 사명이 톱니바퀴처럼 맞물려 두 다리를 움직이고 있었다.

"……?"

먼 곳에 그림자가 보였다.

항주 성내에서 나오는 듯, 반대 방향에서 유서현을 향해 오는 행렬이었다. 행렬이라고 해봐야 보부상 두셋이 모여 만든 것인데 해가 져 가는 시각에 성을 나서는 걸 보니 꽤나 급한 일인 듯했다.

"히익!"

스쳐 지나가는 유서현의 신형이 그들에게는 커다란 날짐승처럼 보였으리라. 쉰은 넘은 것으로 보이는 사내가 놀라며 엉덩방아를 찧었다.

유서현은 반사적으로 멈춰선 뒤 사내를 일으켰다.

"죄송합니다! 괜찮으신가요?"

엉덩방아를 찧은 사내와 일행 둘은 모두 기겁을 하며 그 자리에서 무릎을 꿇고 머리를 조아렸다.

"아이고! 살려주십시오! 마님! 살려주십시오!"

보부상들은 한 목소리로 간청했다. 유서현은 그제야 자신의 손에 검이 들려 있음을 깨닫고 당황하며 말했다.

"아니, 아니에요. 이러지 마세요. 이건… 이건 아니에요."

"제발 살려만 주십시오. 저희 삼형제를 합치면 자식이 열셋입니다요! 저희가 여기서 죽으면 그 어린 것들도 다 죽습니다. 제발 한 번만 자비를 베풀어주십시오!"

보부상들은 벌벌 떨면서 유서현과 눈도 못 마주치고 그저 살려달라는 말만 되풀이했다. 유서현은 어쩔 줄 몰라 일단 검을 검집에 넣었다.

"저기, 아이 참……!"

그때, 길 저편에서 커져 오는 점들이 보였다. 흑의인들 역시 필사적으로 유서현을 쫓고 있었다.

한 번 망설일 때마다 흑의인들은 눈에 띄게 거리를 좁혀오고 있었다. 유서현은 일어날 줄 모르는 보부상들과 흑의인들을 번갈아 보다, 허리를 꾸벅 숙였다.

"오해를 사게 해서 죄송합니다. 급한 일이 있어서 먼저 가볼 테니 가던 길 가세요. 그럼."

유서현은 말을 마치기 무섭게 등을 돌려 뛰어갔다.

붉은 손바닥의 주인이 아니라면, 그 수하 흑의인들과는 얼마든지 해볼 만하다. 그러나 그 실력이라는 것이, 열 명이 넘는 수적 열세도 극복할 만한 것은 못 됨을 소녀는 정확히 파악하고 있었다.

더구나 성문이 닫히기 전에 항주 안으로 들어가라는 이극의 말은 무엇을 뜻함일까? 이극이 붉은 손바닥의 주인을 저지는 하겠지만, 그 스스로도 저지할 수 있을지 어떨지 자신이 없다는 뜻이리라.

'그렇다면 도망가는 수밖에 없어!'

유서현은 다시 한 번 스스로에게 주어진 과제를 상기하고 공력을 끌어올렸다. 그런데 막 속도를 올린 유서현의 귀에 비명 소리가 들려왔다.

"크아아악!"

"허억!"

유서현은 저도 모르게 걸음을 멈췄다. 돌아본 소녀의 눈에 피 흘리며 쓰러지는 보부상들이 들어왔다.

"……?"

무슨 일이 벌어진 건지 유서현은 얼른 상황을 파악할 수 없어 멍하니 그 모습을 바라봤다. 흑의인들은 검을 든 채로 다시 유서현을 향해 뛰기 시작했다.

흑의인들이 가까워오자 유서현은 반사적으로 몸을 돌려 앞으로 뛰어나갔다.

'대체 뭐지? 이게 대체 무슨 일이지?'

몇 번이나 자문했지만 머릿속은 온통 혼란스러워 생각이 정리되지 않았다.

유서현은 도망가고, 흑의인들은 쫓는다. 무사히 성안으로 들어가면 유서현의 승리요, 그 전에 붙들린다면 흑의인들의 승리다. 실로 간단한 도식이다. 방금 전 보부상들 같은 행인이 있다 해도 그들이 쫓고 쫓기는 이 싸움에 끼어들 틈은 없다. 아니, 없어야 한다.

그러나 흑의인들은 보부상을 베었다. 그들을 싸움의 한 요소로 판단한 것이다. 그것이 무엇을 근거로 내린 판단이었는지 유서현은 알 길이 없었다.

'내가 그들과 잠시나마 얘기를 나누어서였나?'

엉망이 되어버린 머릿속에서 그나마 건질 만한 답이었다. 그러나 유서현은 단지 그 이유로 사람을 죽일 수 있다는 것을 믿을 수 없었다. 아니, 인정할 수 없었다.

'……!'

가엾게도 혼란스러운 머릿속을 분탕질하는 사건이 추가되었다. 이번에는 반대로, 유서현과 같은 방향―항주성―으로 걸어가는 뒷모습이 보이는 것이다.

왜소한 체구에 구부정한 허리. 가는 지팡이에 의지해 걸음을 옮기는 노인이었다.

유서현은 금세 노인을 앞질렀다. 힐끗, 스쳐 지나며 곁눈으로 본 노인의 얼굴엔 주름이 가득했다.

'괜찮을 거야. 괜찮을 거야!'

유서현은 필사적으로 되뇌며 노인을 지나쳤다. 멈춰 선 것도 아니며 대화를 나눈 것도 아니다. 이 정도라면 흑의인들도 그냥 지나칠 것이다.

"…아우!"

그러나 소녀의 몸은 머리가 아니라 가슴이 시키는 대로 움직인다. 몇 걸음 가지 못하고, 유서현은 몸을 돌렸다.

수 장 길이를 날듯이 뛰어 유서현은 노인의 앞에 섰다. 노인은 한 박자 늦게 유서현을 보고 말했다.

"…선녀가 내려오셨소?"

옷차림이 초라하여도 미인은 미인이다. 노인의 눈가에 자글자글한 주름이 더욱 깊어졌다.

유서현은 얼굴을 붉히며 말했다.

"어르신, 어서 피하세요."

"뭐라고?"

노인은 귀가 잘 들리지 않는지 인상을 쓰며 언성을 높였다. 유서현은 노인의 귀에 대고 크게 말했다.

"어서 피하시라고요!"

"뭘?"

노인은 무심히 반문했다. 하긴, 갑자기 나타난 처자가 다짜고짜 피하라고 하니 당연한 반응이다. 물론 유서현은 답답해 미칠 지경이었지만.

"가던 길 가시라고요!"

유서현은 크게 소리치고 노인의 뒤로 돌아가 검을 뽑았다. 흑의인들이 어느새 따라붙은 것이다.

유서현이 도망치지 않는 걸 확인한 흑의인들은 빠르게 포위망을 형성했다. 당연히, 그 안에는 노인도 함께 갇히고 말았다.

하긴 노인의 느린 걸음으로 흑의인들로부터 도망치기를 바라는 것도 어불성설이다.

유서현은 왼손을 뒤로 돌려 노인을 보호하며 빠르게 포위망을 둘러봤다.

포위망을 형성하고 있는 흑의인은 열한 명. 모두 이십대 초중반으로 유서현과 큰 차이가 나지 않는 젊은이들이었다. 그중 절반은 따라오는 것만으로 힘에 부쳤는지 안색이 어둡고 호흡이 불규칙했다.

유서현은 검을 뽑으며 물었다.

"왜 죽였지?"

대답을 바라고 한 말은 아니었는데, 의외로 대답이 돌아왔다. 흑의인들 중 눈썹이 짙고 이목구비가 뚜렷한 젊은이가 나섰다.

"우리 얼굴을 봤으니까."

짧지만 명확한 대답이었다.

"뭐… 라고?"

제대로 듣고 이해한 게 맞는지 확신할 수 없어 유서현은 힘겹게 되물었다. 젊은이는 대수롭지 않게 말했다.

"우리 얼굴을 봤으니 죽였다. 안타깝지만 그게 그들의 운명이었나 보지."

피가 달아올라 척추를 타고 뒷골로 치솟아 오른다. 유서현은 두 손이 부들부들 떨리는 것을 깨달았다.

그러나 붉은 손바닥의 주인과 마주쳤을 때와는 분명 달랐다. 그것이 극심한 공포에 몸과 마음이 굴복했다는 증거라면, 지금의 떨림은 참을 길 없는 분노의 표출이었다.

"얼굴을 숨기지 않은 것은 당신들 책임이잖아……."

유서현은 바닥에 착 달라붙은 음성으로 중얼거리며 검을 고쳐 쥐었다. 처음으로 느끼는 살의(殺意)가 소녀를 사로잡고 있었다.

그 살의를 감지했는지, 젊은이는 더 이상 응대하지 않고 검을 들어 제 앞을 방어하며 자유로운 손을 높이 들었다. 그가 추격자들의 수장이었는지, 흑의인들은 수신호를 따라 전의를 고조시키며 포위망을 좁혀왔다.

열한 명의 적의를 한 몸에 고스란히 받으면서도 유서현은 조금의 위축됨 없이 다짐하듯 중얼거렸다.

"용서할 수 없어……!"

말이 끝나기 무섭게, 포위망은 톱니바퀴처럼 날을 세우며 유서현을 덮쳤다.

*   *   *

붉은 손바닥이 크게 원을 그리며 날아오더니, 또 다른 손바닥이 뒤이어 이극의 요처를 노렸다. 마른 숲에 불길이 번지듯, 붉은 기운은 두 손바닥 사이를 이으며 허공에 불꽃을 피웠다.

풍선교가 달려드는 만큼, 이극은 딱 그만큼만 물러나며 불꽃 속으로 손을 뻗었다.

화악—

평소와 다름없는 이극의 손은 불꽃을 헤집고, 또 흐트러뜨렸다. 이극의 손이 지나갈 때마다 꽃잎이 흐드러지며 파심작혈장의 붉은 기운이 사방으로 흩어졌다.

"크아악!"

풍선교의 쌍장은 눈앞을 온통 붉게 물들이며 이극을 덮쳤다. 이극은 오른손으로 불꽃을 흐트러뜨리고, 왼손으로는 풍선교의 손목을 쳐서 파심작혈장의 방향을 어긋나게 만들었다.

삼십여 초가 지나자 풍선교는 공세를 거두고 한 발 물러났다. 일그러진 얼굴이 비할 데 없는 분노를 말해주고 있었다.

"네놈… 무슨 수작을 부리는 거냐!"

이극은 처음의 여유로운 표정 그대로, 헤픈 웃음을 머금은 채로 대꾸했다.

"수작이라뇨? 나리, 소인이 죽고 싶지 않아서 죽을힘을 쓰고 있는 거 안 보이십니까?"

"네놈의 장력이 나와 충분히 겨룰 수 있는데 왜 피하느냔 말이다!"

최초의 격돌 이후 이극은 계속 풍선교의 공세를 흘려 보내고만 있었다. 싸우려 든다면 얼마든지 싸울 수 있으면서 여유를 부리는 이극의 태도가 풍선교를 자극하는 것이었다.

풍선교가 따지고 들자 이극은 머리를 긁적이며 말했다.

"아무리 장법에 조예가 깊다 해도 파심작혈장과 정면으로 맞설 수 있는 자가 얼마나 된다고 그러십니까? 소림의 공예선사도 감히 그러지 못할 텐데요."

"……!"

이극의 입에서 파심작혈장이란 이름이 나오자 풍선교의 안색이 굳어졌다.

파심작혈장은 명맥이 한 번 끊겼던 무공이다. 곽추운이 되살리기는 하였으나 그 사실을 외부에 공표하지 않았으니 이를 아는 이는 극히 드물었다. 풍선교가 시전하는 모습을 보더라도 저것이 파심작혈장이구나, 하고 알아보기도 힘들어야 정상인 것이다.

그런데 이극의 입에서 망설임없이 파심작혈장의 이름이 나왔으니 그 놀라움을 말로 다할 수 없었다.

풍선교가 말이 없자 이극이 재차 말했다.

"너무 걱정하지 마십시오. 이래 봬도 제법 입이 무겁습니다요. 어디 가서 나리에 대해 입 뻥긋도 하지 않을 테니, 부디 보내만 주십시오. 예?"

선처를 바라는 말과 달리 이극의 얼굴은 얄미우리만치 여유로웠다. 반면 풍선교의 얼굴빛은 좀 더 어두워졌고, 미간에 근심이 서렸다.

"파심작혈장을 알아보다니… 대체 네놈의 정체가 무엇이냐?"

"거참. 까마귀 고기를 삶아 드셨나? 몇 번을 말해야 아시겠습니까? 소인은 뒷골목에서 심부름꾼 노릇이나 하며 근근히 살아가는 백성이라니까요."

"허튼 소리 마라! 우리 일을 방해하는 것도 모자라 소각로를 뒤지고 파심작혈장까지 알아보는데 그냥 넘어갈 수 있을 거라고 생각하느냐? 어서 고하라! 마종의 잔당이냐? 장로회의 개냐?"

풍선교는 목에 핏대를 세워가며 이극을 몰아붙였다.

그 순간, 사람이 뒤바뀐 듯 이극의 얼굴에서 웃음기가 씻은 듯이 사라졌다. 길어진 그림자를 얼굴에 드리우고 이극은 날카로운 눈으로 풍선교를 노려보며 말했다.

"마종? 날더러 마종의 잔당이라고……?"

2

풍선교는 눈앞에서 벌어진 광경에 놀라 저도 모르게 입을 벌렸다.

단순히 실실 웃기만 하던 이극의 표정이 바뀌어서가 아니었다. 이극을 둘러싼 공기, 세간에서 흔히 이야기하는 기세가 돌변했기 때문이었다.

무색무취하여 당황스럽기까지 하던 이극의 기세가 돌연 살기를 띠며 흉흉해지더니, 급기야 거세게 휘몰아쳐 풍선교를 압박해 왔다. 풍선교는 다급히 공력을 끌어올려 압박에 대항했지만 한 번 꺾인 기세를 되찾기가 쉽지 않았다.

"크윽!"

풍선교의 입에서 쇳소리가 새어 나왔다.

이극의 기운은 거세다 못해 패도적이라 해도 될 정도였다. 풍선교는 이때껏 수많은 적을 상대해 왔지만, 이 정도 압박을 받아본 경험은 없었던 것이다.

이극은 굳은 얼굴로 풍선교를 향해 한 발 다가섰다. 그리고 말했다.

"그렇다면 너는 무엇이냐?"

나리, 나리하며 굽실거리던 말투도 확 바뀌었다. 숫제 아랫사람 대하듯 하대하는 모양이 풍선교를 당황케 만들었다.

"뭐, 뭐라?"

당황한 나머지 대답을 찾지 못한 풍선교에게 이극이 다시 말했다.

"날더러 마종의 잔당이냐 묻는 너는 대체 무어냔 말이다. 무엇이길래 무림맹 본영이 있는 항주 주변을 얼쩡거리며, 얼굴도 드러내지 못할 짓을 하느냔 말이다!"

"이, 이놈이……!"

이극은 풍선교의 지척에 이르러 걸음을 멈췄다. 그리고 날선 목소리로 풍선교의 폐부를 찔렀다.

"네놈이야말로 마종의 잔당이 아니더냐?"

*   *   *

마종(魔宗).

저항조차 허락지 않는 압도적인 폭력과 이성을 짓누르는 악의, 그리고 피가 흐르지 않는 심장으로 무림을 지배했던 자들을 사람들은 마종이라 일컬었다.

혹자는 그들을 마교(魔敎)라 부르기도 했다.

밖에서 보기에 그들의 논리는 오직 강자존(强者尊) 하나였지만, 엄연히 나름의 체계와 법도가 서 있다 주장하는 자들이었다.

실제로 마종은 마교라는 이름으로 불려도 손색이 없는 집단이었다. 그들에게는 중원 무림과 분리되어 독자적으로 이어온 무공이 있었으며, 무공의 범주를 넘어선 불가해한 마력의 주술이 있었다.

무공과 주술.

마종은 이 두 가지 무기를 앞세워 중원무림을 점령해 나갔다. 그리고 그 중심에는 마종에게는 경외의 대상으로, 중원무림에게는 공포의 대상으로 군림하였던 대마신(大魔神)이 있었다.

대마신 철염(鐵念).

구 척 장신의 키에 붉은 눈동자를 가지고 있다 전해지는 마종의 절대자. 내로라하던 고수들이 정사를 막론하고 달려들었고, 모두 처참한 죽음을 맞이했다. 선(仙)이라느니, 왕(王)이라느니, 그럴듯한 말로 서로를 추켜세우던 자들의 말로는 그리도 초라했다.

피로써 뭍을 바다로 바꾸는 기적을 행하며 중원을 가로지른 대마신 철염의 목적지는 바로 천년 무림의 성지(聖地) 소림.

소림은 항마(降魔)의 상징이자 중원무림의 마지막 희망이었다. 그리고 당시 최강으로 꼽히던 절대고수, 종려 선사를 품은 곳이기도 했다.

종려 선사는 본래 도가의 일맥이었던 현요문(玄搖門) 출신으로 일찍부터 명성을 날리던 청년 고수였다. 그런데 어떠한 이유에서인지 사문을 버리고 사파의 인물로 정파 무림의 고수들과 대립각을 세우더니, 급기야 역사상 손꼽힐 대학살의 참극을 저지르기에 이르렀다.

역설적이게도 도가의 일문으로 시작해 사파에 몸을 담았던 그의 마지막 선택은 불문에 귀의하는 것이었다. 수많은 고수를 살해하고 멋대로 강호를 횡행하던 그가, 말년에 이르러 스스로 머리를 깎고 두 손과 발에 족쇄를 채운 채 소림의 가장 깊은 곳으로 걸어 들어간 것이다. 소림은 그에게 종려(終慮)라는 법명을 주었다.

그후 시간이 흘러 종려 선사에 대한 증오는 희석되었으나 그가 펼쳤던 무소불위의 무공은 오히려 눈덩이처럼 불어났다. 사람들은 멋대로 종려 선사가 마지막에 소림의 품에 안기면서 도불사(道佛邪)의 무학을 집대성하였다고 믿었던 것이다.

그 믿음이 사실인지는 몰라도 대마신 철염을 상대할 수 있는 자가 종려 선사뿐임은 부인할 수 없었다.

전하기로 대마신 철염과 종려 선사는 칠일 낮밤을 싸웠다고 한다. 그러나 그 과정에 대해서는 의견이 분분하다. 누군가는 바닥에 남은 한 방울 진기마저 짜내고 손발을 움직일 수 없을 지경까지 싸웠다고 하고, 혹자는 칠일 낮밤동안 서로를 바라보며 움직이지 않더니 종국에 교환한 단 일 초로 승부가 갈렸다고도 한다.

그러나 두 사람이 어떻게 싸웠는지는 중요하지 않았다.

중요한 것은 단 하나.

숭산의 한 봉우리 정상에서 펼쳐진 승부는 결국 철염의 승리로 막을 내렸다는 것이었다.

마종에게 대항할 수 있는 항마(降魔)의 상징, 소림마저 무너지자 중원무림은 마종이 그들의 지배자가 되었음을 인정해야 했다.

해가 떠도 사람들의 눈에 들어온 세상은 어두웠고, 볕이 들어도 마음은 겨울이었다. 공포와 무력감은 사이좋게 발맞춰 사람들을 절망의 나락으로 이끌었다.

그러나 진정한 희망이란 지극한 어둠 속에서만 알아볼 수 있는 법.

소림과 함께 사람들의 마음속에 존재하였던 심리적 장벽이 무너진 바로 그 순간, 불세출의 천재가 움직이기 시작했다. 바로 곽추운이었다.

파검룡협이라는 별호로 이미 명성을 날리던 곽추운은 아직 건재한 고수와 문파를 규합하고 무너진 세력은 생존자를 거두었다. 이는 정사를 아우르는, 무림 역사에 선례가 몇 없었던 초진영적 집단으로 현재 무림맹의 효시가 되었다.

결국 곽추운은 마종이라는 거대한 위협을 맞이하여 중원 무림을 하나로 결집하는 데 성공했고, 그 힘을 바탕으로 마종을 무너뜨리고야 만다.

그리고 대마신 철염의 목을 벰으로써 곽추운은 명실상부한 무림의 일인자가 되었다.

곽추운의 나이 삼십육 세. 지금으로부터 십오 년 전의 일이었다.

* * *

"뚫린 입이라고 말을 함부로 하는구나!"

되레 마종의 잔당 취급을 받은 풍선교가 대로하여 소리쳤다.

혈기왕성하던 이십대. 무명소졸로 곽추운의 휘하에 투신한 순간부터 목숨을 돌보지 않고 마종과 싸워왔던 그다. 비록 무공은 일천하였으나 항상 선봉에 서기를 주저하지 않았고 끝내 살아남아 맹주의 한 팔이 된 그다.

그런 자신에게 마종의 잔당이라니! 풍선교의 분노가 어느 정도일지 가히 짐작조차 할 수 없었다.

그러나 이극의 싸늘한 눈빛은 풍선교의 불같은 분노를 압도하고도 남음이 있었다. 이극을 중심으로 사방 수십 장의 공기가 한겨울처럼 차갑게 식어가고 있었다.

"아니라면 무엇이냐? 혹시 무림맹이냐? 아니, 아니… 그럴 리 없지. 무림을 일통한 무림맹의 일원이 뭐가 두려워 복면을 하고 어린 계집을 핍박할까? 하늘같은 무림맹주께서 어찌 너처럼 뒤가 구린 놈을 수하로 부리겠느냐?"

어느새 이극은 본래의 말투로 돌아와 풍선교를 한껏 조롱하고 있었다. 풍선교는 피가 거꾸로 솟아 머리통이 터질 지경이었다. 하지만 수십 년 단련된 무인의 감각이 포착한 위험 신호가 분노를 앞질렀다.

'위험한 놈이다……. 반드시 제거해야 한다!'

풍선교는 분노를 가라앉히고 다시금 공력을 일으켰다.

우우우웅—

풍선교의 두 손에서 일어난 붉은 기운이 빠르게 휘몰아치며 두 개의 작은 소용돌이를 형성했다. 불처럼 강렬히 타오르지는 않았으나 제한된 공간에 집적된 만큼 그 기운은 어느 때

보다 강렬했다.

풍선교의 두 손에서 커져 가는 기운을 보며 이극은 눈살을 찌푸렸다.

'슬슬 구슬려서 얻어낼 것만 얻어내면 될 일이었는데. 괜히 긁어 부스럼을 만든 게 아닌가 모르겠군.'

후회란 원래 때늦은 법. 고칠 수 있는 기회가 남아 있다면 그것은 후회가 아니라 깨달음이다.

이극은 얼른 생각을 고쳐먹었다.

'곽추운의 수하 따위가 나에게 마종의 잔당 운운하다니, 말이 안 되잖아. 화를 안 낼 수가 있나? 없지. 암! 없고말고!'

이극은 빙그레 웃으며 말했다.

"내가 한 십 년, 뒷골목을 구르면서 험한 꼴 많이 봤는데 말이야. 많은 무기 중에 사람을 가장 아프게 하는 무기가 말이더라고. 말."

십성 공력을 끌어올린 풍선교는 경계를 늦추지 않으며 물었다.

"…무슨 소리를 하고 싶은 거냐."

이극은 양쪽 입가를 최대한 끌어올리며, 그러나 사나운 눈빛으로 말했다.

"내가 지금 많이 아프단 말이다."

"허튼 소리!"

더 듣고 있을 수가 없다. 풍선교는 이극의 말을 가볍게 일축하며 그에게 달려들었다.

"크하압!"

극한까지 끌어올린 파심작혈장이다. 손바닥이 닿기도 전에 열기가 먼저 날아 이극의 옷을 그을렸다. 이극은 미소를 거두고 풍선교의 좌장을 재빨리 바깥쪽으로 피했다.

풍선교는 뻗은 왼팔을 그대로 밀어 이극의 어깨를 쳤다. 이극은 허리를 활처럼 뒤로 눕다시피 젖혔다가 퉁기듯 일어났다. 풍선교의 좌장은 이극의 코 위를 스치듯 지나갔다.

휘익—

헛치는 바람에 풍선교의 왼 가슴이 고스란히 열렸다. 이극은 몸을 일으키는 탄력을 주먹에 실어 풍선교의 어깨와 가슴을 연타했다.

"크헉!"

고통스러운 신음을 흘리는 가운데에서도 풍선교는 오른손으로 자신을 때리는 이극의 손목을 잡았다.

치지직!

타는 소리와 함께 역겨운 냄새가 났다. 이미 풍선교의 오른손은 대장간의 쇳덩이보다 뜨겁게 달구어져 있었던 것이다.

"…쯧!"

이극은 혀를 차며 붙잡힌 왼손을 바깥쪽으로 돌렸다.

단순한 동작이었지만 미묘한 힘의 배분과 빠르지도 느리지도 않은 속도가 절묘한 조화를 이루어 풍선교의 악력을 와해시켰다. 풍선교의 입에서 절로 소리가 터져 나왔다.

"허엇?"

이극은 풀려난 왼손을 그대로 밀었다. 이극의 왼손과 풍선교의 가슴 사이에는 불과 손가락 두 마디 정도의 공간만이 존재하였으나, 가볍게 가 닿은 주먹에는 이전의 타격과 차원이 다른 위력이 담겨 있었다.

콰앙!

폭음과 함께 풍선교의 신형이 십 보 뒤로 밀려났다.

한쪽 무릎을 꿇은 풍선교의 입에서 선혈이 뿜어져 나왔다.

"크헉!"

선혈이 풍선교의 옷을 붉게 물들이는 것과 반대로 두 손에서 소용돌이치던 붉은 기운은 눈에 띄게 기세가 줄어들어 있었다. 상당한 내상을 입은 것이다.

"아윽… 아프잖아."

이극은 풍선교에게 잡혀 검붉게 달구어진 왼쪽 손목을 입으로 후후 불며 식히느라 여념이 없었다. 승부를 완전히 결정지을 수 있는 기회를 놓친 것이다.

아니, 정확히 말하자면 스스로 버린 것이다.

원한다면 언제든지 제압할 수 있다. 이극은 애초에 풍선교를 대등한 적수로 보지 않았던 것이다.

"크아악!"

뱃속 깊은 곳으로부터 다시 한 번 피가 역류해 풍선교의 앞섶을 적셨다. 풍선교를 굽어보는 이극의 태도가 내상을 악화시킨 것이다.

"네놈… 감히 네놈이……!"

토혈로 적셔진 입술은 제대로 움직이지도 못했다. 악다문 이 사이로 새어 나오는 말은 끊어질 듯 희미해 제대로 들리지도 않았다.

이극은 손목을 만지며 담벼락 위를 올려다봤다.

'도망은 잘 갔을라나?'

유서현은 다른 건 몰라도 경공만큼은 일류 고수다. 제 기량만 발휘한다면 흑의인들에게 따라잡힐 일은 없을 것이다.

이극은 고개를 절레절레 흔들었다.

'잡히든 말든, 다 팔자 소관이지.'

여기서 걱정을 해봤자 해줄 수 있는 일이 없다. 지금 달려간다고 도와줄 수 있는 것도 아니니 말이다.

더구나 이극은 지금 대어를 낚기 일보 직전이다. 이곳에 온 신경을 쏟아도 모자랄 판국인 것이다.

"좋아……."

이극은 웃으며 성큼, 풍선교를 향해 걸어갔다. 풍선교는 한쪽 무릎을 꿇은 채 분노로 몸을 떨며 걸어오는 이극을 바라볼 수밖에 없었다.

이극은 풍선교의 삼 보 앞에서 멈춰 섰다.

"…죽여라."

"그럴 순 없지."

풍선교는 핏발 선 눈으로 이극을 노려보며 말했다.

"끝까지 나를 능멸하겠다는 수작이냐?"

이극은 고개를 저으며 말했다.

"능멸은 무슨… 나 그렇게 한가한 사람 아니야."

"그럼 무슨 수작을 부리려는 거냐! …크윽!"

풍선교는 분을 참지 못하고 소리치더니, 이내 신음 소리를 내며 배를 움켜쥐었다. 이극은 고통스러워하는 풍선교를 향해 활짝 웃으며 말했다.

"뭐, 별건 아니고. 물어보고 싶은 게 있어서."

"묻다니… 무엇을……?"

풍선교가 힘겹게 입을 열었다.

이극은 한 걸음 크게 내딛어 풍선교의 지척에 다가갔다. 그리고 허리를 굽혀 풍선교의 숨소리가 들리도록 얼굴을 가져가, 나직이 말했다.

"너희들이 여기서 무슨 짓을 했는지… 실토하라고."

3

"……!"

풍선교의 두 눈이 경악으로 물들었다.

이극의 말에 담긴 함의가 명백했다. 이극은 이곳이 무림맹의 비밀 처소이며, 풍선교 역시 무림맹 소속이라는 걸 알고 있음이 분명했다.

풍선교는 벼락이라도 맞은 얼굴로 멍하니 이극의 얼굴을 올려다봤다. 이극은 고개를 까닥거리며 말할 것을 독려했다.

"네놈, 정체가 뭐냐?"

아까부터 묻고 또 묻던 이야기다. 이극은 얼굴을 찡그리며 말했다.

"거참! 지겹지도 않나? 아까부터 계속 얘기했잖아. 그쪽도 벌써 다 조사했을 거 아냐. 팔방해사 이극! 항주 뒷골목 패거리들 아무나 붙잡고 그 이름 아냐고 물어봐. 웬만하면 다 아는 이름이라고!"

"…웃기지 마라. 퉤!"

"아니, 대체… 윽!"

이극이 깜짝 놀라 목을 돌렸다. 갑자기 풍선교가 입에서 피를 뱉은 것이다.

"아이 씨, 이게 무슨 짓이야!"

바로 앞에서 뱉었으니 고개만 움직여서 완전히 피할 수 없는 노릇이다. 이극은 뺨에 묻은 피를 닦으며 버럭 소리를 질렀다.

그러는 사이 멀찍이 물러난 풍선교는 다시금 피를 흘리고 있었다. 무리하게 공력을 운용한 탓이다. 이극은 혀를 차며 말했다.

"끌끌… 어이, 나리! 괜히 내상만 악화시키지 말고 얘기 좀 합시다. 예? 얘기 좀 하자고요. 이제 안 때릴게요. 진짜로!"

달래는 건지 약을 올리는 건지, 이극은 풍선교의 속을 긁으며 그에게 다가섰다.

이극이 십 보 앞으로 다가왔을 때, 풍선교가 손을 내밀었다. 이극은 걸음을 멈추고 고개를 삐딱하게 기울이며 물었다.

"뭐하자는 거지?"

풍선교는 비장한 표정으로 품 안에 손을 넣었다. 꺼낸 손 위에는 자줏빛 환 하나가 올라와 있었다.

"…설마?"

처음으로, 이극의 얼굴에서 여유가 사라졌다. 자줏빛 환을 본 순간 무언가를 떠올린 것이다.

풍선교는 이극의 표정을 보고 비릿한 웃음을 지었다.

"'폭마경심환(暴魔競心丸)'을 알아보다니, 마종의 잔당이 틀림없구나. 역시 내 눈이 정확했어!"

과거 마종의 고수들은 본래 가지고 있던 무공도 고강했으나 각종 비술에 힘입어 중원무림의 고수들을 쓰러뜨리곤 하였다. 폭마경심환은 그중에서도 가장 악명이 자자한 수법이었다.

폭마경심환을 복용한 자는 본래 가지고 있던 공력이 적게는 두 배, 많게는 다섯 배까지 늘어난다. 자연히 동격의 고수 간 싸움이 붙었을 때에는 폭마경심환을 가지고 있는 마종 소속이 유리할 수밖에 없다.

하지만 세상 모든 이치가 그렇듯 장점이 있으면 단점도 있는 법. 폭마경심환은 장점이 경이로운 만큼 치명적인 단점을 가지고 있었다.

폭마경심환의 단점 중 하나는 효과의 지속 시간이 반 시진에 불과하다는 것이고, 다른 하나는 반 시진이 지난 후에는 육신이 갈기갈기 찢기는 극심한 고통이 들이닥친다는 것이었다.

또한 한 번에 많은 양을 복용하거나 복용 주기가 짧을수록 후유증이 커지고, 종내에는 폐인이 되어 무공은 물론 이지(理智)를 상실한다고도 했다.

과거 곽추운은 마종을 멸하며, 그에 관련된 모든 유산—무공과 주술은 물론, 그 외 모든 비정상적인 수법들—을 소멸시켰다고 했다. 폭마경심환도 당연히 그중 하나로, 중원무림에 나와서는 안 될 사악한 수법으로 간주되어 제조법을 비롯한 관련 문건 및 자료가 깨끗이 사라져 다시는 볼 수 없을 물건이었다.

마종이 멸망한 후 폭마경심환의 존재는 오직 구전으로만 전해질 뿐, 아무도 그 모습을 본 이가 없었다. 마종과 맞서 싸우면서 폭마경심환을 목격하고, 상대한 이들도 함구하기는 마찬가지였다.

그런데 이극이 폭마경심환을 알아봤으니 풍선교가 그리 확신하는 것이 당연했다.

하지만 이극의 입장에서는 기가 막히고 코가 막힐 노릇이다. 이극은 바로 반박했다.

"야, 이 미친놈아! 들고 있는 놈이 알아보는 놈을 마종이라고 몰아붙이는 게 말이 되냐?"

"닥쳐라!"

풍선교는 크게 소리치며 폭마경심환을 꿀꺽 삼켰다. 이극은 제 머리를 벅벅 긁으며 탄식했다.

"젠장! 대화가 안 통해, 대화가!"

이미 풍선교는 논리와 상식, 합리를 거부한 상태다. 마치 생각하기를 포기했다고나 할까? 그저 관성으로, 자신이 이제껏 믿어왔던 것을 바라볼 뿐 그것이 현실 세계에 존재하는지 여부는 중요하게 생각하지 않는 것이다.

이극의 속이 터지거나 말거나, 폭마경심환의 효과는 즉각 나타났다.

창백했던 얼굴에 핏기가 돌더니 구부정하던 허리도 곧게 펴졌다. 한숨 푹 자고 일어난 것처럼 풍선교의 얼굴과 몸은 활기로 가득 차 있었다.

"호오… 이것이……?"

비상용으로 항시 휴대하고는 있었으나 복용하기는 처음이다. 풍선교도 폭마경심환의 효능에 놀란 듯, 제 몸을 둘러보며 감탄사를 내뱉었다.

그리고는 자신에 찬 눈빛으로 이극을 보며 말했다.

"네놈! 반드시 산 채로 잡아서 뒤를 캐주마!"

말이 끝나기 무섭게 풍선교의 신형이 쏘아져 날아왔다. 이극은 가볍게 뒤로 물러나며,

"그거 하나 먹었다고 아주 기세등등이서?"

라고 중얼거렸다.

그러나 말과 달리 이극의 얼굴에는 경계의 빛이 가득했다. 풍선교의 두 손에 피어오르는 기운이 예사롭지 않았다.

"크하압!"

어느새 다가온 풍선교가 기합을 지르며 우장을 내밀었다. 소리에 실린 내공만으로 온몸이 저릿저릿해 온다. 이극은 어

금니를 악물고 좌장으로 맞섰다.

　콰콰콰콰쾅!

　굉음을 내며 충격파가 사방으로 퍼져 나갔다. 그리고 이극의 신형이 직선으로 십여 장을 날아가 문을 부수고 집 안으로 들어갔다.

　흙먼지가 가라앉자 홀로 제자리에 서 있는 풍선교의 모습이 드러났다. 풍선교는 믿을 수 없다는 눈으로 제 오른손과 부서진 문짝을 번갈아 봤다. 그리고 고개를 젖혀 하늘을 향해 큰 소리로 웃었다.

　"큭… 크크큭… 크하하하! 크하하하하하핫!"

　하늘뿐 아니라 세상이 온통 붉게 물들어 있었다. 그 속에서 홀로 앙천대소하는 풍선교는 미친 사람처럼 웃고 또 웃었다.

　"끄응……."

　이극은 앓는 소리를 내며 문의 잔해를 헤치고 나왔다. 먼지 구덩이에 뒹굴었는지 몰골이 말이 아니었다.

　풍선교는 나온 이극을 보고 소리쳤다.

　"네놈의 비술에 당하는 기분이 어떠냐! 이 마종의 잔당 놈아!"

　이극은 뒷목을 잡고 머리를 이리저리 돌렸다. 돌릴 때마다 뚝, 하고 기분 나쁜 소리가 났다.

　마종의 잔당으로 완전히 낙인찍힌 이극이 대꾸했다.

야, 이 미친놈아! 251

"하… 거 참, 그런 몰골로 얘기하면 설득력이 없잖아."

풍선교는 활력으로 넘치다 못해 두 눈에 광기가 서려 있었으며, 두 손으로 한정되어 있었던 파심작혈장의 붉은 기운이 온몸으로 전이되어 마치 분신(焚身)이라도 하는 모양이었다.

거대한 불길에 휩싸여 광기를 흩뿌리고 있으니 그 모습은 흡사 지옥도(地獄圖)의 한 장면에 나올 법한 마귀나 다름없었다.

이극이 마종의 잔당이라면, 풍선교는 마종 할아버지라 해도 모자랄 판국이었다.

이극의 말을 듣자 풍선교는 대로하며 외쳤다.

"감히! 그 주둥이부터 뭉개주마!"

풍선교의 감정 상태를 반영하듯 온몸에 타오르는 불길이 가일층 커졌다.

"방귀 낀 놈이 성 낸다더니 꼭 그 짝이구만."

이극은 냉소하며 공력을 끌어올렸다.

풍선교의 공력은 두 배, 아니, 서너 배 이상 강해졌다. 그렇다면 그에 걸맞은 힘으로 상대해줘야 한다.

화르르륵!

파심작혈장의 극양한 기운과 폭마경심환의 사특한 효능이 만나 일으킨 상승 작용이 무시무시했다. 풍선교의 온몸에서 타오르는 불길이 수 장 높이까지 올라 사방을 환히 비추더니,

일렁이며 춤을 추기 시작했다.

"크하하하핫! 이대로 뼛속까지 타서 없어져라!"

힘이라는 광기에 홀린 걸까? 이극을 생포해야겠다던 최초의 판단은 간데없고 오직 굴욕과 적개심만이 풍선교의 머릿속에 남은 듯했다.

"죽어라!"

풍선교의 외침과 함께 불길이 요동쳤다. 불티가 흩어져 천지 사방을 메우더니, 곧 거대한 불꽃의 소용돌이가 하늘 높이 솟았다가 선회하여 대지로 떨어졌다.

빛과 열기의 이중주 속에서 이극의 모습은 빠르게 사라져 갔다. 비웃듯 일그러지는 입매만이 마지막까지 남아 풍선교의 눈 속에 비치다 사라졌다.

*　　　*　　　*

하아… 하아…….

거친 숨소리가 귓속을 메우고, 다시 세계로 번져 간다. 비릿한 피냄새와 섞여 오감이 혼탁한 가운데 살아 있는 감각은 오직 하나.

살의(殺意)를 느끼는 촉각뿐이다.

카앙!

살의의 파동은 날붙이의 비명에 실려 사방으로 흩어졌다. 유서현은 머리 위로 내리꽂힌 검을 막음과 동시에 옆으로 흘려 버리고 횡으로 베었다.

푸슈슉!

흑의인의 대퇴부에서 피가 솟구쳤다. 유서현의 검은 멈추지 않고 휘청거리는 흑의인의 가슴을 비스듬히 베었다.

"크허억!"

흑의인은 비명을 지르며 쓰러졌다.

유서현은 쓰러진 흑의인을 타고 넘어가 다시 검을 들었다. 소녀의 앞에는 다섯 명의 흑의인이 서 있었다.

노을의 붉은 빛도 가셔 사방이 어두웠다. 그러나 유감스럽게도 어설픈 어둠은 흑의인들의 얼굴에 서린 당혹감을 가려주지 못했다.

최초 유서현을 쫓아온 흑의인은 모두 십일 인. 그중 절반 이상이 소녀의 검 아래 쓰러진 것이다. 무림맹주 곽추운의 은밀한 손발이라는 자긍심으로 똘똘 뭉친 암천대원들에게는 있을 수 없는 일이었다.

엄밀히 말해 암천대는 곽추운의 사조직이지, 무림맹 소속의 정식 기관은 아니다.

그도 그럴 것이 암천대가 맡아 하는 일은 정보의 조작이라든지 여론의 환기, 또는 맹주의 일에 반대하는 인원의 암살 등 대개가 드러내지 못할 성질이기 때문이었다. 그러니 암천대가 해온 일들이, 아니, 암천대의 존재 자체가 드러난다면 제아무리 곽추운이라 한들 맹주직을 유지할 수조차 없으리라.

따라서 암천대원들 개개의 전투력은 그리 높은 편이 아니었다. 대주인 풍선교를 제외한다면 겨우 삼류에서 이류 사이를 오가는 수준일 뿐이다. 이는 풍선교도 마음에 담고 있는 불만이지만 딱히 개선할 방도가 없었다.

왜냐하면 암천대로 배속되는 자들은 대부분 정의감 하나로 무림맹에 투신한, 쉽게 말해 아무런 배경도, 연고도 없는 말 그대로 몸뚱이 하나뿐인 젊은이들이기 때문이었다.

무공이 일정 수준에 올랐거나 무재(武才)가 있는 젊은이들은 예외없이 명문의 자제, 문도들이다. 무림맹 내에서 각자 한 자리씩 꿰찬 세력 출신을 곽추운의 사조직인 암천대원으로 쓸 수는 없는 노릇이다.

아무리 암천대원들이 전투요원과 거리가 멀다 해도, 가냘픈 소녀 하나를 어찌할 수 없다는 것은 말이 되지 않았다. 적어도 그들의 상식에서는 말이다.

그러나 유서현은 태어나 처음으로 격한 분노를 느꼈고, 살의에 자신을 맡긴 상태였다. 건장한 사내와 가냘픈 소녀라는

야, 이 미친놈아!

차이와 수적 우위가 벌려놓은 마음의 빈틈은 악에 받친 유서현이 파고들기에 충분했다.

"헉… 허억……."

유서현은 가쁜 숨을 몰아쉬며 다리를 움직여 노인의 앞을 지키고 섰다. 작은 체구의 노인은 잔뜩 겁에 질려, 구부정한 허리를 한층 더 구부리고 유서현의 뒤에 숨어 있었다.

살의에 자신을 던진 와중에도 유서현은 노인을 지켜야 한다는 사실을 잊지 않았던 것이다.

"…그렇군."

최초 유서현의 질문에 응답했던 암천대원이 조용히 중얼거렸다. 그리고 바로 네 사람에게 눈짓으로 신호를 보냈다.

"……!"

눈짓과 간단한 수신호만으로 치밀한 연계 합벽이 가능한 것은 그만큼 오랜 시간 함께했다는 증거일 것이다. 신호를 보낸 눈썹 짙은 젊은이를 비롯해 세 명의 암천대원이 동시에 유서현에게 달려들었다.

카캉! 캉!

세 자루 검을 한 번에 받아내자 검신을 타고 전해오는 힘이 거세다. 차라리 공력이라면 대응하기 수월할 터인데, 이것은 남녀가 가지는 본질적인 힘의 차이에 기인한 바다.

"…크윽!"

유서현은 입술을 질끈 깨물고 내공을 일으키며 억지로 세 자루 검을 떨쳐 냈다. 그리고 몸을 돌려 뒤로부터 오는 공세를 막았다.

카앙!

다시 한 번 쇳소리가 귀를 때리고, 그 쇳소리에 숨은 바람소리를 귀가 아닌 살갗이 포착했다. 떨쳐 냈던 세 자루 검이 드러난 유서현의 등을 찔러오고 있었다.

캉! 카카캉!

유서현은 앞뒤로 찔러오는 네 자루 검을 정신없이 막았다. 검신이 지르는 비명 소리가 탁 트인 길 위로 퍼져 나갔다. 암천대원의 합벽은 비록 초식은 단순하나 나아감과 물러남, 끊고 맺음이 명쾌하였고 오랜 세월 손발을 맞춰 쉬이 파훼할 수 없었다.

더구나 앞서 여섯 명의 암천대원을 쓰러뜨리는 과정에서 유서현이 입은 상처도 만만치 않았다. 특히 왼팔에 베인 상처가 깊어 소녀의 한쪽 소매는 온통 벌겋게 물들어 있었다.

"……!"

피와 함께 공력도 빠져나간 걸까? 어느 순간, 공력이 끊겨 이어지지가 않았다. 유서현의 검이 의지보다 한 치 가량 뻗지 못하고 말았다.

쉬익!

유서현의 검이 미치지 못한 바로 그 공간을 비집고 들어온 날이 있었다. 검은 유서현의 옆구리를 베고 지나갔다.

상처는 깊지 않았으나 지칠 대로 지친 유서현에게는 치명상이나 다름없었다. 유서현은 고통을 억누르고 재빨리 십 보 밖으로 몸을 피했다.

"큭!"

허공을 날아 착지한 순간, 유서현은 신음 소리를 내며 한쪽 무릎을 꿇었다. 참고 또 참아 누적된 피해가 방금 일격을 통해 폭발한 것이다.

"으음……!"

유서현은 곧바로 일어났다.

모든 공력을 소진하였는지 단전에는 겨우 반 모금의 진기만이 남아 있었다. 두 발로 서 있는 것조차 힘든 상황이었다. 하지만 저들에게 약한 모습을 보이는 것은 죽기보다 싫었다.

"무(武)가 몸이라면 협(俠)은 혼이란다. 몸이 없이 혼만 있으면 귀신이고, 혼이 없이 몸만 있으면 강시겠지? 우리가 아버님으로부터 북천일검을 배웠지만, 만약 협을 이루고자 하는 뜻이 없다면 세상을 어지럽힐 뿐 배우지 않느니만 못하게 되는 거야."

소녀의 오빠, 유순흠은 그리 말하고 꼭 '아버지께서 항상 당부하시던 말씀이다' 라고 입버릇처럼 덧붙였었다. 유서현도 듣지 못한 건 아니었지만 너무 어렸기 때문일까? 소녀의 기억 속에 아버지의 말은 항상 오빠의 목소리로 되풀이되곤 했다.

지금도 유서현은 오빠의 목소리로 아버지의 말씀을 되새겼다. 저들에게는 협이 없다. 협을 이루고자 하는 마음 없이 무를 익힌 자는 세상에 해를 끼치는 강시나 다름없다.

'질 수 없어!'

머릿속에서 되풀이되는 목소리가 유서현을 일으켜 세웠다. 유서현은 반 모금 남은 진기로 공력을 일으키며 암천대원들을 노려봤다.

그때, 유서현의 눈에 불꽃이 튀었다.

방금 전 공방에 참여하지 않았던 한 사람의 검이 노인을 겨누고 있었다. 나머지 네 사람은 그 앞을 방어하며 부채꼴 모양을 그리고 있었다.

눈에서 튄 불꽃은 머릿속을 까맣게 태웠다. 생각보다 먼저 입이 움직였다.

"지금 뭐하는 짓이야!"

귀가 째질 듯 날카로운 소리에 암천대원들은 얼굴을 찌푸렸다. 예의 눈썹이 짙은 젊은이가 나섰다.

"간단한 선택이다. 순순히 잡히면 이 노인은 살려주마. 그게 싫다면 다시 싸우면 그만이다. 단, 거추장스러운 것은 빨리 치워 버려야겠지."

"어찌 그런 짓을!"

온몸이 바들바들 떨리지만 쉽게 움직일 수가 없었다. 반 푼 가량 노인의 목을 파고든 검신에 피가 방울져 맺히기 시작한 것이다. 노인은 공포에 눌려 혼절하였는지 눈을 감고 사지를 축 늘어뜨리고 있었다.

"이 노인을 죽이고 도망치겠느냐, 아니면 살리고 잡혀가겠느냐? 빨리 선택해라."

눈썹 짙은 젊은이의 목소리가 다소 올라갔다. 그들도 노인을 인질 삼아 겁박할 만큼 다급한 상황이었다.

"……."

유서현은 말없이 노인을 붙들고 있는 암천대원의 눈을 바라봤다. 이제 갓 약관을 넘어섰으리라 여겨지는 암천대원은 유서현의 눈빛을 차마 마주하지 못하고 시선을 돌렸다. 적어도 부끄러움을 아는 자였다.

하지만 상황은 변하지 않았다. 노인은 여전히 저들의 손안에 있었고 유서현은 어찌할 도리가 없었다. 온몸이 부들부들 떨리다 못해 깨문 입술이 찢어져 피가 흘렀다.

암천대원들에 대한 분노가, 이 지경에 이르도록 아무것도 할 수 없었던 자신에게로 서서히 옮겨지고 있었다. 지독한 무력감이 유서현을 때리고 또 때렸다.

"선택하라니까! 어서!"

괴로워하는 유서현을 아랑곳하지 않고 눈썹 짙은 암천대원이 소리쳐 재촉했다. 유서현은 그와 혼절한 노인을 번갈아보고, 결국 마음을 굳혔다.

"약속은… 지켜라."

유서현은 다짐을 받듯이 말했다. 짙은 눈썹의 젊은이는 그제야 만족스러운 얼굴로 고개를 끄덕였다.

유서현은 눈을 질끈 감고 검을 떨어뜨렸다.

그때, 유서현의 뒤편에서 한 손이 불쑥 튀어나와 떨어지는 검을 잡았다. 그리고 눈 감은 유서현의 귓가에 은근한 속삭임이 들어왔다.

"소저. 검객은 무슨 일이 있어도 검을 버려선 아니 되오."

유서현은 소스라치게 놀라 몸을 돌렸다.

언제 다가왔는지 은은한 미소를 머금은 한 사내가 유서현의 검을 들고 서 있었다. 사내의 수려한 얼굴을 본 순간 유서현은 자연스럽게 그의 이름을 떠올릴 수 있었다.

'번천검랑 원가량……!'

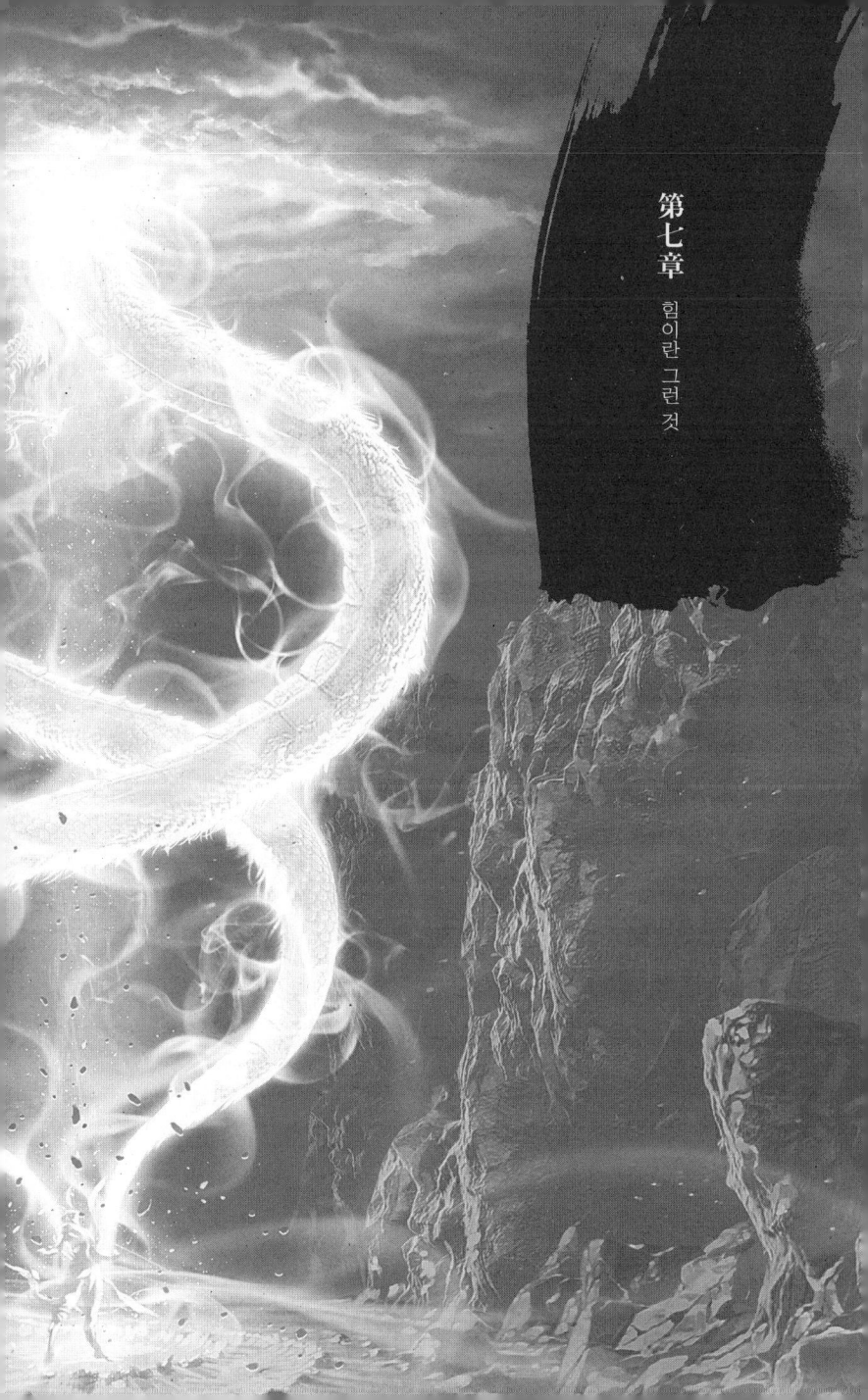

第七章 힘이란 그런 것

蒼龍魂 창룡혼

1

닭 울음소리가 곳곳에서 들려오는 새벽.

낡은 공동주택의 앞에서 비질을 하고 있던 추 부인은 문득 고개를 들었다. 짙게 깔린 안개 저편에서 검은 그림자가 추 부인의 눈에 들어왔다.

그림자는 점점 커지더니 사람의 형체를 띠었고, 결국 안개를 뚫고 제 모습을 드러냈다. 추 부인이 소유하고 있는 공동주택의 세입자 중 하나인 이극이었다.

"왔어?"

다짜고짜 묻는 이극의 음성에 지친 기색이 역력했다. 추 부인이 위아래 훑어보니 여기저기 그을린 자국이 남아 행색이 말이 아니었다.

추 부인은 곧 시선을 거두고 비질을 하며 대답했다.

"기다리고 있을 게다. 밤 다 돼서 돌아왔더라. 네놈은 어디서 뭘 하다 이제 왔누?"

"그럴 일이 있었어."

이극은 건성으로 대답하고 추 부인을 지나쳤다.

추 부인을 지나쳐 공동주택 안으로 들어가던 이극이 문득 걸음을 멈췄다. 추 부인의 칼칼한 목소리가 귓등을 때렸다.

"마음 좀 잡고 사나 싶더니 또 그놈의 병이 도졌냐? 괜히 들쑤시기만 하고 다닐 거라면 애초에 하질 말어, 이것아."

이극은 두 귀를 막으며 말했다.

"아, 그만 좀 해! 내가 한두 살 먹은 어린애도 아니고, 어떻게 얼굴만 보면 잔소리야? 내가 다 알아서 하니까 그만 좀 하라고. …악!"

이극은 말하다 말고 뒤통수를 감싸며 소리를 질렀다. 추 부인의 빗자루가 이극의 뒤통수를 마구 때리는데, 그 속도가 눈에 보이지 않을 정도였다.

"으이그, 이 화상아. 네가 알아서 한다고 말만 할 줄 알지, 어디 알아서 한 적이 한 번이라도 있었냐? 박가(朴家)가 이 꼴을 보면 참 좋겠다. 좋겠어!"

"아, 아파! 그만해!"

이극은 앞으로 몸을 날렸다. 한걸음에 문 안으로 들어간 이극은 추 부인을 돌아보며 소리쳤다.

"내가 알아서 못한 건 또 뭔데? 그리고 사부님 이름은 왜 들먹이는데? 내가 계속 참아주니까 간이 배 밖으로 나왔나 보지?"

"저놈이!"

추 부인이 크게 화를 내며 빗자루를 들었다. 그러자 이극은 뒤도 돌아보지 않고 줄행랑을 쳤다.

이극이 계단 위로 올라가 사라지자 추 부인은 던지려던 빗자루를 지팡이처럼 세웠다. 키만 한 빗자루에 지탱하여 두 어깨를 축 늘어뜨린 추 부인의 얼굴에 수심이 가득했다.

추 부인의 빗자루가 어찌나 매서웠는지 뒤통수에 혹이 두어 개 돋아났다. 계단을 오르며 이극은 얼굴을 찡그리며 중얼거렸다.

"아우… 아파 죽겠네. 나 참, 자기가 아직도 젊은 줄 알아? 손부터 올리고… 이러면서 나더러 나이를 먹었네 마네 훈장질이야? 나잇값 못하는 게 누군데? 어이가 없다, 어이가 없어!"

이극은 주저리주저리 불만을 늘어놓으며 제 방을 찾아 문을 열었다. 문을 열자마자 이극을 반긴 것은 오공이었다.

"캭! 캬캭!"

오공은 이극의 팔에 매달려 넝쿨처럼 흔들었다. 이극은 눈살을 찌푸리며 물었다.

"왜 그래? 무슨 일 있어?"

오공은 고개를 도리도리 저으며 방구석을 가리켰다. 손가락을 따라가 보니 방구석에 앉아 있는 유서현이 보였다.

유서현은 맨바닥에 앉아 무릎을 세워 감싸 안은 채 고개를 파묻고 있었다. 이극은 오공을 바닥에 내려놓고 조심스럽게 다가갔다.

"별일 없었나?"

이극이 말을 걸어오자 유서현은 고개를 들었다.

"늦으셨네요."

"서두르긴 했는데 문이 닫혔더라고. 성벽을 뛰어넘을 순 없으니 꼼짝 못하고 성문 앞에서 기다렸지. 아가씬 잘 도망쳤나 본데 왜 이러고 있어?"

유서현은 이극을 올려다보며 가벼운 미소를 지었다. 그러나 이극은 그 미소 속에서 지금껏 유서현이 보여주었던 힘을 발견할 수가 없었다.

어째서일까? 맥이 풀린 유서현을 보자 이극은 가슴이 철렁 가라앉는 것 같았다.

'뭐야? 왜 이래, 이거.'

순간 얼굴이 굳어지고, 당황한 기색이 여과없이 드러났다.

그러나 인사 후 바로 고개를 숙인 유서현은 그런 이극을 볼 수 없었다. 유서현은 제 무릎에 턱을 괴고 말했다.

"도망이요? 도망… 뭐, 잘 쳤어요. 예. 잘 쳤죠."

똑 부러진 성격에 한 마디를 해도 말을 가려 하는 유서현이다. 같은 말을 반복하는 걸 보니 확실히 정상이 아니라, 이극은 쪼그려 앉아 소녀와 시선을 나란히 하여 물었다.

"아가씨. 무슨 일 있었어?"

유서현은 답하지 않았다.

"흐음."

이극은 한숨을 한 번 쉬고 입을 다물었다. 이런 경우에는 본인이 말하고 싶을 때까지 기다려 주는 것보다 나은 방법이 없으니 말이다.

얼마간 시간이 흐르자 해가 지평선 위로 고개를 내밀었는지 창밖의 빛이 환하여졌다. 새벽빛은 이극의 방으로도 쏟아져, 구석까지 미쳐 유서현을 비추었다. 그제야 이극은 유서현이 여기저기 상처를 입고 옷이 잘렸음을 볼 수 있었다.

'잘 도망친 게 아니었나? 하지만… 따라잡혔다면 무사히 성안으로 들어올 수 없었을 텐데?'

유서현을 쫓아간 자들은 열 명이 넘었다. 개개인의 무위가 떨어지더라도 그 정도 수라면 유서현 한 사람을 포획하는 데 부족함이 없다.

힘이란 그런 것 269

이극은 머리를 긁으며 자리에서 일어났다. 아무래도 유서현이 침울해하는 것과 관련이 있겠구나 싶은 것이다.

"일어나 봐. 여자는 찬 데 앉는 법 아니야."

이극은 유서현을 억지로 일으켰다. 유서현은 잠깐 일어나지 않으려 반항했지만 곧 포기하고 두 다리를 폈다. 이극은 유서현을 보고 혀를 차며 말했다.

"쯧쯧. 꼴이 말이 아니네. 뭐 이렇게 많이 당했어?"

"......"

"일단 씻자. 씻고, 약 바르고 얘기하자. 이거 다 흉 지면 시집도 못 가게 생겼어."

이극은 웃으며 유서현을 데리고 방을 나서 일 층으로 내려갔다. 마침 청소를 마치고 들어오는 추 부인과 마주치자 이극은 등을 떠밀어 유서현을 추 부인에게 인계했다.

"욕탕이랑 옷 좀 빌려줘. 약도 좀 발라주고."

이극이 넉살 좋게 말하자 추 부인이 눈을 부라리며 윽박질렀다.

"맡겨놨냐? 집세도 밀리는 녀석이 뻔뻔하기도 유분수지."

이극은 히죽거리며 뒤도 돌아보지 않고 계단 위로 훌쩍 뛰었다. 그 사이에 낀 유서현이 어쩔 줄 몰라 말했다.

"괜찮습니다. 저, 괜찮아요."

"말만 한 처녀가 이게 무슨 꼴이야. 아까는 미처 못 봤구

먼. 그저 늙으면 죽어야지."

그러나 추 부인은 이극을 대할 때와는 달리, 미소 지으며 저보다 머리 하나가 더 큰 유서현의 손목을 잡고 자신의 방으로 향했다. 유서현은 속절없이 끌려가며 생각했다.

'이 아주머니는 우리 어머니보다 결코 연배가 위일 것 같지 않은데 어찌 늙으면 죽는다는 말씀을 하실까? 힘은 또 엄청 세시네.'

추 부인의 거처는 공동주택 일 층에 위치해 있었다. 세를 주는 방 몇 개를 터서 만들었는지 무척 넓었는데, 내부에 욕탕도 따로 마련되어 있었다.

어찌 된 일인지 목욕물은 이미 덥혀져 있었다. 돌아보니 추 부인이 웃으며 말했다.

"아침마다 집 앞 쓸고 목욕하는 게 내 일과란다."

"죄, 죄송합니다. 먼저 하세요."

유서현은 얼굴을 붉히며 한 걸음 물러났다. 그러나 추 부인은 소녀의 등을 떠밀었다.

"정말 미안하다면 잔말 말고 들어가거라. 나한테는 그게 더 좋은 일이니까."

"…예?"

추 부인의 말이 무슨 뜻인지 몰라 유서현은 고개를 갸웃거렸다. 추 부인은 어리둥절해하는 소녀를 욕탕 안으로 밀어 넣었다.

"꺄악!"

풍덩! 소리를 내며 유서현은 옷을 입은 채로 물속에 빠졌다. 추 부인은 욕실 밖으로 나가며 문을 닫았다.

"어차피 갈아입어야 하잖니? 벗어서 아무 데나 두렴. 새 옷은 문 앞에 놓아두마."

추 부인의 말과 행동은 거침이 없어 상대방으로 하여금 그대로 행동하게 만드는 힘이 있었다. 더구나 밤새 차가운 바닥에서 한 자세로 앉아 있던 유서현이다. 뜨거운 물속에서 온몸의 근육이 풀려 녹아내리는 기분에 취하니 도저히 나갈 수가 없었다.

"후우……."

유서현은 한숨을 크게 쉬고 옷을 벗었다. 그리고 물이 목끝까지 오도록 몸을 담갔다. 비로소 긴장이 풀리고 목욕물에 몸을 맡기니 새삼스럽게도 온몸의 상처가 따가웠다.

"아얏……."

상처의 고통이란 살아 있다는 증거이기도 하다. 유서현은 갑자기 자리에서 일어났다. 뜨거운 물이 쏟아져 내리며 좁은 욕실을 가득 채웠던 수증기가 짙어졌다.

제 몸조차 흐릿한 시야 속에서 유서현은 상처를 하나하나 짚어보았다. 어깨, 팔, 종아리, 옆구리… 손가락으로 상처를 짚을 때마다 유서현의 머릿속에는 당시의 상황이 또렷이 그려졌다. 소녀에게 상처를 입힌 자들의 움직임과 살을 베고 지나간 검로까지, 그 모든 게 작은 머릿속에서 춤을 추고 있었다.

유서현은 두 손을 펼쳐 보았다.

수증기를 뚫고 눈앞으로 올라온 열 개의 손가락은, 소위 말하는 섬섬옥수와 거리가 멀었다. 살결은 거칠고 튼 자국이 무수히 많았으며 마디마다 굳은살이 박혀 있었다. 이것은 여염집 처녀가 아니라 검수(劍手)의 손이다.

내 몸의 상처와 교환하여 다섯 개의 목숨을 받아낸 그 손.

한참 동안 제 손을 들여다보던 유서현은 다시 물속으로 들어갔다. 눈을 감고, 이번에는 머리끝까지 수면 아래로 잠기도록.

몸을 한껏 웅크리고 목욕물 속에 잠긴 유서현은 다시 어제의 일을 떠올렸다.

처음으로 살인을 한 그 순간을.

"자, 어서."

원가량은 희미한 미소를 지으며 유서현에게 검을 다시 들라 종용했다. 그러다 유서현이 받기를 망설이는 것을 보자 고개를 돌려 흑의인들을 바라봤다.

"허어… 이것 참."

원가량은 가당치도 않다는 얼굴로 흑의인들을 둘러봤다.

그의 시선이 그들 중 노인의 목에 검을 들이댄 자에게 머물렀다. 그러자 그 흑의인이 화들짝 놀라며 검을 거두고 노인에게서 몇 걸음이나 물러나는 게 아닌가?

원가량은 의미심장한 눈으로 흑의인과 노인을 번갈아보며 말했다.

"네놈들이 누구인지 모르나 감히 무림맹 맹주가 계신 항주 일대에서 이런 무도한 짓을 저지르다니 담력만큼은 제법이로구나! 목숨이 아깝다면 썩 물러가라!"

원가량의 자신만만한 목소리가 낭랑히 울려 퍼졌다.

그러나 정작 원가량의 말을 제대로 들은 자는 없었다. 말보다 그의 몸에서 뿜어져 나오는 살기가 좌중을 압도하였기 때문이었다.

쏴아아아—

해일처럼 덮쳐 오는 살기는 환청마저 동반하였다. 노인은 얼이 빠져 제자리에 털썩 주저앉았고 흑의인들은 혼비백산하여 줄행랑을 놓았다.

"쯧쯧……."

원가량은 빠르게 사라지는 흑의인들을 보며 혀를 찼다. 그리고 유서현을 돌아보며 활짝 웃었다.

"보았소? 저런 놈들은 원하는 바를 들어주면 더 날뛰는 놈들이라오. 그저 힘으로 제압하는 게 최고지."

"…고맙습니다."

잠시 딴 생각에 빠져 있던 유서현은 한 박자 늦게 감사의 뜻을 표했다. 원가량의 준수한 얼굴이 살짝 일그러졌다.

"아니? 웬 상처를 이리도 많이 입으셨소?"

원가량은 자연스럽게 손을 뻗어 유서현의 뺨에 난 상처를 어루만졌다. 그러나 어찌된 일인지 원가량의 살갗이 닿는 순간 유서현은 온몸에 소름이 돋는 것이었다. 유서현은 빠르게 고개를 숙이고 원가량을 지나쳤다.

"허어?"

원가량의 입에서 의아해하는 소리가 흘러나왔다. 자신의 손길을 거부하는 여인이 있을 줄이야!

경악하는 원가량을 버려두고 유서현이 향한 곳에는 주저앉은 노인이 있었다. 유서현은 노인을 부축해 일으키고, 다시 원가량을 돌아보며 고개를 숙였다.

"정말 감사합니다. 지금은 사정이 여의치 않으나 이 은혜는 반드시 갚도록 하겠습니다. 그럼."

유서현은 다시 몸을 돌려 노인을 부축하며 말했다.

"어르신. 괜찮으세요? 항주로 가시는 길이시죠? 제가 업어 드릴게요."

말이 끝나기 무섭게 업으려 들자 노인은 두 손을 저었다.

"이러지 마시구려. 처자는 내 생명의 은인인데 어찌 업히라고 그러오?"

"아이, 참. 그러지 마시고 업히세요."

유서현은 결국 자신의 뜻을 관철하여 노인을 업었다. 그리고 걸음을 내딛으려는 순간, 그 앞을 원가량이 막고 나섰다.

"왜 그러시죠?"

그리 묻는 유서현의 목소리와 눈빛에 경계심이 가득했다. 원가량은 한껏 부드러운 표정을 지으며 말했다.

"다름이 아니라 두 분 모두 항주로 가시는 것 같은데, 이미 해도 지고 성문이 닫혔을 거외다. 두 분이서 가봤자 성안으로 들어갈 수가 없다는 말이오."

"그래서요?"

"근처에 하루 묵을 수 있는 객잔이 없지는 않으나 왔던 길을 되돌아갈 수는 없지 않소? 기왕에 여기까지 온 거, 들어가자는 얘기요."

원가량의 목소리에는 자신감이 넘쳐 흐르고 있었다. 그러나 유서현은 경계심을 늦추지 않고 반문했다.

"방금 선배님께서 직접 성문이 닫혔을 거라 말씀하지 않으셨습니까? 어찌 바로 말을 바꾸어 들어가자는 것인지 모르겠군요."

"세상이 어찌 그리 딱딱 정해진 대로만 돌아가겠소? 거기 노인장도 하루를 버리는 것보다 들어가는 편이 좋을 성싶소만. 아니 그렇소?"

원가량이 눈을 맞추며 말하자 노인은 슬그머니 고개를 돌렸다. 유서현은 강한 어조로 말했다.

"어르신! 괜찮으니까 솔직히 말씀하세요."

"뭐 나야… 오늘 들어가는 게 좋지요."

노인이 그리 말하니 유서현도 버틸 재간이 없었다.

"그럼… 가실까요?"

원가량은 우아한 손짓으로 함께 가기를 청했다.

원가량은 원체 수려한 용모에 삼십대의 원숙미까지 더해져 표정이나 동작이 실로 멋들어졌으니 이에 넘어오지 않는 여인이 없었다. 유서현도 지금 원가량의 손짓에 잠깐이나마 가슴이 뛰었지만, 허락도 받지 않고 맨살을 만지는 손버릇과 그 손이 닿았을 때 느꼈던 혐오감이 뛰는 가슴을 금세 가라앉히는 것이었다.

"예."

유서현은 간단히 대답했다.

항주까지는 멀지 않아, 반 시진 만에 성문 앞에 도착할 수 있었다. 좀 더 빨리 도착할 수 있었지만 유서현의 상세가 좋지 않았고, 더욱이 노인을 업고 있던 터라 함부로 경공을 펼칠 수가 없었다.

세 사람이 도착했을 때 과연 성문은 굳게 닫혀 있었다. 한 번 닫힌 성문은 아주 특수한 경우가 아니고서야 다음날 정해진 시각까지 열리지 않는 게 원칙이었다.

그러나 원가량은 당황하지 않고 성문을 두드리며 경비병을 불렀다. 그러자 성문 경비병들이 원가량을 알아보고 별도로 만들어진 관용 출입구를 열어주는 게 아닌가?

의아해하는 유서현에게 원가량은 자랑스럽게 말했다.

"무림맹주의 좌호법이 들어오겠다는데 누가 감히 막을 수 있겠소? 하하핫!"

한바탕 시원스레 웃고 난 후 원가량은 다음을 기약하고 사라졌다. 노인도 고맙다며 연신 고개를 숙이고 제 길을 찾아가니, 유서현은 항주의 밤거리에 홀로 남겨졌던 것이다.

돌아오는 내내, 그리고 이극을 기다리며 유서현은 마음속에 실타래처럼 엉켜 있던 생각들을 어떻게든 정리하려 했다. 그러나 정리되기는커녕 생각들은 무수히 많은 방향으로 가지를 뻗어나가며 두 배, 세 배 복잡하게 그물을 치고 있었다.

그러나 뜨거운 물속에서 온기를 받아들이고, 피를 돌게 하는 것은 확실한 효과가 있었다. 잔뜩 긴장된 몸과 마음이 풀어지는 것은 물론이요, 혼란스럽기만 했던 머릿속도 다소 명쾌해지는 기분이 드는 것이다.

"휴우······. 더 있다가는 녹아 없어지겠어."

유서현은 조금이라도 더 있고 싶은 마음을 소리 내어 억누르고 탕에서 빠져나왔다.

"……."

문밖에 갈아입을 옷을 가져다놨다는 추 부인의 말을 떠올리며 유서현은 조심스럽게 문을 열었다. 그 작은 틈으로 밖을 내다본 순간, 유서현의 눈과 문밖의 검은 눈동자가 정면으로 마주쳤다. 유서현은 자기도 모르게 비명을 질렀다.

"…읍!"

그러나 비명은 세상에 나오지도 못하고 들어가야 했다. 작은 손이 재빨리 유서현의 입을 막은 것이다.

"나야, 나. 아줌마란다."

까무러치게 놀란 유서현을 안심시키는 목소리는 추 부인의 것이었다. 정신을 차려보니 추 부인이 싱글벙글 웃으며 입을 막고 있는 게 아닌가?

추 부인은 유서현이 진정된 것을 확인하고 입에서 손을 뗐다. 그리고 작은 통을 내밀며 말했다.

"옷 입기 전에 약부터 바르자꾸나."

2

추 부인이 내준 옷은 품이나 팔다리 길이가 자로 잰 듯이 딱 맞았다. 그러나 색깔은 피처럼 붉고 하늘거리는 장식이 몹시도 화려하니 유서현이 평소 즐겨 입던 수수한 옷과는 큰 차이가 있었다.

어색해하며 걸어나오는 유서현을 추 부인이 환하게 반겼다.

"어머, 어쩜 이렇게 딱 맞을까? 너무 예쁘다, 얘."

익숙지 않은 칭찬이라 유서현의 얼굴이 붉어졌다. 그 모습이 더 귀여웠는지 추 부인은 더욱 호들갑을 떨며 다가왔다.

"이리 오렴. 약은 다 발랐지? 자, 이거 마시렴."

추 부인이 내민 대접에는 양젖이 가득 담겨 있었다. 비릿한 냄새에 절로 인상이 찌푸려졌지만 유서현은 눈을 딱 감고 한 입에 들이켰다.

'이것 참. 볼수록 마음에 드는 아이네.'

추 부인은 함박웃음을 지으며 빈 대접을 받아들였다.

"잘 먹었습니다."

유서현은 입술을 닦으며 대답했다. 추 부인은 다짜고짜 유서현을 끌고 가 의자에 앉히고 수건으로 머리를 말려주었다. 유서현은 당황하며 말했다.

"괘, 괜찮아요. 이렇게까지 하지 않으셔도 돼요."

추 부인은 일어나려는 유서현의 어깨를 눌러 다시 앉히고, 다시 머리를 말리며 말했다.

"가만히 있으렴. 날이 따뜻해도 머리 젖은 채로 돌아다니면 감기 걸리기 쉽단다. 딸 같아서 하는 말이니까… 나도 참, 주책은."

잘못 들은 걸까? 추 부인의 목소리에 물기가 서려 있었다. 유서현은 속으로 생각했다.

'따님이 있으신가… 아! 그러고 보니 이 옷도 따님 옷인가 보다.'

추 부인은 키가 유서현의 어깨에 겨우 닿을 정도였으며 그에 비례해 팔다리도 짧았다. 자연히 유서현은 준비된 옷을 입으면서도 누구의 것인지 의아해했는데, 지금 궁금증이 풀린 것이다.

시집이라도 갔는지 지금은 곁에 없는 딸을 생각하시나 보다. 생각이 그리 들자 유서현은 얌전히 앉아 추 부인의 손에 머리를 맡겼다. 정성스레 머리를 말려주는 추 부인의 손길에서 자연히 어머니가 떠올랐다. 홀로 남아 사라진 아들과 그를 찾으러 나선 딸을 기다릴 어머니를 생각하니 가슴 깊은 곳에서 무거운 무언가가 울컥 솟아올랐다.

"…왜 그러니? 무슨 일 있니?"

추 부인이 다정한 목소리로 물어왔다. 유서현은 애써 눈물을 삼키며 충혈된 눈으로 대답했다.

"아무것도 아니에요. 그냥… 너무 감사해서요."

"별 소릴 다 한다. 애, 고맙긴 내가 더 고마우니까 부담 갖

힘이란 그런 것 281

지 마라."

"고마우시다니요? 제가 뭘 했다고……?"

"극이 녀석 말이야. 요새 뭐가 안 되는지 계속 술만 푸고 다녔지 뭐니? 내가 얼마나 속이 썩었는지 몰라. 그런데 처녀가 오고부터 술도 안 마시고 기운도 차려서 빨빨거리면서 돌아다니기도 잘 돌아다니고 그러니, 어찌 내가 고맙지 않겠어?"

"아저씨랑 원래부터 아시는 사이였어요?"

놀란 유서현이 큰 눈을 빛내며 추 부인을 돌아봤다. 추 부인은 둥근 얼굴을 까닥거리며 대답했다.

"그러~ 엄? 아니면 그 녀석이 돈도 못 벌면서 내 집에 어떻게 붙어 있겠니? 내가 사정을 봐주니까 망정이지, 아님 벌써 길에서 얼어 죽었을 걸?"

"언제부터 아셨어요?"

"글쎄다? 한참 어렸을 때부터 봤으니 이래저래 이십 년은 되어가는구나. 그래… 어릴 땐 참 귀여웠지. 그땐 정말 반안(潘安)도 울고 갈 미남자로 클 줄 알았는데 말이야. 뭐, 지금도 나쁜 건 아니지만 저놈 어릴 때 생각하면 참 아쉬운 일이지. 아쉽다, 아쉬워!"

"뭐가 아쉽다는 거야?"

추 부인이 한참 수다를 떨려 할 때, 문을 벌컥 열고 이극이 들어왔다. 어디까지 듣고 들어온 건지 뭐가 아쉽냐며 물어보는 이극의 시선을 피하며 추 부인이 대답했다.

"아쉽기는 뭐가? 그리고 주인 허락도 없이 문을 막 열고 들어오는 버릇은 누가 가르쳤디?"

"아줌마도 우리 집 마음대로 드나들잖아?"

"그게 어떻게 네 집이냐? 내 집이지. 내 집에 내가 마음대로 드나든다는데 뭐가 문제야?"

"내가 빌렸으니까 내 집이지!"

"웃기고 앉아 있네. 집세를 내야 네 집이지!"

"끙……."

추 부인의 일갈에 할 말이 없어졌는지 이극은 앓는 소리를 냈다. 항상 여유롭고 세상을 조롱하듯 대하는 이극이었지만 추 부인을 대할 때만큼은 그렇지 못했다.

'어쩐지 아이 같아. 아까 그 얘길 들어서 괜히 더 그렇게 느껴지는 걸까?'

이런저런 생각이 들자 유서현의 입가에 웃음이 새어 나왔다. 결국 반박할 말을 찾지 못한 이극은 추 부인을 무시하고 유서현을 향해 말했다.

"아가씨. 다 씻었으면 얘기 좀 하지."

유서현은 고개를 끄덕이며 자리에서 일어났다. 소녀도 하고 싶은 이야기가 적지 않았다.

"그래요."

* * *

잠시 시간을 거슬러, 지난 밤.

늦은 밤에도 불구하고 무림맹주 곽추운은 좌호법을 대동하여 직접 손님을 영접하고 있었다.

모신 곳은 아주 은밀하여 맹주 휘하 몇몇에게만 알려진 귀한 처소요, 객을 앉혀두고 차 한잔 내오지 아니하는 태도는 주객이 몹시도 가깝다는 뜻이니 실로 영접이라는 말에 부족함이 없었다.

천하를 재패한 무림맹의 일인자를 움직이게 만든 손님치고는 특별할 것이 없다. 나이는 가늠하기 힘드나 많다는 것이 확실하며 체구는 작고 허리가 굽어 있었다. 어디서나 볼 수 있는 시골 노인네인 것이다.

그러나 노인은 천하제일인과 마주앉아 비릿한 웃음을 흘리고 있었다.

"이거참, 몸 둘 바를 모르겠습니다. 맹주께서 이 늙은이를 염려하시어 친히 좌호법을 마중 보내시니 말입니다. 하마터면 노상에서 불귀의 객이 되었을지도 몰랐는데, 덕분에 살았지 뭡니까? 하해와 같은 은혜를 어찌 다 갚을지 생각만 해도 아찔합니다그려. 끄끄끅!"

무림맹주를 대함에 있어 이토록 대담무쌍하니 일개 촌로는 아닐 것이다. 조금 더 가까이 들여다보니 얼굴이 낯설지 않다. 바로 몇 시진 전 유서현이 구해낸 그 노인이었다.

맹주와 노인이 앉은 탁자에 조금 떨어져 벽에 기대어 선 원가량이 화답하듯 웃었다. 경계와 멸시가 뒤섞인, 흔치 않은 웃음이었다.

그러나 곽추운은 조금도 웃을 마음이 아니었다. 곽추운은 노인을 노려보며 엄중히 질타했다.

"정해진 날짜가 지났으면 반드시 연락을 취해야 할 게 아닌가. 약조를 지키지 않는 상대와 어찌 일을 도모하겠느냐."

"죄송합니다. 올해 들어 부쩍 다리에 힘이 떨어져서."

"흥!"

곽추운은 코웃음을 쳤다.

노인은 지팡이가 없으면 한 걸음도 떼지 못하게 생겼지만 실상은 무학의 대가이다. 이 노인의 손에 얼마나 많은 동료들의 피가 묻어 있을까? 곽추운은 잠시 옛 기억을 떠올리고 매섭게 노인을 노려봤다.

곽추운의 기운이 돌변하자 노인도 더는 농을 하지 못하고 자세를 고쳐 앉았다. 누가 뭐래도 곽추운은 천하제일인. 노인 정도의 고수는 열 명이 모인다 한들 곽추운의 옷자락 하나 건

드리지 못할 것이다.

　노인의 기세가 수그러들자 곽추운이 말했다.

　"혼공(魂供)이 굳이 예까지 온 걸 보니 용건이 가볍지는 않겠군. 무슨 일인지 말해보게."

　혼공이라 불린 노인은 대답했다.

　"수색이 어디까지 진행되었는지 궁금하여 결례를 무릅쓰고 감히 맹주의 존안을 뵈러 왔습니다."

　노인은 잠시 말을 멈추고 곽추운의 눈치를 살폈다. 곽추운이 턱짓으로 계속할 것을 지시하자, 노인은 말을 이었다.

　"또한 예의 그 일의 진행 상황도 보고드릴 겸 말입니다. '그'가 없으니 불편하기 짝이 없습니다그려."

　노인이 '그'라는 단어를 힘주어 발음하자 곽추운의 눈썹이 슬며시 올라갔다. 노인은 황급히 고개를 숙였다.

　"늙은이가 실언을 했군요. 용서하십시오."

　곽추운은 손짓으로 노인의 고개를 들게 하고 말했다.

　"당연히 할 수 있는 말을 했는데 무얼 용서하겠나. 그자에 관해서는 어디까지나 우리의 불찰이니 뭐라 할 수 없는 노릇이지. 설마 내가 그걸 가지고 혼공을 나무랄 거라 생각한 건 아니겠지?"

　'물론이지. 너는 그러고도 남을 놈이니까.'

　어떤 상황에서든 생각한 바를 그대로 입 밖에 내는 일은 위험한 법이다. 노인은 한껏 억울한 표정을 지으며 말했다.

"그럴 리 있겠습니까. 황공하옵니다."

곽추운은 손사래를 쳤다.

"황공하다니, 무슨 그런 말을……. 혼공은 나를 역도로 몰 작정인가?"

황공하다는 표현은 흔히 조정의 신료가 천자에게 쓰는 말이다. 곽추운이 무림맹주이기는 하나 그 신분은 일반 백성과 다를 바 없으니, 이런 말을 주고받는 것만으로도 역심을 품었다는 의혹을 사기에 충분했다.

그러나 말과 달리 곽추운은 한결 부드러운 표정을 짓고 있었다. 곽추운은 수염을 쓰다듬으며 말했다.

"하긴 그자가 사라진 이후 혼공과의 소통이 불편해지기는 했지. 나 또한 후임을 물색하고 있네만 마땅한 자가 없어서 골머리를 앓고 있다네."

"그렇습니다."

"어쨌든 그자에 관해서는 곧 좋은 소식이 있을 것이야. 안심하고 기다리게."

"여부가 있겠습니까."

"……."

곽추운과 혼공이라는 노인은 곧 자신들만의 이야기에 빠져들었다.

원가량은 그들과 이삼 보 떨어져 있을 뿐이었지만 그들의 말이 들리지 않았다. 분명 중원의 말로 이야기를 나누고 있음에도 불구하고 귀를 막은 것처럼 윙윙거리는 소리로 들리는 것이었다.

자신과는 관계없는 이야기다. 원가량은 고개를 돌렸지만 작은 방 안에는 시선을 둘 만한 곳이 없었다.

원가량은 곽추운에게 다가가 말했다.

"저는 밖에 나가 있겠습니다. 말씀 나누십시오."

곽추운은 건성으로 대답하고 노인과의 대화에 다시 열중했다. 원가량은 수상한 노인네와 곽추운을 한 방에 두고도 거리낌없이 자리를 떴다. 원가량이 호법의 자격으로 곽추운을 그림자처럼 따르지만, 어디 그가 호법이 필요한 자인가? 일신상의 무공만큼은 당대에 적수가 없는 자이다.

"후……."

달빛을 받아 청량한 밤공기가 몸속으로 들어왔다.

이 청량함이 어쩐지 한 소녀를 떠올리게 한다. 유서현을 생각하자 원가량의 입꼬리가 올라갔다.

'고것 참, 이쁘기도 하고 맹랑하기도 하고 아주 탐이 난단 말이야.'

단순히 얼굴의 미추를 따진다면 유서현보다 아름다운 여인을 원가량은 많이도 만나고 또 품어보았다. 그러나 소녀는 이제껏 원가량이 알아온 그 어떤 여인에게도 없는 의기(意氣)를 가지고 있었다.

맹주의 명을 받고 혼공을 마중 나갔던 원가량은 그 상황을 처음부터 쭉 보고 있었다. 평범한 노인으로 착각하고 혼공을 구하기 위한 유서현의 선택이 놀라웠고, 같은 검수로서 소녀의 정순한 검로에 감탄했다.

소녀는 다수의 적을 상대로 목숨이 경각에 달린 순간에도 의연함을 잃지 않고 자신의 검로를 밟았다. 또한 생판 모르는 남을 위해 자신의 목숨을 내던지는 일도 주저하지 않았던 것이다. 그런 유서현을 보자 원가량은 도저히 참을 수 없어서 모습을 드러낸 것이다.

'정말 보기 드문, 참으로 고귀한 정신을 가졌더구나.'

그런 생각을 하자 절로 입안에 침이 고였다. 원가량은 침을 삼키고 긴 혀로 입술을 닦았다.

'하지만 아직은 아니야. 조금만 더… 시간이 조금만 더 있다면 딱 좋게 여물 텐데…….'

일이 년만 기다리면 육체적으로 소녀의 인생에 가장 빛나는 시기가 올 것이다. 하나 맹주의 표적이 된 이상, 유서현에게 그런 시간은 주어지지 않을 것이다.

그리 생각하니 원가량은 아쉬움을 금할 길이 없었고 또 곽추운이 원망스럽기까지 했다.

'허 참! 내가 왜 이러지? 그깟 계집 하나 때문에 맹주를 원망하다니!'

원가량은 이제껏 농익지 않은 소녀를 탐하여 본 기억이 없었다. 색정가이기는 해도 나름의 철학이 있다고나 할까? 그러니 이처럼 싹을 틔우는 농부의 심정으로 유서현을 생각하는 자신이 우습고, 또 신기한 것이었다.

"…누구냐."

일순간 원가량의 얼굴에서 표정이 지워졌다. 싸늘히 내뱉은 말이 시선을 타고 어두운 골목으로 날아갔다.

스윽―

골목으로부터 사람의 그림자가 빠져나왔다. 원가량은 눈살을 찌푸리며 말했다.

"풍 대주? 여긴 무슨 일이오?"

골목으로부터 빠져나온 그림자는 풍선교였다. 풍선교의 모습이 달 아래로 나오자 원가량은 자신도 모르게 소리 내어 웃고 말았다.

"푸하하하하하! 풍 대주! 꼴이 그게 뭐요? 크큭, 크… 크하하하핫!"

달빛에 드러난 풍선교의 모습은 참혹하기 짝이 없었다. 머리는 물론 눈썹과 수염이 깨끗이 사라져 민둥산을 보는 듯했고 옷은 거지를 줘도 마다할 정도로 찢어지고 여기저기 불에

탄 자국이 역력했다. 겉모습만 봐도 풍선교가 얼마나 큰 낭패를 당했는지 짐작이 갈 정도였다.

풍선교는 두 눈을 부릅뜨고 다가와 원가량의 멱살을 잡았다. 원가량은 멱살을 잡히고도 웃음을 그치지 않았다.

"아하하… 크큭! 이거 왜 이러시나? 좋은 말로 할 때 이거 놓으시오… 크크큭! 크하하하하!"

"너 이 새끼! 대체 무슨 생각으로 그런 짓을 한 것이냐?"

풍선교의 목소리에 날이 서 있었다. 원가량은 웃음을 그치고 풍선교를 뿌리친 뒤 말했다.

"그런 짓? 뭘 말하는 거요?"

"그 계집 말이다! 왜 우리 대원들을 물리고 다 잡은 걸 놓아주었느냐 말이야!"

풍선교는 눈에 불을 켜고 달려들었다. 원가량은 피식, 헛웃음을 흘리며 말했다.

"아아, 그거? 글쎄? 딱히 이유가 있어서 그랬던 건 아니고. 그냥 그랬는데? 왜, 뭐 잘못됐소?"

"잘못됐냐고? 그걸 지금 말이라고……!"

원가량의 태도에 풍선교는 머리끝까지 피가 거꾸로 솟는 기분을 느꼈다. 막 화를 퍼부으려는 순간, 뱃속에서 뜨거운 것이 목으로 차올랐다.

"으헉!"

입에서 선혈을 쏟으며 풍선교는 무릎을 꿇었다. 분노로 버티던 몸이 결국 무너지고 만 것이다. 원가량은 그 모습을 보고 깨닫는 바가 있어 말했다.

"설마 폭마경심환을 복용했소?"

"……."

때로는 침묵이 말을 대신한다. 원가량은 한쪽 입꼬리를 올리며 웃었다.

"풍 대주로 하여금 폭마경심환을 복용케 하다니, 상대가 보통이 아니었나 보군. 그때 방해했다던 그자였나?"

풍선교는 비틀거리며 자리에서 일어났다. 풍선교는 입가에 흐르는 피를 닦지도 않고 말했다.

"마종의 잔당이다. 마종의 잔당이 그 계집을 비호하고 있더란 말이다!"

풍선교의 비장한 표정과 말에, 원가량은 참지 못하고 다시 한 번 웃음을 터뜨렸다.

"푸훗! 마종의 잔당이라면 저 안에 있소만?"

원가량의 손가락은 그가 빠져나온 소옥을 가리키고 있었다. 풍선교는 얼굴을 일그러뜨리며 원가량을 향해 손을 뻗었다.

"이게 장난으로 보이나!"

아까와 달리 원가량은 슬쩍 몸을 피했다. 풍선교의 손에 흥건한 피가 옷에 묻을까 두려웠던 것이다.

"농담 좀 한 걸 가지고 원. 풍 대주는 제발 진담과 농담을 구분하는 능력부터 키우시오. 그것도 못 하니까 밖에서 맞고 들어오는 거 아니오? 크크크!"

원가량은 가볍게 비웃어주고 말했다.

"그래서 어쩌겠다는 거요? 내가 방해해서 그 계집을 놓쳤다고 맹주께 고해 바치려고 온 건가? 뭐 난 상관없소. 하시려면 얼마든지 하시구려."

"이놈……!"

"그런데 이거 하나만 알아두시오. 그때 살아서 돌아간 놈들이 여섯이었나? 아마 내가 끼어들지 않았으면 아무도 풍 대주에게 돌아가지 못했을 거요."

"무슨 개소리를 하려는 거냐!"

"댁네 수하들이 그 계집을 잡겠다고 인질극을 벌였는데, 공교롭게도 그 인질이 저 안에 있는 늙은이였거든. 혼공을 자처하는 늙은이 말이오."

풍선교는 두 눈을 부릅뜨고 원가량을 쏘아봤다. 원가량은 풍선교의 시선을 슬쩍 피하며 나른한 목소리로 말했다.

"뭐, 그건 이거랑 상관없는 이야기지. 암튼 고해 바치라니까? 이번에도 계집을 잡는 데 실패했는데 그게 나 때문이니까 제발 용서해 주십시오, 라고 말이오. 응?"

"……"

풍선교는 말없이 원가량을 노려보다, 결국 몸을 돌렸다.

"쓸데없는 짓은 하지 마라. 계집도, 마종의 잔당 놈도 모두 내 몫이니까……!"

그 말을 남기고 풍선교는 그가 나왔던 어둠 속으로 돌아갔다. 원가량은 비틀거리며 사라지는 풍선교의 뒷모습을 보며 중얼거렸다.

"폭마경심환을 복용하고도 당했다고? 그런 고수가 있었어?"

맹주의 좌호법 이전에 한 사람의 검수로서 따분함이란 적에게 매순간 패배의 쓴맛을 보느라 정신이 없던 원가량이다. 무림맹의 이름으로 하나된 현 강호에서, 적어도 공식적으로 적이란 존재하지 않았으니 말이다.

그의 얼굴은 새 장난감을 발견한 어린아이처럼 들떠 있었다.

3

"지금 뭐라고 하셨어요?"

이해할 수 없다는 듯 유서현의 말꼬리가 하늘로 올라갔다. 이극은 미리 싸 둔 유서현의 짐을 탁상에 올려놓고 말했다.

"다시 말해줘? 아직 늦지 않았으니까 지금 당장 고향으로 돌아가라고."

다짜고짜 돌아가라고 하는 이극의 말이 믿기지 않았다. 유서현이 얼른 할 말을 찾지 못하고 멍하니 있자, 이극은 손수 짐을 들어 소녀에게 안겼다.

"먼 길 가야하니까 아가씨가 좋아하는 밥 꼭 챙겨먹고 떠나. 왜? 사달라고? 나 돈 없는 거 몰라?"

짐을 받아 들고도 유서현은 말없이 서 있었다. 이극은 유서현의 어깨를 잡고 돌려서 문 쪽으로 밀며 말했다.

"날 밝을 때 최대한 멀리 가는 게 좋을 거야. 집에 어머니 계시다고 했지? 도착하자마자 필요한 짐만 챙겨서 떠나. 어디든 상관없으니까 최대한 멀리 남의 눈에 띄지 않는 곳으로. 운남(雲南) 대리(大理)나 뭐 그런 데 있잖아. 알았지? 멀리 안 나가니까 너무 서운해하지 말고."

이극의 목소리는 평소와 다름없었지만 유서현은 그 속에서 뭐랄까, 초조해하는 모습을 발견할 수 있었다. 유서현은 이극의 손을 뿌리치고 몸을 돌렸다.

유서현은 이극의 눈을 똑바로 바라보며 말했다.

"갑자기 왜 이러시는 거죠?"

이극이 대답했다.

"갑자기라니? 아가씨가 내 집에서 무전취식한 게 며칠인데 갑자기라는 말이 나와?"

유서현은 짐을 바닥에 내려놓았다.

"말 돌리지 마시고요. 이유를 알려주셔야 제가 나가든 말든 할 것 아니에요."

"누가 말을 돌렸다고 그래? 허어! 이거참 웃기는 아가씨일세. 이유는 무슨 이유? 내가 처음부터 말했잖아. 무림맹에 관련된 의뢰는 받지 않는다고."

이극은 한 박자 숨을 쉬고 다시 말했다.

"그래. 의뢰를 받은 건 아니지. 내가 좀 착해서 이것저것 챙겨주려고 했는데, 아무래도 안 되겠어. 어제 봤지? 그놈들 무지막지한 거. 뭐하는 놈들인지 몰라도 그런 놈들과 엮여서 좋을 거 하나 없어. 아가씨도 한 번 당했으니 알겠지?"

"…어제 절 납치하려 했던 자들도 무림맹이었나요?"

유서현의 말은 잘 벼려진 칼처럼 날카롭게 핵심을 찔렀다. 이극은 애매한 표정으로 입맛을 다시다 어쩔 수 없이 대답했다.

"뭐, 그거야 나도 모르지. 그럴 수도 있고 아닐 수도 있고."

"맞군요."

유서현이 어찌나 딱 잘라 말하는지 이극은 부정할 엄두도 낼 수 없었다. 유서현은 아랫입술을 내밀고 고개를 끄덕이며 말했다.

"무림맹이 나를 원한다는 건 오빠의 실종과도 분명 관련이 있다는 증거 아닌가요? 전에 보여주셨던 전표 속임수도 그렇고. 이제 확신이 서네요."

이극은 꿀 먹은 벙어리처럼 아무 말도 하지 못했다. 유서현은 눈을 치켜뜨며 말을 이어나갔다.

"어머니를 모시고 아무도 모르는 곳으로 가라는 건, 무림맹이 저말고도 어머니를 노릴 수도 있다는 뜻인가요?"

"그래. 그래서 빨리 고향으로 돌아가라는 거야. 아직까지는 놈들이 체면을 차리는 중이겠지만 현재 상태가 계속되면 아가씨말고 좀 더 쉬운 표적을 노리게 될 거야. 어쩌면 벌써 움직이기 시작했을지도 몰라. 그러니까……!"

"그러니까!"

유서현은 이극의 말을 끊었다.

"그러니까 뭐요? 돌아가서 어머니를 모시고 도망치면? 그 다음은요? 나는 오빠를 찾으러 왔는데, 아니, 오빠를 찾아야 하는데 그걸 다 팽개치고 도망치면 우리 오빠는 어떻게 되는 거냐고요. 예?"

"하아……."

이극은 크게 한숨을 쉬었다. 그리고 차분히 말했다.

"내가 너무 막무가내로 이야기한 것 같군. 아가씨, 알았어. 알았으니까 일단 자리에 앉아. 앉아서 얘기하자고."

이극은 유서현을 먼저 자리에 앉히고, 그 맞은편에 앉았다. 두 사람의 언성이 높아지자 천정 위로 숨었던 오공도 빼꼼 고개를 내밀었다.

이극이 말했다.

"자 자. 흥분하지 말고 하나하나 정리해 보자고. 내가 알기 쉽게 설명해 줄게."

유서현은 대답 대신 이극을 뚫어져라 쳐다봤다. 이극은 억지 미소를 지으며 말했다.

"먼저 사실을 정리해 보자. 첫째. 아가씨네 오빠… 그래, 유순흠. 유순흠 씨는 실종됐다. 이건 실제로 일어난 일이지?"

상관에게 재가를 받는 심정으로 이극은 동의를 구했다. 동의를 구한다기보다는 눈치를 본다는 편이 정확한 표현일 것이다. 이극은 자신이 왜 유서현의 눈치를 봐야 하는지 짜증이 일었지만, 어째서인지 그러지 않고서는 말을 할 수 없을 것 같았다.

"예."

유서현은 짧게 대답했다. 이극은 고개를 끄덕이며 말을 이어나갔다.

"그래. 그리고 또 하나. 유순흠 씨는 무림맹의 맹원이었다. 이거야 증명할 게 본인이 쓴 서한밖에 없지만… 아이고, 그렇게 보지 마! 서한밖에 없지만 사실이라고 말하려던 참이니까."

유서현은 보기 드물게 눈을 치켜뜨며 고개를 끄덕였다.

'이 아가씨는 지 오라비만 나오면 이러네. 이거야 원. 무서워서 말도 못 꺼내겠군.'

"우리가 사실이라고 확신할 수 있는 건 이 두 가지야. 그럼 지금부터 그 사실을 토대로 내가 이야기를 해나갈게. 이건 앞서 정리한 두 가지 사실과 아가씨가 항주에 와서 겪었던 사건들을 재료로 재구성한 추론이야. 그러니 내가 하는 이야기는 맞을 수도, 아닐 수도 있어."

"예."

"아가씨는 두 번이나 습격당하고 납치당할 뻔했어. 그런데 그 시기는 아가씨가 무림맹주 앞에 나서서 내가 유순흠의 동생이니 오라비를 내놓으라며 한바탕 소동을 벌이고 나서야. 그 전에 이미 한 달 가까이 항주에 머물렀는데 말이지."

"그렇죠."

"그럼 습격의 이유는 바로 알 수 있지. 아가씨가 유순흠의 여동생이기 때문에. 두 번 모두 동일한 놈들이니 이유도 동일하겠지?"

"그렇겠죠."

"여기서 사실 하나가 추가돼."

유서현은 저도 모르게 몸을 앞으로 내밀며 물었다.

"뭔데요?"

"아가씨를 습격했던 흑의인들은 무림맹 소속이라는 거."

이극은 한 박자 말을 멈추고 유서현의 눈을 바라봤다. 유서현은 처음부터 이극의 눈만을 바라보고 있었다. 마음속까지 꿰뚫어 볼 것 같은 그 눈빛이 부담스러워 내내 시선을 돌리던 이극이었지만, 지금만큼은 그럴 수 없었.

눈과 눈이 마주치자 유서현이 물었다.

"그걸 어떻게 확신하죠?"

소녀의 눈동자를 눈 안 가득 담으며 이극이 대답했다.

"이유는 말할 수 없지만 사실이야. 그 흑의인들은 암천대라는 조직인데, 무림맹주 직속으로 맹 내에서도 존재를 아는 자가 거의 없어. 암천대의 대주는 풍선교라는 이름으로 파심작혈장이란 장법의 고수지."

"파심작혈……."

낯설지 않다. 유서현은 처음 들어보는 무공의 이름을 입안에서 몇 번 중얼거렸다. 자신을 괴롭히는 존재의 실체를 확인한 느낌이었다.

"무림맹 본영에서 봤던 조직도 기억나나?"

"예. 하지만 암천대라는 조직은 없었어요."

"당연하지. 전에도 말했지만 거기서 본 문건들은 모두 대외용이니까. 정작 중요한 정보는 빠져 있다고."

거기까지 말하고 이극은 유서현을 빤히 바라봤다. 무언가를 요구하는 눈빛이었다. 그 눈빛 너머에서 유서현은 이극이 원하는 답을 찾아냈다.

"오빠도… 그런 거였군요? 대외적으로 무림맹 소속임을 밝힐 수 없는, 그 암천대라는 조직처럼……!"

이극은 고개를 끄덕이며 덧붙였다.

"그래. 그리고 암천대처럼 맹주 직속이겠지."

"그건 어째서죠?"

유서현의 물음에 이극은 지체없이 대답했다.

"아가씨가 본 문건이라는 거 말이야. 왜 만들었을 것 같아? 물론 실상을 감추려고 만들었겠지. 그럼 누구한테서 감추려고 만든 걸까? 누가 무림맹의 내부 정보가 고스란히 담겨 있는 문건을 보려 하고, 또 무림맹은 군말없이 문건을 내주겠느냐는 의문이 생기지 않아?"

누구에게서 감추려고? 유서현은 필사적으로 생각했다.

당연히 일반인에게 보여주려고 만든 것은 아닐 것이다. 일반 백성이라면 그런 걸 요구할 리도, 설령 요구한다 해도 들어줄 리 만무하니까.

관부도 마찬가지다. 관부와 무림맹이 암묵적으로 불가침의 관계를 형성하고 있음은 주지의 사실이다. 더구나 백성들 사이에서 무림맹과 맹주의 위상이 더없이 올라간 지금, 어떤 명분에서든 내부 정보가 담긴 문건을 요구한다면 어떤 파장을 불러일으킬지 모르는 일이다.

그렇다면 남은 가능성은 하나.

"그럼 내부자에게 감추기 위해서? 같은 맹원을 속이기 위해 만든 문건이란 말인가요?"

이극은 손바닥을 마주쳤다. 짝! 하고 커다란 소리가 났다.

힘이란 그런 것

"과연 머리가 좋군. 좋아!"

유서현은 미간을 살짝 찌푸렸다. 이극의 입에서 나오는 머리가 좋다는 말은 액면 그대로 받아들일 수가 없었다.

그런 속내를 간파했는지 이극이 말했다.

"진심으로 하는 칭찬이니까 그렇게 싫은 표정 짓지 말라고. 어쨌든 설명을 하자면……."

이극은 말을 중단했다. 말로 다 설명하기에는 양이 좀 많다고 판단한 것이다.

"간단히 말하자면 무림맹이라고 다 같은 무림맹이 아니라고나 할까? 지금 맹주가 비록 천하제일인이라고 하지만 무림맹이라는 거대 조직을 마음대로 움직일 수는 없게 되어 있어. 물론 이 항주에 있는 본영만큼은 제 뜻대로 부릴 수 있겠지. 하지만 중원 전역에 퍼져 있는 각 지부들까지 움직이기 위해서는 합당한 이유나 명분이 있어야 하거든. 대표적으로 장로회라는 집단이 있는데, 이 사람들은 맹주와 사이가 아주 나빠. 그리고 그들은 내부 정보를 언제든지 열람할 수 있는 권한을 가지고 있지."

간단히 해도 입에 침이 마를 지경이다. 그런 고충을 알아차렸는지, 마무리는 유서현이 직접 했다.

"그러니까 그 문건은 무림맹 내부에 존재하는 맹주의 적들에게 보여주려고 만든 것이고, 따라서 거기에 존재하지 않는 조직이나 인물은 맹이 아니라 맹주 개인을 위해 움직인다. 그러므로 우리 오빠도 맹주 직속으로 모종의 임무를 수행했을 것이다… 라는 말이군요."

이극은 고개를 끄덕였다. 유서현이 말했다.

"어쨌든 결론은, 무림맹이 오빠의 실종에 관여했다는 얘기로군요."

"그래. 그러니까… 떠나라는 거야."

쾅!

유서현은 탁자를 세게 치며 자리에서 일어났다. 그 기세가 어찌나 거센지 오공이 천정에서 떨어질 뻔할 정도였다.

"대체 왜요? 왜? 왜 내가 떠나야 하는 거죠?"

많은 이야기를 나누었지만 결국 이극의 결론은 이것이었다. 유서현은 한사코 떠나게 만들려는 이극의 뜻을 받아들이기 어려웠다.

이극이 말했다.

"왜냐하면 정작 위험한 건 아가씨지, 아가씨 오라비가 아니니까. 내가 봤을 때 아가씨 오라비는 지금 연락만 안 될 뿐이지, 멀쩡하게 잘 살아 있을 거야. 어쩌면 지금쯤 집으로 연락이 갔을지도 몰라. 어서 피하라고 말이야."

"뭘 근거로 말씀하시는 거죠?"

"생각해 봐. 아가씨 오라비가 어떤 위험한 임무 도중 실종되었거나 사망했다고 쳐. 이건 가정이야, 가정. 그렇다고 치는 거야. 어쨌든, 그랬을 때 무림맹은 어떤 조치를 취할까?"

"……."

이극이 하려는 말이 무엇인지 유서현은 알 수 있었다. 그래서 유서현은 입을 다물었다.

이극이 이어 말했다.

"딱히 무슨 움직임을 보이진 않을 거야. 기껏해야 수색하고, 유족에게 위로금을 전달하고 후임을 뽑겠지. 하지만 무림맹은 그러지 않고 오히려 아가씨를 잡으려 했어."

여기까지 말하고 이극은 다시 유서현의 눈치를 살폈다. 유서현은 앉아 있는 이극을 내려다보며 그의 말에 집중하고 있었다.

"이 말인즉슨, 아가씨 오라비는 자발적으로 자취를 감추었다는 거야. 그리고 무림맹은 사라진 맹원을 찾기 위해 인질로서 아가씨를 확보하려 했다는 거고."

"그 말이 맞다면… 오빠는 왜 사라진 걸까요?"

유서현의 입이 겨우 다시 열렸다. 이극은 안도의 한숨을 내쉬며 대답했다.

"그야 나도 모르지. 확실한 건 아가씨나 아가씨 어머님이 위험하다는 거야."

"그래서 도망치라고요? 오빠가 왜 사라졌는지, 어디서 어떻게 지내고 있는지 알지도 못하고? 오빠나 나나 잘못한 게 없는데 왜 도망쳐서 죄인처럼 숨어 살아야 하는 거죠?"

유서현의 오빠에게 잘못한 게 없으리란 법은 없다. 하지만 이극은 현명하게도 그 말을 입 밖에 내지 않았다.

대신, 이렇게 말했다.

"무림맹이니까."

"예?"

"죄를 지었느니 결백하다느니, 그런 건 하나도 중요하지 않아. 중요한 건 아가씨 오라비가 건드린 게 무림맹이라는 거지."

이극은 자리에서 일어나며 두 팔을 벌렸다. 상대가 무림맹이라는데 무슨 설명이 더 필요하단 말인가?

그러나 유서현은 그런 이극을 물끄러미 올려다보다 물었다.

"그래서요?"

"…어?"

마땅히 알아들었으리라 여겼던 이극은 불의의 일격을 맞고 휘청거렸다. 유서현은 초롱초롱 눈을 빛내며 말했다.

"그래서 뭐냐고요. 오빠가 건드린 게 무림맹인데 그게 왜 우리가 도망치고, 숨어야 하는 이유죠?"

"왜냐니… 말했잖아. 상대가 무림맹이라고. 그냥 무림맹도 아니야. 천하제일인, 무림맹주 곽추운이 아가씨 오라비를 찾고 있다니까?"

이극은 자신이 말을 하면서도 왜 이런 설명을 해야 하는지 이해할 수가 없었다. 상대가 저 무림맹주 곽추운인데, 물러나야 하는 이유가 그 외에 또 무엇이 필요하단 말인가!

"…그게 전부인가요?"

유서현이 물었다.

이극은 잠시 머뭇거리다 내뱉듯이 대답했다.

"황제도 함부로 못 다루는 자가 무림맹주야. 하물며 우리네 일반 백성들이 어찌 그와 다툴 수 있겠어?"

"그렇다고 잘잘못을 가리지도 못하나요?"

"그게 힘이야."

"그게… 힘이라고요."

쿵!

또다. 유서현의 눈빛이, 이극의 심장을 땅속 깊숙한 곳까지 꺼져 버리게 만든다. 어째서 눈앞이 아득해지는 것인지 이극은 도무지 알 수 없었다.

지금 이극이 할 수 있는 말은 하나뿐이었다.

"그래. 그게 힘이야."

"힘이란 협을 행하기 위해 있는 게 아니었나요?"

귀에 못이 박히도록 들었던, 오빠의 목소리와 아버지의 가르침. 소녀에게 힘이란, 무(武)란 그런 것이었다.

이극은 제 머리를 마구 헝클어뜨리며 대답했다.

"그래… 뭐, 그럴 수도 있지. 맞아. 그 말도 맞는 말이야.

하지만 상대는 무림맹의 맹주야. 아가씨 오라비나 아가씨가 어찌할 수 있는 상대가 아니란 걸 모르겠어? 이해가 안 가?"

곽추운의 힘은 개인의 용력과 전혀 다른 차원의 것이다. 무림맹이라는 거대한 조직을 움직일 수 있는 힘은, 천하제일이라는 곽추운 일신상의 무위와도 감히 비교할 수 없다.

그 힘 앞에서는 어떤 경천동지의 무공을 지닌 고수도 무력감에 떨 수밖에 없음을, 누구보다 잘 아는 자가 이극이었다.

그러나 그 무력감을 일일이 설명할 수는 없다. 하고 싶지도 않다. 흔들리는 눈으로 자신을 바라보는 유서현에게, 이극은 말했다.

"몰라도 어쩔 수 없어. 세상은 그런 거니까."

이극은 말을 마치며 고개를 돌렸다. 유서현과 시선을 마주할 엄두가 나지 않았다.

"……."

잠시 흐르던 침묵을 깨고 먼저 움직인 쪽은 유서현이었다.

유서현은 자신의 짐을 챙기고 문으로 다가갔다. 그리고 문밖으로 나가 안쪽을 향해 깊이 허리를 숙였다.

"그동안 감사했습니다. 이제부터는 저 스스로 해볼게요."

"집으로 돌아가라니까……!"

뒤늦게 고개를 돌리며 한 말은 쾅! 하는 소리에 묻히고 말았다.

힘이란 그런 것 307

유서현이 문을 세게 닫고 나가자 놀란 것은 오공이었다. 천정 위에서 몸을 사리고 있던 오공은 유서현이 나가자 냉큼 내려와 탁자 위에서 펄쩍펄쩍 뛰며 이극을 향해 울었다.

"꺅! 갸갸갹!"

"…피곤하니까 조용히 해라."

이극은 오공을 무시하고 침실로 들어갔다.

이극의 방을 호기롭게 나온 유서현은 일 층에 들렀다. 추 부인에게 인사를 하고, 입고 있는 옷도 반납할 심산이었다. 그러나 아무리 두드려도 문은 열리지 않았고, 사람의 기척도 느껴지지 않았다.

'저녁쯤에 다시 들르지, 뭐.'

유서현은 공동주택을 나오며 앞으로의 일을 헤아렸다. 수중에 남은 돈으로 언제까지 숙식을 해결할 수 있을지, 그동안 어떻게 오빠를 찾을 것인지.

그러나 생각은 한 치도 뻗지 못하고 막히고 말았다. 어디서부터 무엇을 어떻게 해야 하는지, 커다란 벽에 가로막힌 것처럼 막막하기만 했다. 마치 팔방해사처를 찾아가기 전처럼.

문득 걸음을 멈추고 정신을 차려보니 항상 번잡하던 사거리에 사람이 하나도 보이지 않았다. 아직 시간이 일러서일까?

"……."

길은 사방으로 뻥 뚫려 있다.

하지만 어디로 가야 하는지 가르쳐 주는 이도, 함께 가주겠다는 이도 없다. 오직 유서현 스스로 결정하고, 걸어가야 할 길이다. 이극이 얼마나 의지가 되는 사람이었는지 소녀는 새삼 깨달았다.

의지가 되었기 때문에 실망도 컸을 것이다. 의지할 수 없는 사람에게는 기대도 하지 않는 법이니까.

'일단 아는 곳으로 가자.'

아는 곳이라 봐야 처음 묵었던 싸구려 객잔이다. 그래도 시작이 반이라고, 스스로 내린 결정이 만족스러웠다.

유서현은 마음을 다잡고 발길을 돌렸다. 그런데 아까까지만 해도 아무도 없던 길 위에 누군가가 서 있는 게 아닌가? 그것도 기다렸다는 듯이 유서현이 몸을 돌린 방향에 말이다.

"……!"

유서현의 앞에 서 있는 자는 다름 아닌 원가량이었다.

원가량은 부드러운 미소를 지으며 유서현에게로 다가왔다.

"이렇게 만나게 되다니. 아무래도 소저와 나 사이에 무슨 인연이라도 있나 보오."

유서현은 포권의 예를 취하며 정중히 답했다.

"원 선배님을 다시 뵙게 되어 영광입니다."

"아직 식전이지요? 마침 끼니를 때우러 갈 참이었는데, 나와 같이 가지 않겠소? 할 이야기도 있고 말이오."

"말씀은 고맙습니다. 하지만 지금은 곤란······."

거절을 예상했다는 듯, 원가량은 득의만만한 표정으로 유서현의 말꼬리를 잘랐다.

"유순흠이라는 자에 대해서요. 내 생각에는 소저가 무척이나 듣고 싶어할 것 같소만?"

원가량의 입에서 오빠의 이름이 나오자 소녀의 얼굴이 굳어졌다. 원가량은 예상했다는 표정으로, 우아하게 손을 펼치며 말했다.

"그럼, 함께 가실까요?"

이극은 침상에 앉아 머리를 쥐어뜯으며 괴로워하고 있었다. 얌전히 돌려보내려던 것이 오히려 유서현의 오기를 발동시키고 만 것이다. 의도했던 바와 정반대의 결과가 나왔으니 답답할 노릇이었다.

이극은 머리에서 두 손을 떼고 중얼거렸다.

"그래. 말을 그렇게 하면 안 됐어. 당연하지! 무림맹이 절대 좋은 일로 오라비를 찾는 것 같지 않으니까, 잡혀서 인질이 되면 오빠가 위험해질 거라고. 그렇게 얘기를 해야 했어."

정답은 대개 문제가 지나간 후에 떠오르게 마련이다. 뒤늦게 찾은 답은 상황을 바꿀 수 없다는 무력감과 필요할 때 떠올리지 못했다는 자책감을 불러일으킨다.

이극은 다시 머리를 쥐어뜯었다.

"그걸 왜 그렇게 입에서 나오는 대로 말했냐고. 이 병신아! 멍청아! 나가 죽어라! 죽어!"

한참 스스로를 욕하던 이극은 문 두드리는 소리에 입을 다물었다. 황급히 나가 문을 열어보니, 앞에는 십 세 전후의 어린 아이가 이극을 올려다보고 있었다.

"잘못 찾아왔나 보구나. 여긴 어린애가 올 곳이 아니란다."

이극은 애써 실망감을 감추고 문을 닫았다. 그런데 아이의 입에서 이런 말이 나왔다.

"여기가 팔방해사 이극님의 거처 맞나요?"

이극은 문을 다시 열고 물었다.

"내가 이극이다만, 무슨 일이지?"

"이거요. 어떤 아저씨가 전해 드리랬어요."

아이는 곱게 접힌 쪽지를 건네고 총총걸음으로 사라졌다. 이극은 받은 즉시 그 자리에서 쪽지를 펴 보았다.

이 형! 경황이 없어 마땅히 차려야 할 격식을 생략하고 연락을 드리게 된 점을 양해해 주시오. 이 원 아무개는 평소 이 형의 명성을 듣고 흠모해 왔으나, 인연이 닿지 않음을 애석하게 여겨왔소. 마침 오늘이 되어서야 기회를 얻었으니 다음의 장소에서 이

힘이란 그런 것 311

형을 기다리는 바이오. 유 소저도 나와 함께 이 형을 기다리고 있으니, 필히 왕림하여 자리를 빛내 주시오.

 말미에는 기다린다는 장소가 적혀 있었는데, 이극도 잘 아는 시내 객잔이었다. 이극은 귀신에 홀린 듯 중얼거렸다.
 "원 아무개? 유 소저?"
 이극은 멍하니 서서 두세 번 같은 말을 반복했다.
 잠시 후, 벼락이라도 맞은 것처럼 이극은 문을 박차고 뛰어나갔다. 이극이 뛰쳐 나간 자리에 홀로 남겨진 오공은 바닥에 떨어진 쪽지를 보며 고개를 갸웃거릴 뿐이었다.

『청룡혼』 2권에 계속…

촌부 新무협 판타지 소설
FANTASTIC ORIENTAL HEROES

『우화등선』, 『화공도담』의 뒤를 잇는 작가 촌부의 또 하나의 도가 무협!

무림맹주(武林盟主), 아미파(峨嵋派) 장문인(掌門人),
군문제일검(軍門第一劍), 남궁세가(南宮勢家)의 안주인.

그들을 키워낸 어머니-
진무신모(眞武神母) 유월향(柳月香)!

어느 날, 그녀가 실종되는데……

"하, 할머니는 누구세요?"

무한삼진의 고아, 소랑(少雨)에게 찾아온 기이한 인연.

세상과 함께 호흡을 나눌 수 있다면[天地同息]
천하의 이치를 모두 얻으리라[天下之理得]!

이제, 천하제일인과 그녀가 길러낸
마지막 자손의 이야기가 펼쳐진다!

Book Publishing CHUNGEORAM
WWW.chungeoram.com

소드 슬레이어

류연 판타지 장편 소설

FANTASY FRONTIER SPIRIT

그날로 돌아간 그 순간부터 입버릇처럼 붙은 한마디.
"생각해라, 아서 란펠지."

귀족 반란에 휘말린 채 죽어야 했던 기사, 아서 란펠지.
600년 전 마룡 카브라로 인해 봉인당한 세 용사의 영혼.
버려진 이름없는 신전에서 그들이 만났을 때
운명은 또 다른 전설의 서막을 알렸다!

소드 슬레이어!

힘없이 죽어간 모든 인연들을 위하여
무력하고 허망했던 어제를 딛고
멈추지 않는 오늘을 달려 내일을 잡아라!

위선에 가득찬 검들을 향해
여섯 번째 마나 소드, 에스카룬의 검이 질주한다!

Book Publishing CHUNGEORAM

DEMON
FANTASY FRONTIER SPIRIT

홀로선별 판타지 장편.소설

제일좌

BLOOD

성마대전, 그로부터 20년…
암흑은 스러지고 빛이 찾아왔다.
세상은… 그렇게 평화로워질 것만 같았다.

전설의 블랙 울프를 다루는 영악한 소년 마로,
하루하루 강도 높은 훈련을 받으며
숙연의 500골드를 달성한 그날!
세상은, 신성(新星)을 맞이한다!

『기적』의 뒤를 잇는
홀로선별 작가의 또다른 이야기
『제일좌』

어둠을 뚫고 솟을 빛이여,
하늘의 제일좌가 되어라!

Book Publishing CHUNGEORAM

유행이 아닌 자유추구 -
WWW.chungeoram.com

2011년 대미를 장식할
준.비.된. 작가 정민교의 신무협이 온다!
『낭인무사(浪人武士)』

"죄수 번호 사천이백삼, 담운!"
"……!"
"출옥이다."

만두 하나.
고작 그 하나에 이십 년 옥살이를 한 소년, 담운.
그 답답하고 억울한 마음을 풀어낸다!

무림맹! 구대문파! 명문세가!
겉만 번지르르한 놈들은 다 사라져라!
겉과 속이 다른 너희들을 심판하러 내가 왔다!

Book Publishing CHUNGEORAM

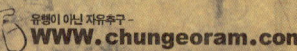